LE SOUFFLE D'ANGE

DU MÊME AUTEUR

Mots d'aimer, Prix d'honneur des poètes lorrains, chez l'auteur, 1972
Les Étoiles de Plaimont, prix Émile Moselly 1983, Éd. Pays toulois, Toul, et Éd. Une Page à L'Autre, Ludres
Pierrot la Hure, préface d'Henri Vincenot, chez l'auteur, 1983
Le Moulin du Roué, prix Erckmann-Chatrian 1984, chez l'auteur
La Mémoire aux alouettes, Éd. Gérard Louis, Remiremont 1987
Flickinger, préface de Pierre Cardin, Éd. Serpenoise, Metz 1990
Les Dernières Violettes de La Mothe, prix de l'Académie de Stanislas 1997 et prix Plume de Vair 1997, Éd. ESKA, Paris 1997 (nombreuses rééditions)
Le Verre de moisson, Éd. ESKA, Paris 1998
Au plaisir d'ENA, Éd. DGP, Québec 2001
Les Anneaux de la fiancée, EAU, Éd. ESKA, Paris 2005
Les Anneaux de la fiancée, AIR, Éd. ESKA, Paris 2006
Les Anneaux de la fiancée, TERRE, prix de la Ville de Lunéville 2009, Éd. ESKA, Paris 2006
Lumière d'aurore, Aurore Mongel championne d'exception, Éd. ESKA, Paris 2006
Une promenade à Sion, collectif sous la direction du professeur Philippe Martin, Conseil général de Meurthe-et-Moselle, Université Nancy II 2007
Julie-Victoire, première bachelière de France, prix Maurice Barrès 2008, Éd. ESKA, Paris 2007, et MA Éditions, 2015
Jeanne d'Arc, les métamorphoses d'une héroïne, collectif sous la direction du professeur Philippe Martin, Éd. Place Stanislas 2009
Le Loup de Métendal, prix des Conseils généraux de Lorraine 2010, Presses de la Cité, coll. « Terres de France », Paris 2010, Grand Livre du Mois, Feryane, Pocket
La Fontaine de Gérémoy, prix de la Société des écrivains d'Alsace-Lorraine 2011, Presses de la Cité, coll. « Terres de France », Paris 2011, Grand Livre du Mois, Feryane, France Loisirs. Feuilleton quotidien dans *Le Républicain lorrain, L'Est républicain, Vosges matin*, 2018-2019
Pierre Didier, le réel transfiguré, Éd. Rhinocéros Strasbourg 2011
Cantate de cristal, Presses de la Cité, coll. « Terres de France », Paris 2012, Grand Livre du Mois, Feryane
Des fleurs à l'encre violette, Presses de la Cité, coll. « Terres de France », Paris 2013, Grand Livre du Mois, Feryane, Poche De Borée, 2017
La Clé aux âmes, Presses de la Cité, coll. « Terres de France », Paris 2014, Grand Livre du Mois, Feryane

(*suite en fin d'ouvrage*)

Gilles Laporte

LE SOUFFLE D'ANGE

Roman

TERRES DE FRANCE

Les Presses de la Cité

92, avenue de France – 75013 Paris
ISBN 978-2-258-19976-7
Dépôt légal : août 2022

Au bel artiste Jean Marais,
ami cher et fidèle

Au maître organiste compositeur,
le Vosgien universel Gaston Litaize

À son fils Alain,
universitaire, linguiste passionné,
mon frère…

Toujours présents !

In memoriam

Chacun de nous vaut le sang de Dieu.

Georges Bernanos,
Journal d'un curé de campagne

La culture est une résistance à la distraction.

Pier Paolo Pasolini

1

Juillet 1898

Ange savait qu'ils iraient à l'abbaye de Saint-Wandrille, cœur de Normandie.

Son père l'avait décidé dès qu'il avait appris la nomination d'un nouvel abbé à la tête du prestigieux sanctuaire.

« Bonne nouvelle ! avait lancé le régisseur du domaine de La Maizerie, à Neuville-sur-Soule. Notre abbaye va renaître ! Réjouissons-nous ! »

L'annonce était tombée en fin de journée de travail dans le parc du château, avec les premiers coups de tonnerre d'un orage qui barbouillait le ciel au bleu de Prusse. « Vrai ? » avait réagi le père, que plus rien n'étonnait, qui doutait de tout désormais après la délirante succession de régimes et administrations d'une volatilité à ruiner la plus sûre des mémoires. Révolution, Empire, Restauration, nouvelles révolutions, nouvel Empire, puis République… de quoi perdre espoir au présent et confiance en l'avenir. Le patron affichait le sourire complice de celui qui connaît bien son ordonnateur des jardins et sa passion pour l'histoire. « Vrai ? avait insisté le père. Si c'est une plaisanterie, je ne la trouve pas drôle ! C'est que… le réveil de Saint-Wandrille… on attend ça depuis tellement longtemps ! » Toujours souriant, l'homme, qui aimait se faire donner de l'*administrator* à l'anglaise en glissant la langue sous le palais, ou encore du *house manager*, comme il l'avait entendu outre-Manche, avait répondu, avec l'accent marmelade de son propriétaire britannique : « Aussi vrai que vous me voyez devant vous ! » avant de s'engouffrer dans son cabriolet capote fermée en prévision du déluge. Il avait fait claquer la chambrière. L'attelage avait viré derrière le portail dans un nuage de poussière.

Lourde, la journée au parc avec l'équipe de manouvriers, lourde et poisseuse ! Remettre en état le vaste domaine de La Maizerie après des dizaines d'années d'abandon et de ventes par lambeaux les épuisait, lui, Garin Levral, responsable des bosquets, massifs et pièces d'eau, et eux, les tâcherons sous ses ordres.

Avec cet orage, en plus, dont les éclairs déchiraient un ciel d'encre, qui épaississait des airs déjà irrespirables !

Le tonnerre grondait, roulait sur le bois du Colombier.

Dans l'allée principale, Garin le jardinier avait pris le temps de se remettre de la si étonnante bonne nouvelle, « Notre abbaye renaît ! », et de trouver la manière de l'annoncer à ses femmes. Songeur. Secoué par la foudre soudain tombée vers la Mare-au-Prêtre, il avait libéré ses gens, qui avaient remballé les outils plus vite que leur ombre, avait aspiré une pincée de tabac à priser, s'était mis en route alors que les premières gouttes grosses comme des petits pois creusaient des cratères dans le sable et que de violentes bourrasques décoiffaient les tilleuls.

Bon Dieu... pour une bonne nouvelle, c'est bien une bonne nouvelle, celle-là ! Si c'est vrai...

Le soir même, à table sous la suspension à pétrole, dans l'un des communs adossés aux écuries où il logeait avec sa famille depuis plus de dix ans, autour de l'habituelle bouillie de sarrasin nappée de beurre salé, le père avait oublié ses problèmes de taille de bosquets, projets de curage des bassins et de désherbage des allées de La Maizerie, rassemblé ses souvenirs, plongé dans ses émotions passées, raconté l'histoire de l'abbaye Saint-Wandrille de Fontenelle, de sa naissance avant Charlemagne à sa profanation par des patrons d'usine textile qui l'avaient transformée en ateliers, en passant vite sur sa destruction partielle par des marchands de pierres taillées qui en avaient monnayé les matériaux. Vite parce qu'il avait honte de ce que les voleurs de pierres et mécréants de tout poil avaient fait d'un lieu aussi sacré. « Profanation ! » grognait-il à chaque fois que le nom de Saint-Wandrille effleurait son souvenir. Sous la lampe à pétrole, il avait raconté cette histoire comme ses parents la lui avaient racontée, avec les mêmes mots, telle qu'eux-mêmes l'avaient reçue de leurs parents, de tous les ancêtres Levral enracinés sur la rive cauchoise de la Seine depuis la nuit des temps, marqués à jamais par les ravages vikings et les attaques de hordes païennes. Entre les coups de tonnerre de l'orage qui n'en finissait pas de tourner sur les toits, les gifles de la pluie contre les volets et les gueulées de chiens d'équipage rendus nerveux par les éclairs, femme et fille l'avaient écouté en échangeant des regards obliques d'intérêt et d'admiration. C'est qu'il racontait bien, le père, de sa belle voix ronde et veloutée. Elles l'auraient écouté toute la nuit. Passionné et passionnant !

Le lendemain soir, nouvelle vérifiée dans la journée auprès d'un voyageur de commerce venu de l'autre rive du fleuve, il avait joué une nouvelle fois le conteur :

« On dit qu'il s'appelle Pothier, Dom Joseph Pothier, le nouvel abbé. C'est le premier abbé régulier depuis 1523. Plus de trois siècles ! Vous vous rendez compte ? »

Et de dérouler la version plus détaillée, plus fouillée, d'une histoire d'abbaye martyre victime des révolutions et de la concupiscence des hommes, de confier à ses femmes ce qu'il avait appris de la vie de ce Joseph Pothier. Pas grand-chose, à vrai dire !

Son origine lorraine, son influence à Rome auprès du pape… juste assez pour aiguiser leur curiosité. Du grand art !

« Pour un événement, c'est un sacré événement ! » avait-il conclu en savourant le bonheur de partager sa connaissance du pays et les fruits de sa curiosité. Sur le mode taquin, il avait ajouté : « Joseph… c'est pas un prénom de chez nous, ça ! »

Son œil brillait de plaisir. Nouvelle couche de détails historiques sur la rive droite du fleuve mêlés à des souvenirs d'enfance, puis il avait fini sa bouillie, posé les mains bien à plat sur la table de part et d'autre de l'assiette, buste dressé, comme toujours après une annonce importante. Sûr de son effet. Émelie, sa femme brodeuse, et sa fille Ange, créature belle comme le jour – à quatorze ans, elle en paraissait dix-huit –, avaient bu ses paroles, puis tranché le camembert et le pain brié, servi le cidre maison. Dès cet instant, par la manière du père d'aborder le sujet, par le choix de ses mots, ses intonations et la position de ses mains, elles avaient su que le voyage à Saint-Wandrille serait pour bientôt. Le pèlerinage !

« C'est de partout ! » avait répondu Émelie.

Garin avait relevé le sourcil qu'il savait rendre ombrageux, par taquinerie.

« De partout… quoi ? »

Mère et fille s'étaient mises à rire d'un bon rire de gorge qui lui faisait du bien. Toujours !

« Joseph ! C'est un prénom de partout ! »

Il avait rejoint leurs rires.

Se passant l'index entre col et cou, manière de se donner de l'air après une intense réflexion, il avait ajouté à l'intention de sa fille, sur le ton de celui qui aime balader son auditoire, en dévoilant tout mais peu à la fois, pour faire durer le plaisir :

« Est-ce que ça te plairait d'aller là-bas, de l'autre côté, sur les terres de ma naissance ? »

Il aimait parler ainsi du pays de Caux où il était né, berceau des Calètes gaulois dont il se prétendait descendant direct, sur la rive droite de la Seine. « L'autre côté », ses « terres » et ses « gens » dont il revendiquait l'esprit frondeur tellement différent de celui de la rive gauche, de Roumois ou Neubourg où l'avaient mené ses outils et son talent de jardinier. Il avait cherché du regard l'assentiment de sa femme avant de poursuivre :

« Et si on faisait de ce voyage ton cadeau de certificat d'études ? »

Émelie avait acquiescé d'un coup de menton. La perspective d'aller faire une virée « de l'autre côté » la réjouissait. Bien longtemps qu'ils n'y étaient pas allés… trop longtemps !

« Première du canton… ça mérite bien ça ! Je suis fier de toi, ma fille. » Coup de cidre. « Qu'en dis-tu ? »

Ange avait répondu d'un sourire solaire. Il s'en était senti tout retourné. Dieu, qu'il l'aimait, cette fille belle comme le jour, gentille et intelligente comme sa mère, qu'il les aimait, ces femmes compagnes au quotidien de ses tracasseries, de ses peines parfois, de ses bonheurs souvent ! Il avait glissé la main sur la table, touché les doigts de son Ange occupés à jouer avec les miettes de pain pour dissimuler le léger tremblement qui l'avait saisie. Troublée !

« Que dis-tu de cette idée ? »

Émelie avait acquiescé, une nouvelle fois. La jeune fille avait paru tout à coup songeuse. Partir la réjouissait, certes, pour la découverte de ces lieux qu'elle savait chers à ses parents, mais aussi pour, l'espace de quelques jours, échapper à…

D'où lui venait ce trouble ? De la fierté exprimée par son père, de ses mots ? Ou bien…

Elle s'était levée, avait rassemblé assiettes et couverts, les avait posés sur la pierre à eau, avait commencé la vaisselle.

2

Automne 1898

Octobre amoncelait les pommes dans les vergers, semait le parc du château de feuilles mortes et de graines voilées d'érables, quand la famille Levral embarqua dans la calèche mise à sa disposition par le maître.

Garin n'avait pas traîné.

L'annonce du *house manager* et l'orage de juillet avaient électrisé tous ses sens. Pas un jour sans l'évocation de la fameuse abbaye de Saint-Wandrille, de son histoire et de ses misères ; pas une soirée sans ses espoirs de la voir renaître et rayonner de nouveau sur la Normandie et, de là, sur le monde chrétien. Ne disait-on pas que le nouvel abbé avait séjourné à Rome, qu'il tenait l'oreille du pape, qu'il avait ressuscité le chant grégorien abandonné depuis fort longtemps par toutes les communautés de France et d'ailleurs, qu'il en avait fait la nouvelle architecture d'une liturgie plus édifiante ? Une telle qualité d'abbé pouvait faire croire au réveil puis à un avenir prometteur de ce monument de pierre et d'esprit. Sous la férule d'un tel personnage, l'abbaye normande pourrait redevenir ce qu'elle n'aurait jamais dû cesser d'être : l'un des cœurs battants de l'Église romaine ! Garin s'enflammait, emportait ses femmes dans un tourbillon d'histoires de l'Histoire et d'émotions car, outre la noble hardiesse de ses vestiges et la bonne réputation de son nouveau guide, cette abbaye dessinait depuis toujours l'horizon de sa famille, les Levral, paysans de Betteville. De sa chambre natale dans l'ancien manoir d'hiver des moines mauristes devenu ferme de sans-culottes, au-delà de l'étable, du verger à pommiers et des prairies familiales où s'épanouissaient les vaches bringées, l'enfant Garin pouvait en apercevoir les chicots de ruines fameuses, en deviner les voûtes toujours dressées vers le ciel, en respirer, effilochées par le vent de Manche monté avec le mascaret, les vapeurs d'acide échappées de l'usine textile qui avait sali récemment encore son chœur millénaire.

Garin n'avait pas traîné.

Que de fois, évitant le Trou-au-Diable, par le chemin de Rançon, son père l'avait mené jusqu'aux murailles démantelées dont il lui faisait percevoir les vibrations nées du vent de mer et des harmonies lorraines issues de « la congrégation Saint-Vanne de Verdun, mère de celle de Saint-Maur devenue âme de l'abbaye vers 1640 » ! La Lorraine, déjà, dans son pays normand, s'étonnait Garin en se remémorant ses souvenirs, deux siècles avant l'arrivée de ce Joseph Pothier… hasard ou prédestination ? Arpentant le bocage, au plein milieu des années impériales qui sentaient déjà la guerre, le vieux père Levral aimait entretenir très vive pour lui-même et son fils Garin la mémoire du monastère, évoquer tous ses siècles de plénitude en lui donnant forme de conte, jusqu'à la rébellion contre les enragés de la Révolution qui avait valu à ses derniers religieux d'être emprisonnés à la Bastille, puis expulsés.

« Garin… » Fier de son prénom !

Ainsi les grands-parents Levral avaient-ils baptisé leur fils en hommage aux origines celtiques des Normands. Antique Gwarred venu du Grand Nord sur d'élégants drakkars, travaillé par le temps et l'usage, ce petit nom portait en lui selon la tradition toutes les qualités propres à l'honnête homme : gentillesse, bienveillance, courage et sens du partage. Il transmettrait à son heureux destinataire toutes ses vertus. L'enfant d'autrefois l'avait bien porté. L'adulte présent le portait mieux encore.

Retourner là-bas, de l'autre côté du fleuve Seine, y séjourner le temps d'aller toucher les pierres abbatiales, respirer les airs cauchois, marcher à Betteville dans les chemins de son enfance, rencontrer peut-être ce nouvel abbé qui allait rendre son âme à Saint-Wandrille, cela lui était apparu comme une évidente nécessité ! La perspective de n'être qu'un témoin passif et lointain de la renaissance de sa chère abbaye l'insupportait. Les comptes rendus de plumitifs dans les gazettes ou récits de connaissances qui auraient eu le bonheur de constater sur place un tel événement ne lui suffiraient pas. Il lui fallait aller là-bas, voir de ses propres yeux la vie renaître dans les ruines, se donner l'impression de contribuer au miracle par une parcelle de son énergie normande, partager l'émotion avec ses femmes, quitte à abandonner son poste au château plusieurs jours durant.

Le *house manager* ayant donné son accord et fourni l'attelage, bagages arrimés à la suspension, mari, femme et fille se mirent en route par un matin de brume épaisse qui ne laissait pas voir plus loin que le toupet du cheval. Par La Saussaye, Elbeuf, l'étape de Rouen, où la Seine serait franchie par le pont Corneille, puis courant sur la rive droite du fleuve, ils gagneraient Betteville le lendemain soir, seraient hébergés chez un lointain cousin heureux de renouer avec des « exilés de la ville ». Ainsi le parent avait-il répondu à leur lettre.

Le jour se levait à peine.

Quand la calèche franchit le portail sur la route forestière, Ange leva la main. Elle venait d'apercevoir, derrière la haie de lilas rouillés, le fils de l'ouvrier italien venu de Postua, en Piémont, maçon-cimentier immigré rescapé de la déroute minière de

Littry, embauché au château depuis deux ans pour l'entretien des murs, murets et clôtures. Fort de ses dix-huit ans, habile à la truelle, au fil à plomb, et prometteur à la taille de pierres, le beau garçon Fortunato assistait son père dans les travaux. Il avait vu les Levral charger les bagages au cul du cheval. N'aurait voulu pour rien au monde rater leur départ, mais de loin, car celui que ses tâcherons appelaient avec respect « le père Levral » ignorait qu'il en pinçait pour la belle Ange !

Seule Émelie savait, qui contint son sourire.

Peut-être les escapades crépusculaires de sa fille dans le parc depuis quelques semaines lui rappelaient-elles celles de sa jeunesse en pays cauchois, quand elle allait retrouver en douce au creux des chemins les plus éloignés son beau conquérant de Betteville.

L'œil rivé à la croupe du cheval, chambrière en main, absorbé par sa conduite, Garin n'avait rien remarqué.

Ange noua les mains dans son fourreau, ferma les yeux sur son secret. Et sur la silhouette sombre aperçue derrière Fortunato et le massif de vieux buis.

Heureuse et… inquiète.

Fouette, cocher !

3

Octobre 1898

Chez les Levral de la rive gauche, on se souviendrait longtemps de ce voyage. Une semaine loin de La Maizerie ! Leur première évasion depuis l'installation au domaine. Jusque-là, ils n'avaient éprouvé aucune envie d'aller voir ailleurs si l'herbe était plus verte, le ciel plus bleu, les airs plus doux. Même pas envie de retourner au pays de leurs racines ! Ils se trouvaient bien dans ces lieux prestigieux pourtant si différents de leur campagne d'enfance. Là-bas, des fermettes de torchis, au toit de chaume à faîte d'argile planté d'iris dont l'or allumait le ciel plombé des premiers orages, posées sur leur lit de silex au milieu des pommiers à cidre et des pâturages de vaches à mamelle généreuse, des chemins creux gardés au secret de leur histoire par des haies de ronciers dont les mûres d'automne inondaient la bouche de sucs à goût de réglisse. Ici, à La Maizerie, pierre de taille venue de très loin, chaînages de briques savamment assemblées, corniches, meneaux et linteaux sculptés, ardoises de Trélazé qui couvraient le château et ses communs d'une luisante peau de phoque après l'averse, allées bordées de buis ronds ou en fer de lance, parterres tondus où s'épanouissaient des paons prétentieux et bavards… autre monde, autre planète ! Fort d'un métier exigeant exercé par un homme passionné, Garin s'était fait tout de suite à ses nouveaux décors de vie. Émelie, elle, avait souffert du déracinement, en silence, plusieurs mois durant ; sans jamais se plaindre, elle s'était arquée sur son tambour de brodeuse, concentrée sur des motifs floraux et monogrammes de riches piqués dans le lin au point d'épine ou de feston, s'y était fatigué les yeux au point d'en tirer parfois des larmes que par pudeur elle attribuait à la lumière dansante de sa loupe d'eau. Puis leur Ange était née. Cadeau divin, cette naissance avait contribué à faire de ce pays leur pays puisque celui où leur fille avait pris son premier souffle et ouvert les yeux sur le monde. Avec elle, par elle et pour elle, ils y étaient devenus heureux. Le désir de retourner en Cauchois, du côté de Betteville, s'était même estompé. Jusqu'à l'annonce de la renaissance de… Saint-Wandrille.

Un événement !

Il avait fallu cette nouvelle inattendue pour réveiller des émotions anciennes, susciter le désir d'aller respirer le renouveau sur l'autre rive de la Seine, cette nouvelle et… le beau diplôme de certificat d'études signé de la main du ministre lui-même !

Une semaine de traversée d'un pays dont Ange ne connaissait pour tout horizon que la ligne de crêtes tracée autour du canton de Neuville-sur-Soule, l'univers de La Maizerie, les descriptions et cartes de ses livres d'école et les pages de Flaubert dont, curiosité aiguisée par le retentissant procès de lèse-morale qu'il avait dû subir, elle avait dévoré la passion d'Emma Bovary en quelques jours.

Un saut par-dessus le fleuve cuivré de couchant, l'exploration de la ville au clocher de dentelle, la recherche des racines familiales dans le pays natal de son père, la visite d'une belle abbaye endormie qu'un moine dingue de chant grégorien voulait tirer d'un douloureux sommeil avaient de belle manière élargi son champ de vision et la gamme de ses émotions.

L'échange aussi avec ce religieux qui les avait reçus dans son bureau débordant de livres, grimoires et manuscrits richement enluminés sur lutrins et présentoirs. De haute et solide stature, visage rond, regard bienveillant, front haut, crâne lisse couronné de rares cheveux blancs très courts, couvert de sa bure et d'une cuculle au capuchon tombant sur les épaules, le père abbé les avait aperçus dans le cloître, les avait rejoints, invités à se mieux connaître. « Un moine ne sert à rien, avait-il glissé malicieusement, mais il sert Dieu ! » Sa croix pectorale portait des reflets irisés. « Et tout visiteur est un envoyé de Dieu. Donnez-vous la peine de me suivre ! »

Sur sa table de travail, un vieil antiphonaire écorché offrait aux regards les nerfs de sa reliure, qu'il caressait de temps en temps d'un geste appliqué. Ils avaient passé près d'une heure ensemble, partagé leur histoire, eux de fidèles Normands attachés au patrimoine de leur terre, enfants de paysans élevés dans l'ombre douloureuse d'une Saint-Wandrille abandonnée, lui fils d'un maître d'école et d'une fileuse, né à Bouzemont, petit village des Vosges.

Puis il leur avait parlé de sa passion pour la musique et le chant grégorien, de ses racines profondes en lui.

« Le chant est naturel à l'homme... leur avait-il confié en jouant à tourner son anneau épiscopal. La musique peut s'émanciper de la parole : elle peut chercher des effets artificiels plus propres à flatter les sens qu'à élever l'âme. La musique religieuse, qui s'adresse à l'âme pour l'unir à Dieu, rejette ces artifices ! »

Ange entendait parler de musique pour la première fois. Jamais elle n'avait perçu de notes, d'harmonies, de mélodies nées de quelque instrument, à part le cor de chasse dans le bois du Colombier...

Elle n'oublierait jamais les mots de cet abbé mitré, cette voix qui les portait, grave et veloutée, l'émotion qu'elle éveillait en elle.

Senteurs nouvelles, frémissements intimes, révélations et découvertes, rencontres de cousins lointains pourtant spontanément si proches... elle avait vécu ce voyage avec la curiosité et l'impatience d'un explorateur sur la rive d'un fleuve inconnu. Voyage à la rencontre de son père surtout dont, au pas du cheval, elle découvrait les racines intimes.

Là-bas, autour de Betteville, les hésitations de Garin à emprunter des chemins encore hantés par des traces de mémoire trop à vif, ses élans vers des lieux où son regard le retrouvait enfant, entouré de sa famille – sa maison natale par exemple, habitée désormais par des manouvriers indifférents à la beauté des pierres et du site –, l'avaient renseignée sur lui plus que tout récit, fût-il porté par sa voix chaude de conteur. Plusieurs fois, elle avait deviné à ses paupières des larmes naissantes que la lumière faisait fils d'argent, et des crispations de mâchoires sur des mots destinés à lui seul. Un jour, peut-être, les lui offrirait-il. Elle saurait attendre.

Durant ce périple du cœur, Émelie avait suivi, précédé, accompagné, partout présente, partout transparente, soulignant d'un sourire telle anecdote ou tel souvenir, confirmant d'un hochement de tête la révélation de quelque événement jusque-là enfoui dans l'épaisseur des silences familiaux. Cet effacement maternel avait gêné la fille, qui y avait décelé une docilité proche de la soumission. Pourquoi la femme s'effaçait-elle ainsi devant l'homme ?

En trois jours en pays de Caux, Ange en avait appris sur ses parents, leur relation de couple, leur attachement au pays et sur son origine propre… davantage qu'en dix ans dans le Roumois.

Elle se souviendrait toute sa vie de ce voyage au bout de la mémoire, de la voix du père abbé de Saint-Wandrille, de ses mots, « La musique s'adresse à l'âme pour l'unir à Dieu », voyage au cœur de l'émotion surtout !

De ses inquiétudes, aussi.

Fortunato lui avait tellement manqué !

Mais l'autre n'avait-il pas profité de ce temps mort pour…

L'ombre derrière le vieux buis…

4

Avril 1899

Depuis le voyage de Saint-Wandrille, Ange n'était plus la même.

Une voix l'avait submergée d'une vague imprévue, une voix de souffle et d'étain, la voix d'un orgue Lesselier !

Six mois plus tôt, au retour du fameux pèlerinage à l'abbaye renaissante, son père avait voulu passer par Saint-Martin-de-Boscherville, où, dans le cimetière voisin de Quevillon, reposaient de proches parents originaires comme lui de la rive droite de la Seine. Contraints très tôt de quitter le village par obligations professionnelles, avait-il expliqué, ces gens-là s'étaient plantés à Bourgtheroulde vers 1855 puis, rentes acquises, s'étaient fixés pour leurs quartiers de vieillesse de ce côté du fleuve dans une campagne proche. De leurs complicité et frasques d'enfants à Betteville, Garin gardait un inaltérable souvenir de courses à travers le bocage, de repas familiaux et de longues veillées d'hiver dans la douce chaleur de l'âtre, mais de leur départ une blessure jamais cicatrisée, un manque jamais comblé. Les malheureux étaient morts du choléra en 1866, comme des centaines de Normands victimes de la terrible épidémie partie de Cherbourg un an plus tôt. Il venait d'avoir dix-huit ans. Aller se recueillir et prier sur leur tombe relevait pour lui du devoir de mémoire et d'un élan du cœur à satisfaire.

Parcourues au cul d'un cheval paisible, cinq lieues d'air frais, de ciel argenté et d'espace doré à la feuille par l'automne les avaient menés sous les murs de l'autre abbaye du pays, Saint-Georges, dont la silhouette, au loin, et la majestueuse tour-lanterne en belle pierre blanche de Saint-Leu dominaient les pentes garnies de vignes d'automne incandescentes. Ils avaient salué les mânes des anciens devant un massif de buis taillé à la sauvage veillé par un Jésus couvert de mousse dressé contre le mur de la vieille église de Quevillon. Un tour du petit cimetière leur avait dégourdi les jambes et ventilé la poitrine de senteurs d'humus et de vapeurs fluviales. S'y étaient attardés, tellement il faisait bon, là entre des sépultures simples et ordonnées, sous les envolées de feuilles mortes qu'offrait au vent un tilleul centenaire.

Puis, par le travers du village, ils avaient gagné le porche de Saint-Georges, effleuré du regard et de la paume les admirables voûtes de la salle capitulaire, pénétré dans la nef abbatiale.

Alors, comme par miracle, dès leurs premiers pas dans l'allée centrale, une riche voix d'orgue les avait salués, s'était élevée sous les voûtes, mise à chanter des notes ambrées de rossignol, puis à couler des rivières d'harmonies, déferlant en vagues rugissantes.

Passé la surprise, les Levral s'étaient glissés dans les bancs clos, père et mère côte à côte, face au chœur inondé de lumière. Leur fille Ange derrière eux, d'une pâleur de porcelaine.

L'orgue avait chanté, rugi, roulé, murmuré si longtemps que, sa voix divine devenue écho, les jambes des visiteurs avaient rechigné au moment de se lever.

« Le voyage en calèche… avait grimacé Garin à Émelie en se tenant les reins. Elle a beau être confortable, la calèche… c'est toujours éprouvant pour le corps ! On n'a pas l'habitude, que veux-tu ? N'est-ce pas, notre… » Il s'était tourné vers sa fille. « Et toi, comment vas… » Il avait soudain manqué de mots. Immobile, comme figée dans un albâtre poli, joues luisantes de larmes, la jeune Ange fixait ses parents d'un regard étrange, fluide et transparent. « Que t'arrive-t-il, ma f… ? Tu ne te sens pas bien… dis… »

La mère avait tendu la main vers elle, l'avait aidée à se relever. Alors leur Ange s'était tournée vers la tribune perchée, avait contemplé l'orgue, puis soufflé à sa mère : « C'était beau ! » À sa mère seulement ! Garin s'en était senti frustré.

« J'ignorais avoir un public ! » Fagoté comme l'as de pique, vareuse trop longue et pantalon trop court, un petit bonhomme se tenait devant eux dans l'allée centrale. Il les dévisageait d'un œil noir de jais, lumineux pourtant, et bienveillant. « Vous êtes là depuis longtemps ? »

Surpris par l'apparition, Garin avait hésité à répondre, tiré sa montre du gousset, fait mine de réfléchir, comme s'il avait compté des minutes, des heures, des…

« Pas assez longtemps, monsieur. C'était tellement beau ! »

C'est Ange qui avait répondu, d'un touchant cri du cœur.

« Jean-Sébastien Bach, mademoiselle. Passacaille, toccata et fugue, adagio et fugue. Bach, un génie… mon compositeur préféré. Je ne vivrai jamais assez pour lui rendre hommage et le remercier d'avoir offert au monde de si belles œuvres. Je crains toujours de les abîmer par mon jeu très modeste ! » Rajustant sa vareuse de drap râpé, le petit bonhomme avait parlé d'un trait, d'une voix douce et posée. « Heureusement cet instrument est généreux ; il me pardonne bien des fautes ! C'est un vénérable, vous savez, comme moi ! » Il avait laissé glisser un rire discret, découvrant des rousseurs de tabac. « L'un des plus anciens de notre région, et des plus précieux. Malgré mes imperfections de jeu et mes maladresses, je me sens à ses claviers comme en… lévitation ! C'est mon moment de bonheur, chaque jour. Près d'un demi-siècle que je viens le faire chanter tous les matins. Oui… en lévitation ! » Il avait trouvé le bon mot, l'avait répété comme s'il avait savouré un sucre de pomme[1], avant d'ajouter : « Si on me privait du bonheur de chanter avec un tel instrument, je ne sais pas ce que je deviendrais. Pas grand-chose, pour sûr ! Peut-être même que… » Il s'était interrompu, l'air soudain grave, avant de reprendre : « Parce que je chante avec lui ! Vous ne m'avez pas entendu, c'est sûr ! Je chante en silence, dans ma tête et dans mon cœur ! N'est-ce pas que vous ne m'avez pas entendu ? » D'un regard circulaire, il avait interrogé les Levral. « C'est lui qui vous a touchés, son souffle, sa voix, pas les miens ! Je ne suis rien, moi ici. Lui est tout ! » Il avait encore rajusté sa vareuse puis, d'une gracieuse volée de main vers la tribune, avait proposé de les mener là-haut, d'aller voir l'instrument de plus près. « Si le cœur vous en dit ! J'y vais toujours seul. Mais, là… ça me ferait plaisir de vous y mener. »

Ange se dirigeait déjà vers l'escalier en colimaçon ouvert dans la muraille au flanc d'un saint Benoît pensif porteur de sa sainte Règle.

---

1. Créé en 1592 par un apothicaire, le bâton de sucre de pomme est une confiserie née à Rouen, où il est toujours produit.

Le douzième coup de midi les avait surpris encore perchés dans la nef de Saint-Georges, à admirer les décors du buffet à feuillages et fruits, les dorures de ses trois tourelles, ses écoinçons à fleurs de lys, l'infinie perspective des voûtes d'albâtre. Le petit bonhomme leur avait tout dit de l'orgue créé en 1627 par le magicien Guillaume Lesselier, agrandi par les Lefebvre de Rouen vers 1733, relevé en 1875… tout présenté de la mécanique si complexe et simple à la fois qui du vent crée la musique, tout montré des volutes, tourelles et consolettes. Il avait fait jouer les deux claviers de quarante-huit notes et le pédalier à la française de dix-sept notes. Parlé de tuyaux, de sommier, vergettes, porte-vent et réservoir à lanterne, actionné les tirants de registres, fait entendre les voix multiples engendrées par le mariage secret de l'air, des bois chantants et de l'étain.

Vivement intéressé par l'aspect technique de la présentation, Garin s'était passionné au point de désirer tout voir et tout entendre. Amusée par les tringleries qui lui rappelaient les marionnettes de son enfance, Émelie avait découvert l'intimité et les couleurs sonores de l'instrument d'un air amusé.

Ange silencieuse, subjuguée !

Le lendemain, les Levral étaient rentrés à La Maizerie. Seine franchie par le bac de La Bouille ; ils avaient galopé plein sud sous des trombes d'eau, sans un regard pour la mare des Fontaines ou les infinis bocagers de Saint-Nicolas-du-Bosc. Comme pour les retenir sur la rive droite de leur naissance, le ciel s'était déchaîné dès qu'ils avaient posé le pied en pays roumois. Il avait roulé des nuées d'encre, giflé la campagne de méchants coups de vent, lancé sur le bocage des cataractes glacées.

De la première à la dernière lieue, imperturbable sur son banc de cocher, manteau de toile huilée ruisselant, le père avait fixé droit devant le déroulé du chemin que le déluge transformait par endroits en fondrières, déjoué tous les pièges de l'itinéraire. Sous la capote, blotties épaule contre épaule dans une épaisse couverture, les femmes s'étaient laissé bercer par les cahots de la calèche et ses glissades dans les ornières.

À l'approche de La Maizerie, Ange avait dégagé son visage, glissé d'un souffle à sa mère : « Merci, maman. C'était beau, hein ! » Émelie avait répondu de son bon sourire et d'une pression de la main sur la main.

Peu après leur arrivée, le ciel s'était ouvert. Un pâle soleil couchant cuivrait le parc quand, son père parti rendre l'attelage et annoncer leur retour au *house manager*, soutenue par le regard complice de sa mère, Ange avait filé vers les bosquets où elle savait retrouver son beau Fortunato.

Le garçon avait dû bondir dès qu'il avait entendu

les claquements de roues sur les pavés et les coups de chambrière d'un Garin pressé de rentrer.

Elle avait vu juste.

Tapi dans la pénombre, son amoureux l'attendait.

Elle s'était précipitée vers lui, allait se jeter dans ses bras... quand elle découvrit le visage de l'autre, ce gars qui lui tournait autour depuis des mois, qui avait menacé Fortunato de lui « démolir le portrait » s'il continuait à la voir, un type d'une vingtaine d'années arrivé à La Maizerie dans les malles du nouveau maître queux, un certain Georg Schnitzel venu de nulle part...

« Surprise ? »

Ange avait reculé de trois pas. Adossée au massif de buis qui les dissimulait à la grande allée du parc.

« Tu vois, il est pas venu, ton rital ! »

Les yeux lui sortaient de la tête ; il affichait un sourire carnassier.

« C'est moi à la place ! Crois-moi, t'y gagnes !

— Mais...

— Il viendra plus ! Il va être viré, son paternel aussi ! »

Insupportables accent guttural et voix rocailleuse. Et ces mains qui se tendaient vers elle.

Ange avait encore reculé, glissé contre le buis, tenté d'atteindre le chemin... rentrer à la maison, échapper à ce gars...

« Ils font être chetés dehors parce qu'ils sont folé le pââàtron... »

Avait-il à dessein forcé son accent pour ajouter à l'effet produit par ses paroles et son regard venimeux ?

« Lui pââârti, mais moi... che serai toujours là ! »

Il s'était approché à la toucher.

Lui avait pris le bras, l'avait attirée contre sa poitrine, avait glissé la main sous sa jupe, cherché ses lèvres...

Elle avait mordu, sorti les griffes, contourné le buis, bondi vers la prairie, le bassin, la maison.

Elle courait déjà dans le chemin quand elle l'avait entendu hurler :

« À temain, pelle Anche ! Che t'aurai ! »

5

Mai 1899

Retour après deux jours de prospection dans le pays : recherche de nouveaux fournisseurs, visites de pépiniéristes… Pour l'heure, le père rentrait chez lui en traînant les brodequins. Accablé !

Il avait confié la voiture et son attelage au palefrenier, était allé directement rendre compte à son *administrator* des bons résultats de son expédition. Pour les plantations de prochaine saison, il avait trouvé les arbres et arbustes dont s'enrichiraient les parc et verger du domaine, tant d'ornement que de production fruitière.

Le patron l'avait écouté avec attention puis, sans en avoir l'air, l'avait orienté sur le voyage familial de Saint-Wandrille dont il savait que la seule évocation allumait dans les yeux de son chef jardinier des étoiles scintillantes. Une fois de plus, Garin s'était livré. Enthousiaste ! Tout allait donc bien pour lui, pour elles : il avait ravivé des racines partagées avec ses femmes, revu sa famille cauchoise, traversé son pays d'une rive à l'autre, éveillé chez sa belle Ange un désir d'univers musical qui le réjouissait même si une pointe d'inquiétude commençait à le tarauder. À mots choisis, il s'était ouvert de ce souci au patron, qui avait semblé ne pas entendre : comment sa fille vivrait-elle cet intérêt nouveau pour un monde si étrange, où et avec qui ? Certes, ils avaient retrouvé avec bonheur leurs lieux familiers de vie et de travail, il se sentait heureux mais, à cause de cette lubie… l'avenir… quel serait-il ? À peine s'était-il posé cette question à haute voix que son patron l'avait foudroyé d'une nouvelle surprenante : l'ouvrier italien venu de Postua en Piémont, maçon-cimentier immigré rescapé de la déroute minière de Littry, et son fils Fortunato venaient d'être congédiés pour vol. « Comprenez, avait résumé le grand commis anglophile du domaine, nous ne pouvions pas les garder dans nos équipes après la découverte de leur forfait ! Certain que vous auriez agi ainsi, j'ai décidé de nous en séparer tout de suite. Vous auriez été là, nous en aurions parlé ensemble. Mais… vous n'étiez pas là ! C'est la deuxième fois que ça se produit. Il fallait faire un exemple de fermeté ! Le soir même, hier, je leur ai réglé leur compte, et ils ont décampé sans protester ! N'est-ce pas que vous auriez agi ainsi… qu'en dites-vous ? » Sonné, tant par la nouvelle que par le « vous n'étiez pas là ! » pris pour un injuste reproche, passant d'un pied sur l'autre, le jardinier Levral avait balbutié : « Dé… désolé de vous avoir manqué dans cette circonstance… » L'autre avait réagi aussitôt : « Non pas… non pas… » et Garin avait poursuivi : « Je voudrais pouvoir vous répondre, mais j'ignore la nature de leur faute. Pourriez-vous m'en dire davantage ? »

Ils avaient gagné la sellerie, son décor de filets, brides, licols et harnais, son alignement de chevalets en chêne verni montés de selles luisantes, ses senteurs de cuir et graisse, parfum musqué de crottin…

« Jamais je n'aurais imaginé ces deux-là capables d'un vol ! Ils avaient toute ma confiance, et la vôtre, je le sais ! Mais, c'est ainsi… la nature humaine est capable de ce genre de… » Le maître avait paru hésiter. Les traits accentués de son visage et une inhabituelle crispation de ses mâchoires trahissaient sa gêne au moment d'évoquer ce qu'il avait ressenti : « Une trahison ! Voyez, Garin, j'ai pris leur comportement pour une trahison ! »

Et de raconter dans ses moindres détails ce qui l'avait conduit à mettre à la porte, ensemble, père et fils, deux membres de son personnel parmi les plus qualifiés et dignes de confiance. « Leur premier forfait, pendant votre excursion à Saint-Wandrille… Je m'en suis tu à tout le monde, même à vous ! Je voulais leur donner une chance de se racheter. Mais ils ont profité de votre absence, hier, pour récidiver ! Alors j'ai décidé sur-le-champ de les renvoyer ! » Première décision du genre dans sa carrière d'administrateur ! Il en avait connu, des traîne-savates, des crève-la-faim, des gaillards qui roulaient leur bosse de domaine en domaine, souvent plus vifs à la bagarre qu'au travail, au maniement des lames une fois éclusées d'impressionnantes bolées de cidre et lampées de calva, parfois même des repris de justice bardés de cicatrices corps et âme, jetés en taule puis sur les chemins par leur propre violence, qu'il avait pourtant embauchés parce qu'il savait l'humain capable de rédemption… « mais pas encore des voleurs… jamais ! ».

Le patron avait parlé d'un trait.

Garin l'avait écouté sans l'interrompre. Dans sa tête se heurtaient des images du pèlerinage… Saint-Wandrille, les cousins de Betteville, la traversée de la Seine par le bac de La Bouille, le petit bonhomme de Saint-Martin-de-Boscherville, la voix de l'orgue, l'émotion de son Ange, sa tournée fructueuse de fournisseurs qui venait de s'achever, et maintenant le forfait qui avait conduit à la mise dehors de deux de ses ouvriers, deux hommes dont il appréciait depuis des mois le courage et la qualité du travail. Que s'était-il donc passé ?

Chant du merle, crin-crin des grillons, gazouillis d'hirondelles dans les hautes branches de bouleaux… le père n'entendait rien du printemps. Après la discussion avec son patron, il avait traîné dans le parc, s'était attardé devant le bassin peuplé de canards, canes et canetons furieux d'être dérangés. Il arrivait à la maison.

Quelque part, dans la campagne lointaine, un chien gueula son refus de la nuit.

— Où est notre Ange ?

— Dans sa chambre. Pourquoi ?

— Parce que je suis surpris de ne pas la voir ici avec toi.

Un bon feu de bois crépitait dans la cuisinière ; le fouet claquait contre la faïence : Émelie battait des œufs pour une omelette. Elle suspendit son mouvement, leva les yeux vers son mari, lui présenta sa tête des jours de grands tourments. Pourtant, tout à l'heure encore, malgré la fatigue du travail quotidien, comme sa fille, elle rayonnait.

— Ça ne va pas !

— Que se passe-t-il ?

— Elle te le dira elle-même. Je ne peux pas parler à sa place. Mais…

Elle scruta son visage durci par la lumière blafarde de la lampe à pétrole, monta la mèche, vit mieux son regard éteint, ses traits décomposés.

— J'ai l'impression que chez toi aussi ça ne va pas !

— La fatigue du voyage, simple…

Émelie s'activait de nouveau sur le fouet. Les œufs battus moussaient d'une écume légère qui ferait de son omelette un plat de prince, comme toujours. Aussi habile au fourneau qu'aux fuseaux de dentellière et tambour de brodeuse, cette femme… sa femme !

— Ton voyage n'y est pour rien, pas plus que notre travail ! Ni pour elle, ni pour moi, ni pour toi…

Réplique énigmatique, qui avait frappé le père. Décidément, ce soir serait différent de tous les autres !

Émelie avait incorporé les herbes aux œufs battus, coulé sa préparation dans la poêle où crépitait une bonne noix de beurre. Elle avait repris ses habitudes quotidiennes de vie. Le voyage chez elle paraissait déjà loin, très loin !

Debout, mains dans les poches de son manteau de toile, Garin semblait réfléchir.

— Allons, défais-toi, au lieu de rester planté au milieu de la paroisse à me regarder faire, et va chercher ta fille ! Au moins tu te rendras utile ! Mais ne traînez pas... si tu la veux baveuse !

Elle avait donné de la spatule sur la poêle où frémissait l'omelette.

C'est au moment de croquer la pomme que Garin se résolut à parler. À l'invitation de sa femme. Jusque là, le silence d'Ange et son allure prostrée l'en avaient découragé. Elle avait l'air si malheureuse, et lui se sentait si contrarié par l'information de l'*administrator* qu'il avait avalé sa ration sans un regard en direction de ses compagnes. S'il n'avait écouté que sa seule envie de repos, il serait monté tout de suite se coucher. Pas son habitude, pourtant, lui, l'infatigable maître des jardins de La Maizerie !

— Que s'est-il passé avec le patron ? Depuis que tu es rentré, tu fais une tête... pas un mot, comme si on n'existait pas ! Tu as raté tes affaires ? Tu as endommagé l'attelage, trop fatigué le cheval ? Pourtant, Dieu sait si...

Elle donna du plat de la main sur la table.

— Parle donc, enfin !

— Rien de tout ça ! Mais...

Il leva les yeux vers sa fille, qui chipotait encore sur son omelette.

— ... il s'est passé quelque chose de grave pendant mon absence.

Il croqua dans sa pomme, prit le temps d'en goûter les sucs, de la tourner et retourner dans la lumière de la suspension, histoire de gagner du temps, se lança :

— Deux de mes meilleurs ouvriers ont dû être remerciés. L'Italien et son fils, vous savez, le « Postua » (ainsi l'appelait-il familièrement), mon maçon-cimentier, et son gamin, Fortunato.

Au prénom qu'il venait de lâcher, Ange sursauta.

— Ils ont volé de l'argenterie en cuisine, bou Diou ! Comme s'ils avaient plus à gagner en revendant leur butin qu'en travaillant avec moi ! Parce que... on les payait bien, tout de même ! Je n'en reviens pas ! De beaux berlauds[1], ces deux-là !

Ange le fixait d'un regard perçant, torturait ses couverts, semblait prête à bondir vers lui.

— C'est le Schnitzel qui les a surpris, vous savez, l'Alsacien arrivé avec le nouveau chef cuistot. Si j'avais pu imaginer qu'un vol puisse être commis en cuisine, c'est plutôt lui que j'aurais soupçonné tout de suite.

— Pourquoi lui plutôt qu'un autre ? l'interrompit Émelie.

— Je ne sais pas... une impression ! Ce gaillard-là m'a toujours eu l'air d'un frelampier[2]. Il paraît qu'il est

1. « Imbéciles ».

2. « Vaurien ».

bon à l'office et qu'il donne de sérieux coups de main au chef, pourquoi pas… mais si j'avais dû prendre la décision, je ne l'aurais pas embauché. M'inspire pas confiance ! Trop violent ! Suffit de croiser une fois son regard. Je le crois malade de la tête !

Il mordit une nouvelle fois dans sa pomme.

— Va falloir que je cherche quelqu'un pour remplacer les Italiens… grogna-t-il. De cette qualité… pas simple !

— Comment ça s'est passé ? osa Ange d'une voix blanche.

— Le chef s'est aperçu hier matin que des pièces d'argenterie avaient disparu. Deuxième fois en peu de temps ! Il a prévenu le patron, qui a convoqué sur-le-champ tout le personnel. La première fois, voulant croire à une erreur, il n'avait pas réagi. Mais là, il lui fallait sanctionner ! Alors le Schnitzel a dit avoir vu le Postua rôder près de la cuisine. Les objets volés ont été retrouvés dans l'armoire à outils du jeune Fortunato, au fond de la remise. Voilà !

Le père avait parlé d'un souffle, comme pour se libérer très vite d'une charge trop lourde.

Nouveau coup de dents nerveux dans la pomme.

Émelie remonta encore la mèche de la suspension pour y voir plus clair, fit couler le cidre dans les bols.

— Et vous en avez déduit que les Italiens étaient les voleurs ! souffla-t-elle, agacée.

— Eux, oui ! Pas moi ! Moi… j'en sais rien !

— Raconte ce qui t'est arrivé ce soir-là !

La mère s'était adressée à sa fille sur un ton sec et cassant.

Très pâle, Ange n'avait pas quitté Garin du regard. Elle se redressa, joignit les mains, réfléchit, parut tourner autour des mots qui lui venaient. Comment allait-elle pouvoir dire à son père à la fois qu'elle connaissait bien Fortunato, qu'ils se voyaient presque chaque soir depuis plusieurs mois, et que l'autre jour, pendant qu'il était chez le patron, ce fou de Schnitzel l'avait agressée et menacée ?

Elle prit une profonde inspiration, se força à parler :

— J'aime bien Fortunato, et... je crois qu'il m'aime bien. On se voyait souvent, en cachette, dans le bosquet, derrière le massif de buis. Maman sait... On se voit ailleurs maintenant.

Émelie confirma d'un signe de tête.

De la goutte d'index, le père caressait son bol de cidre.

— Je le connais bien. C'est un garçon honnête et gentil, qui a du cœur au travail, qui se plaît bien ici avec son père, et qui t'apprécie. À notre rendez-vous, l'autre soir, c'est l'Alsacien qui m'attendait derrière le buis. Il a voulu... me forcer à... l'embrasser. Il m'a dit que Fortunato serait bientôt chassé de La Maizerie...

Sa voix s'étrangla. Livide, elle lança un regard douloureux à sa mère, reprit :

— Il a voulu me forcer...

Elle avala sa salive.

— ... il me fait peur !

6

Avril 1900

Chez les Levral, on se souviendrait longtemps de ce pèlerinage de Saint-Wandrille, et du comportement criminel du Schnitzel derrière les buis. « Criminel ! Salopard ! » avait réagi Garin au récit de sa fille.

Les femmes l'avaient approuvé.

Ange avait tellement changé !

Elle ne sortait plus, passait le plus clair de son temps à son tambour de brodeuse ou à ses lectures. En novembre, l'année dernière, elle avait prié son père de la mener à la librairie de Neuville-sur-Soule. Là, elle s'était fait dresser par un commerçant aux allures de clerc de notaire, en manches de lustrine et calotte de serge noire, une liste d'ouvrages relatifs à l'orgue, sa nature, sa conception, ses registres et voix, des biographies d'artistes musiciens et compositeurs, des traités d'histoire à propos des plus fameux instruments de Normandie et d'ailleurs.

Une telle demande avait embarrassé le libraire, rompu à des commandes de *Messager boiteux* par des « optants » alsaciens qui avaient choisi la France – Normandie – en 1871 après l'annexion de leur pays par la Prusse, de *Veillées des chaumières* pour le feuilleton, parfois de livres signés Balzac, Hugo, Flaubert et Zola, plus rarement de Baudelaire, davantage que de traités techniques sur la musique, ses moyens d'expression et créateurs. Trois semaines plus tard, de passage à Neuville pour affaires chez un pépiniériste, Garin avait récupéré chez l'érudit à calotte de serge noire un panier de livres lourd de toute la science musicale attendue par sa fille. « Tenez, lui avait lâché le commerçant en grimaçant sous le poids du cadeau, je vous l'offre. Ces livres n'étaient pas dans mes rayons mais dans mon grenier. Qui peut bien s'intéresser à ça ici ? J'en ai profité pour faire un peu de ménage là-haut ! C'est vraiment pour votre fille ? » Gêné par tant de générosité, Garin avait acquiescé d'un coup de menton. « Curieux ! J'espère qu'elle y trouvera son bonheur ! » Sous la couverture fatiguée des *Perles mélodiques : six fantaisies faciles* d'Henri Cramer et le vélin noisette du *Vade Mecum des chantres* de l'abbé Dartayet, s'entassaient dans l'osier des partitions jaunies, des manuels à dos marqué de cinq nerfs usés jusqu'à la corde, des pages orphelines couvertes de portées griffonnées.

Son bonheur…

La veille de Noël, Émelie avait accroché à la porte de leur logement la couronne de l'Avent symbole de permanence, de renaissance, et promesse de vie heureuse, confectionnée avec des rameaux de buis, pin sylvestre, épicéa, chêne vert doyen du parc vieux de cinq cents ans et arbousier que les baies incarnates animaient d'esprit de fête. On avait passé un Noël paisible, dégusté pour le réveillon après la messe du soir dans la chapelle du château la traditionnelle soupe aux huîtres d'Isigny aux douces saveurs mêlées de carottes, poireaux, céleri et salicorne, une tarte du pays aux reinettes et crème épaisse, puis croqué des noix dont les sucs se mêlaient en bouche aux délicates longueurs du calvados.

Dans l'après-midi, rabattus par le vent de mer, des flocons d'une neige trop lourde pour être agréable avaient collé aux fenêtres, glissé sur les vitres en dessinant des traces d'escargots. Garin avait interrompu la lecture de son journal encore attaché à l'affaire Dreyfus, les avait suivis de l'index en fumant une rare pipe, celle de Noël, l'une de ses traditions ancestrales.

De fortes cuisses de chêne crépitaient dans la cheminée, embaumaient la maison, mariaient leurs senteurs de bois consumé à celles de cire d'abeille et de bonne cuisine maternelle.

— Toujours aussi intéressantes, tes lectures, ma fille ?

Plongée dans *L'Art du facteur d'orgues*, de Dom

Bédos de Celles[1], Ange n'avait pas entendu la question de son père. Il insista, veloutant plus haut la voix :

— Passionnante, ta lecture, on dirait !

Comme poussée par une solidarité naturelle de la mère avec son enfant, Émelie se rapprocha de sa fille.

Ange leva le nez.

— Oui, passionnante !

— Je peux voir ?

Tout ce qui touchait à ses femmes intriguait Garin. Il voulait tout savoir, voir, et surtout comprendre cette relation entre femmes qui détournait leur attention de sa personne, lui échappait presque toujours. Lui, habitué à la compagnie exclusive des hommes dans les travaux du parc, avait parfois du mal à accepter le comportement, qu'il jugeait trop intime, de son épouse et de sa fille. Il ressentait leurs silences parfois, leur complicité toujours, comme une douce exclusion d'un monde qu'elles lui rendaient inaccessible. C'est qu'elles savaient protéger leur mystère féminin, ces deux-là, voire le nourrir, s'inventer des secrets. Insupportable pour le mari et père qui, depuis toujours, voulait tout savoir, tout maîtriser, tout prévoir !

— Si tu veux !

Ange lui tendit le livre.

— C'est pas tout neuf, ça, dis donc !

---

1. Voir la Bibliographie, en fin d'ouvrage.

— Plus d'un siècle, mais… passionnant !

Lorsque j'ai entrepris de décrire l'Art du Facteur d'Orgues, j'ai cru ne devoir me proposer comme objet que celles qui sont en usage dans les Églises. Cet instrument paraît en effet devoir être traité en grand, pour rendre la belle harmonie qu'on est en droit d'en entendre…

Le père parcourait l'introduction. La fille l'observait, tentait de reconnaître des marques d'intérêt ou… d'indifférence, voire d'agacement. À son ouvrage, un œil sur les arabesques brodées d'un monogramme en cours, l'autre sur son mari, la mère suivait la scène sans en avoir l'air.

On appelle plein-jeu dans un Orgue le mélange d'un certain nombre de jeux, qui réunit tout ce que l'harmonie a de plus brillant, de plus plein & de plus moelleux. Malgré toutes ces belles qualités, je ne sais quel préjugé le fait proscrire de toutes les salles de concert. Il faut, dit-on, le reléguer dans les Églises ; est-ce respect, est-ce mépris ?

D'une page prise au hasard, Garin avait fait une lecture à mi-voix, comme s'il avait voulu témoigner de son intérêt pour le sujet.

— J'aime bien cette manière de voir les choses ! dit-il en rendant le livre à sa fille. Il y a là-dedans un côté rebelle qui me plaît.

Il s'approcha de sa femme, contempla un moment

son ouvrage, ses points réguliers dans le lin, parut réfléchir.

— C'est vrai, ça… pourquoi seulement dans les églises ? Pas normal ! Les chrétiens ne devraient pas être les seuls à pouvoir entendre ce qu'on a entendu à Saint-Martin-de-Boscherville ! Vous vous rappelez ?

Si elles s'en rappelaient !

Ange avait déjà rouvert le livre, retrouvé sa page, replongé dans sa lecture.

Comme le grand sommier est ordinairement élevé au-dessus du plancher d'environ 10 pieds, on trouvera assez de place au-dessous pour poser le sommier du positif, lequel dans ce cas l'on divisera en deux parties, pour être placées, l'une d'un côté & l'autre de l'autre aux deux côtés des claviers…

— C'est pas trop technique ?

Revenu vers elle, Garin lisait par-dessus son épaule.

— Tu parles d'un charabia !

— Pas davantage que tes *lonicera*, *buxus* ou *centranthus* !

Il lui avait enseigné les noms des plantes les plus communes, en latin, comme ces chèvrefeuille, buis ou valériane. Enfant, elle y avait pris goût, aimait les répéter comme dans une comptine, les chantonner parfois tandis que ses doigts apprenaient à décorer le lin.

— Tu y comprends quelque chose ?

— Rien !

— Alors, pourquoi.

— Je lis ça comme un roman, comme si les mots inconnus étaient les noms de personnages qui dansent sur le papier pour inventer une histoire, la mienne.

Ange leva les yeux vers son père.

— Je ne sais pas encore ce qu'ils vont faire de moi, ces personnages... *sommier, abrégé du positif*... où ils vont me mener... *vergettes, prestant... cromorne*... mais j'y vais avec eux.

Elle prit une grande inspiration, offrit au père un sourire lumineux.

— On verra bien !

Le feu ronronnait dans l'âtre.

— Tu es retournée derrière les buis depuis le soir de notre retour ?

Garin s'était écarté. La mère suspendit son geste sur le monogramme aux lettres d'or. Qu'il relance entre eux ce sujet l'avait tout à coup irritée.

— Jamais !

— Tu as revu ce dangereux Schnitzel, dans le parc ou ailleurs ?

— Jamais !

Émelie avait soufflé la flamme de sa loupe d'eau, s'était levée, avait gagné la cuisine d'un pas nerveux. Elle remuait des casseroles, histoire de faire du bruit, de couvrir à sa manière une discussion qu'elle n'avait pas envie d'entendre.

— Prends garde ! Si tu venais à le revoir…

— Aucun risque ! Je ne sors plus !

— J'en suis fort aise. Mais, en même temps, ça m'inquiète de te voir enfermée ainsi tout le jour ! Tu pourrais mettre un peu le nez dehors, tout de même, parce que…

— Tu ne vois donc pas que tu l'agaces avec tes questions ? l'interrompit la mère en forçant la voix depuis son fourneau. Fiche-lui donc la paix et laisse-la lire son livre ! Tu as donc déjà épuisé ton journal ?

Son journal…

Depuis le record de vitesse établi sur le parc agricole d'Achères par la *Jamais-Contente*, voiture à propulsion électrique du Belge Jenatzy, Garin se désintéressait de la politique au profit des techniques nouvelles. Jusque-là, il avait vu le monde à travers les perspectives des jardins à la française, le bouturage et les greffes, l'amendement des potagers du domaine, et les commentaires de plumitifs sur les problèmes de naturalisation des étrangers installés en Algérie, la visite du président de la République Félix Faure en Russie, ou le mouvement, qu'il approuvait du bord des lèvres, de défense et promotion des femmes lancé par Marguerite Durand avec son quotidien *La Fronde*. Du bord des lèvres car tout en applaudissant le courage de celles qui se battaient pour leur dignité, telles Maria Deraismes, passée depuis peu à l'Orient éternel, et Louise Michel, toujours active après son retour du bagne, il se demandait quelle nouvelle société d'affrontements s'était mise en marche. Aussi, avec le printemps nouveau, l'annonce de la performance belge réussie à bord d'un véhicule d'aluminium en forme d'obus avait-elle bouleversé son univers ! « Dire qu'on roule déjà plus vite qu'un cheval au triple galop dans un bolide de ferraille, mais qu'on s'éclaire encore à la lampe à pétrole et qu'on se déplace toujours en calèche… avait-il soupiré un matin en repliant son *Figaro*. « Pas vrai ? » avait-il lancé à ses femmes. « Si tu le dis ! » avait répondu son Émelie. Les progrès des techniques le réjouissaient pour le confort promis en même temps qu'ils l'inquiétaient. Il en était avide, comme des nouvelles orientations agricoles encouragées par le ministre vosgien Jules Méline, curieux et soucieux à la fois. « Où va le monde, grands dieux ? » grognait-il parfois en jetant son journal épuisé sur la caisse à bois pour l'allumage du feu du lendemain. Comme abattu. Mais, aussitôt relancé par les exploits d'ingénieurs aussi inventifs que ce Belge Jenatzy, prêt à repartir à la tâche sur-le-champ en homme d'énergie qu'il se savait être et dont il faisait la preuve chaque jour devant ses manouvriers créateurs de paysage.

— L'orgue… l'orgue… pourquoi l'orgue ? lâcha-t-il d'une voix atténuée par la présence de sa femme revenue vers eux. Pourquoi pas maîtresse d'école ? Réfléchis ! Métier passionnant, sécurité de l'emploi, reconnaissance des institutions et des parents… une notable !

— L'orgue ! riposta sèchement sa belle Ange.

— Oui, j'entends bien. Mais réponds donc à ma question : pourquoi l'orgue ? Il y a bien une raison, tout de même. Si c'est un caprice de petite fille, il est temps de…

Un regard noir de sa femme le fit taire. Il changea de ton :

— C'est notre étape à Saint-Martin qui t'a mis ça dans le crâne ?

— L'orgue !

Garin haussa les épaules, fila vers la cuisine, choisit une belle pièce de hêtre au cuir lisse qu'il jeta sur les chenets.

Le feu crépita.

Des étincelles filèrent à la volée dans l'avaloir.

Il resta un long moment à contempler la danse des jeunes flammes.

— L'orgue… grommela-t-il. La trompette de cavalerie, aussi, tant qu'on y est !

Il jugea aussitôt cette pensée imbécile.

La regretta.

— L'orgue…

7

Septembre 1901

Mademoiselle Ange LEVRAL
Domaine de La Maizerie
NEUVILLE-SUR-SOULE

Saint-Germain-de-Livet…

Sur un timbre à l'effigie d'une Marianne ocre brandissant la table sacrée des Droits de l'Homme, le tampon postal portait à l'encre baveuse le nom de cette commune inconnue… *Saint-Germain-de-Livet…*

Ange retourna la lettre, en examina le verso… rien… aucune indication d'expéditeur !

Émelie avait vu arriver le facteur. Surprise. Eux qui ne recevaient jamais rien ! Sauf, de temps en temps, une lettre bordée de noir, pour une annonce de mort dans la famille d'autre-rive. De sa place à la fenêtre, curieuse et inquiète à la fois, elle avait observé sa fille. Que pouvait bien être ce courrier adressé à elle qui, à part leur entourage immédiat de La Maizerie, ne connaissait pas grand monde ? Personne, à vrai dire ! Ange aurait-elle écrit à quelque administration, institution, entreprise… sans lui en avoir fait la confidence ? Côte à côte à leur tambour de brodeuse, elles se parlaient parfois en piquant le lin, se confiaient des affaires de fille et de femme, d'histoire et de tradition, de cuisine aussi, dont la mère aimait transmettre ce qu'elle avait reçu de sa mère, qui l'avait reçu de sa mère, elle-même… Aucun secret entre elles. Mais, là, ce matin… une lettre ! Grand Dieu ! Émelie sentit tout à coup une pointe d'angoisse lui piquer la poitrine. Comment se pouvait-il ? Ange, sa fille qui lui disait tout de ses problèmes de jeune femme, de ses réflexions quant à son avenir, de ses espoirs… comment aurait-elle pu entreprendre une démarche sans lui en toucher un mot, sans même lui demander son avis ? Elle suspendit son geste de brodeuse sur un chiffre blasonné. Peut-être était-ce le ministère de l'Instruction publique qui relançait sa fille après lui avoir proposé, quelques mois plus tôt, d'entrer dans la carrière convoitée de maîtresse d'école. Ange pouvait y prétendre, avec son brevet supérieur tout neuf qui lui ouvrait au large les portes du sacerdoce républicain. Garin en avait été fier. De tout son poids de père et de citoyen, il avait accompagné la proposition officielle, avait rabâché les avantages d'une telle position d'enseignante dans la société : position de notable, emploi à vie, grandes vacances qui permettraient d'entretenir sa propre culture en vue de la partager avec les élèves et de fonder une famille dont elle pourrait s'occuper, de broder encore – cette activité lui plaisant, semble-t-il, autant qu'à sa mère –, assurance de servir le pays et sa population puisque la maîtresse d'école était presque toujours, en plus de sa charge pédagogique, secrétaire de mairie du village et à ce titre capable souvent de souffler au maire des décisions importantes pour la communauté. Il avait ajouté l'opportunité d'une nomination à proximité : possibilité de se faire installer dans la région, à Neuville peut-être même, où l'école de garçons, véritable château de briques rouges à chaînages de pierre de taille, venait d'être agrandie d'une école de filles ! Une révolution : les filles à l'égal des garçons ! « Rends-toi compte… avait-il conclu. Il aura fallu attendre encore des années après le premier succès d'une femme au baccalauréat[1] pour que l'État admette les filles à l'école ! Tu pourrais prendre ta part de cette belle aventure… Ne crois-tu pas ? » Ange avait écouté son père sans

---

1. La Vosgienne Julie-Victoire Daubié fut la première bachelière de France, en août 1861. Outré qu'une femme pût faire ainsi son entrée en université, le ministre Rouland refusa de signer son diplôme au prétexte que, le faisant, il « ridiculiserait » son ministère. (Du même auteur : *Julie-Victoire, le roman de Julie-Victoire Daubié, première bachelière de France*, Éd. ESKA-MA.)

la moindre réaction. Il avait insisté : « Maîtresse d'école, la classe ! », souri jaune de son jeu de mots tombé à plat. Visiblement agacée, Ange avait piqué du nez sur son tambour, planté son aiguille dans le lin tendu, brodé un nouveau pétale rouge sang à une rose tout juste éclose.

Mademoiselle Ange LEVRAL
Domaine de La Maizerie…

Inconnue, l'écriture à l'encre violette, d'une belle calligraphie ornée d'arabesques qui lui donnaient une forme agréablement désuète.

Ange saisit ses ciseaux les plus fins, les plus tranchants, en introduisit une lame dans le pli, tira en prenant bien soin de l'ouvrir proprement, déplia le papier. Lut. Silence. Lèvres pincées, elle semblait vouloir contenir une émotion qui lui avait fait tout à coup un visage de porcelaine.

Le balancier de la pendule tranchait le silence.

Quelque part, au loin, un coup de feu claqua. On chassait vers la ferme du Bosc.

Ange replia le papier, allait le glisser dans l'enveloppe, retint son geste, jeta un regard douloureux à sa mère.

— Veux-tu que je te lise ?

— C'est toi qui…

— « Chère Ange, peut-être m'as-tu déjà oublié. Après ce qui s'est passé, ce qu'on a dû te raconter à La Maizerie, je ne saurais t'en vouloir. Je ne t'ai pas écrit avant parce que je ne voulais pas que la honte de l'accusation que nous avons subie, mon père et moi, retombe sur toi et ta famille. Pourtant, Dieu sait si j'en ai eu envie, si j'ai pris souvent la plume avec l'intention de te dire combien tu me manques, combien je souffre d'être séparé de toi. Deux ans... une éternité ! Maintenant il faut que tu saches la vérité. Même si tu ne veux plus entendre parler de moi. S'il en est ainsi, sois certaine que je t'écris pour la première et dernière fois ; je ne t'importunerai plus, ni par ma présence, ni par lettre ; je disparaîtrai définitivement de ta vie. Mais tu dois savoir pourquoi mon père et moi avons été chassés de La Maizerie, où nous étions bien. Le travail nous plaisait, l'équipe nous avait bien accueillis malgré notre origine étrangère. Et puis, je t'y avais rencontrée. Nous travaillons maintenant pour le maître de Saint-Germain-de-Livet, même ouvrage au château pour mon père et moi, mais pas la même ambiance. On nous y qualifie souvent de "ritals", de "macaronis"... Nous n'avions jamais vécu ça à La Maizerie. Nous avons du mal à supporter, mais nous nous y faisons ! »

Par souci d'économie, Émelie éteignit sa chandelle, repoussa loupe d'eau et tambour, se rapprocha de sa fille, murmura :

— Dis donc, il écrit bien, ce garçon ! Pour un...

Elle hésita.

— … un étranger ! Il écrit mieux le français que bien des gens de chez nous ! Comment…

— Il aime la France, tout simplement !

— Oui, mais…

— Comme bien d'autres dans son pays, sa famille parlait souvent notre langue en souvenir de l'armée de la Révolution qui avait chassé les Autrichiens. Rappelle-toi Arcole et Rivoli, puis Magenta et Solferino !

Émelie se souvenait vaguement.

Pour elle, l'école… c'était loin déjà.

— Il lit beaucoup, Victor Hugo surtout !

Ange parut réfléchir, remuer des souvenirs, puis replongea dans la lettre :

— « C'est la jalousie qui nous a fait chasser du domaine. Le garçon de cuisine Schnitzel a manigancé contre nous pour nous faire partir. Il a profité de l'absence de ton père pour faire croire que nous avions volé des pièces d'argenterie. On les a retrouvées dans mon armoire de vestiaire. Il les y avait mises. Je n'ai rien pu faire pour me défendre. Le *house manager* n'a rien voulu entendre. Les preuves étaient contre nous. La cause du problème, c'est moi, mais pas parce que je serais un voleur… parce que j'ai besoin de toi. Ce gars m'avait menacé plusieurs fois de me tuer si je continuais à te fréquenter. Il prétendait que les filles des Français n'étaient pas pour les "macaques", et il avait juré qu'il t'aurait, lui. Maintenant que nous sommes séparés, que le silence s'est installé entre nous, je me demande ce que tu deviens, ce que tu fais, si tu penses encore à moi de temps en temps, si tu as cru à ces accusations. Que ma réputation soit ruinée à La Maizerie m'importe peu. La conscience de mon innocence me suffit pour vivre en paix ; mais que la réputation de mon père soit atteinte m'est insupportable. Aussi insupportable que de n'avoir aucune nouvelle de toi, de ne plus entendre ta voix, toucher ta main, lire mon avenir dans tes yeux. Je voudrais telle... »

Ange suffoqua. Sa gorge s'était nouée. Le temps d'une profonde inspiration, elle égara son regard dans les solives du plafond. Entre ses doigts, le papier frémissait. De colère... pensa Émelie, troublée, ou de souffrance !

— Qu'est-ce qu'il te dit encore ?

— « Je voudrais tellement savoir si ton cœur m'est toujours ouvert, pouvoir revenir à La Maizerie pour y travailler, bien sûr, mais surtout pour t'y retrouver encore derrière le massif de buis, pour te dire puis dire à tes parents que je t'aime. Voilà... c'est dit... pour la première fois : je t'aime ! Jusque-là, je n'ai jamais osé te faire cet aveu. Mais maintenant il faut que tu saches que je voudrais passer ma vie à t'accompagner, vivre pour toi, pour nous, ne plus te quitter, jamais ! Mon père va mal à cause de toute cette histoire. Il ne parle plus, ne rit plus, perd souvent la mémoire, même au travail, où il lui arrive de se demander ce qu'il fait là. Je m'occupe de lui comme je peux. Il m'inquiète. S'il pouvait reprendre ses habitudes à La Maizerie, il retrouverait son entrain, ses forces et sa passion du métier. Mais voilà, nous sommes à Saint-Germain ! Je n'attends pas de réponse de toi, sauf si tu souhaites me revoir. Je ne t'écrirai pas d'autre lettre. Ton silence suffira à me faire comprendre que tu m'as oublié, et je m'éloignerai pour toujours. Tes mots… Je n'ose y croire ! Pourtant ! Sois heureuse, ma chère Ange, avec moi ou sans moi. Tu le mérites. Et tes parents méritent ton bonheur. Je te remercie de les saluer pour mon père et pour moi. Je t'aime. Fortunato… »

Ange replia le papier.

Des larmes traçaient leur chemin d'argent sur ses joues.

— Tu vas lui répondre ? questionna sa mère.

— Bien sûr !

— Que vas-tu lui écrire ?

— Que s'il ne peut pas revenir à La Maizerie c'est moi qui irai le retrouver, n'importe où, pourvu que je le rejoigne.

Émelie retint son souffle. Tenta :

— Tu dois être raisonnable… tu n'es plus une enfant, que diable !

— Justement ! J'ai dix-sept ans. Je sais ce que je veux. J'irai !

Silence.

— Alors il faut en parler à ton père, lui montrer cette lettre, qu'il rétablisse la vérité auprès du patron !

— Je ne montrerai cette lettre à personne ! Elle m'est trop personnelle. Et puis, porter une accusation est trop grave. Je ne veux pas me comporter comme ce Schnitzel. Même si je sais que Fortunato dit vrai. Il ne sait pas mentir, lui.

Buste droit, front haut, Ange parlait d'une voix ferme malgré les nœuds dans sa gorge.

D'un revers de main, elle effaça les traces de larmes sur ses joues, planta son regard dans les yeux de sa mère.

— Mais je vais expliquer, dire comment les choses se sont passées ! Ce ne sont pas des voleurs !

— Tu voudrais qu'ils reviennent ici, tous les deux ?

— Pourquoi pas ? Mais est-ce qu'ils le voudraient, eux, après avoir été humiliés comme ça ? Et le patron, est-ce qu'il le voudrait, lui ? Tout le monde n'est pas capable de reconnaître une erreur de jugement. Alors...

Elle glissa la lettre dans son enveloppe, la posa sur le tambour et son travail en cours, se leva, se planta devant la fenêtre, contempla en silence la perspective du parc taillée autrefois par Fortunato. Au loin, les grands hêtres se voilaient déjà d'automne.

Elle se tourna vers sa mère en marche vers la cuisine, ses casseroles, le souper...

Garin rentrerait bientôt du travail.

— S'il ne peut pas revenir, alors j'irai le retrouver !

Ange avait élevé la voix.

— Sois raisonna…

— Je le suis !

— Tu partirais ?

— Je partirai !

8

Avril 1903

— J'apprécie votre travail, cher ami. Les services que vous avez rendus à mon prédécesseur ont permis de maintenir le domaine en bon état, malgré les négligences et mauvais traitements qu'il a subis durant les dernières décennies.

Très élégant, moustache dessinée à la perfection, regard généreux planté dans celui de son visiteur, le comte Alibert de La Maizerie rajusta sa cravate de faille noire sur son col de celluloïd. Son visage poupin rayonnait d'une douce lumière, donnant l'impression d'un sourire permanent en même temps que d'une fermeté à toute épreuve.

Quand il avait appris le rachat du domaine par un officier issu de Saint-Cyr, descendant du constructeur du château au seizième siècle, Garin Levral avait craint pour son avenir dans les lieux qu'il soignait comme s'ils étaient siens… pour leur avenir ! Le nouveau maître le garderait-il à son service ? Et puis, devoir travailler désormais pour un militaire habitué à donner des ordres, à exiger d'être obéi sans barguigner, à imposer sa manière de penser et de vivre faisait monter en lui des vagues d'angoisse inconnues jusque-là. Pourrait-il exprimer encore sa propre vision de l'ordonnancement d'un jardin à la française, ce qu'il avait réussi à faire malgré la forte pression anglaise passée ? Oui, servir désormais un nouveau propriétaire lui avait fait craindre le pire. L'âge, s'était-il dit. On est moins souple en vieillissant, question… d'articulations ! Craindre le pire, d'autant plus que ce nouveau venu descendait de l'illustre lignée d'origine, ce qui lui conférait une autorité naturelle dont il pourrait être tenté d'abuser.

— Comprenez, mon ami… six propriétaires différents en un siècle ! Catastrophe ! Aucun domaine ne se remet d'une telle débâcle. Notre Maizerie a bien failli disparaître corps, âme et biens. Voyez le parc, vendu à la découpe par un spéculateur, qui a perdu les trois quarts de son étendue et de sa qualité… quel massacre !

Le comte soupira.

— Rares sont les gens d'argent qui ont le sens de l'Histoire !

Il s'abîma dans une intense réflexion. Reprit :

— C'est parce que je voulais rendre à cet endroit son âme et l'esprit de ma famille que je l'ai racheté. Manière de protéger les origines de notre nom, vous comprenez, et par là même mes racines. Important, n'est-ce pas ?

Ce disant, il avait interrogé Garin d'une levée de main. À son annulaire brillait la chevalière aux armes des Maizerie, *De gueules au lion rampant d'or*.

— Loin de moi le projet de vouloir jouer les seigneurs au pays de mes ancêtres ! Le croire serait mal me connaître. Ne nous méprenons donc pas. Le temps des roitelets de province est bel et bien révolu, heureusement. Mais…

Il fixa de son bon regard bleuté « le maître des jardins ».

Ainsi l'avait-il salué la première fois, peu après son entrée en possession du domaine.

— Les pierres ont une âme, n'est-ce pas ?

Surpris, Garin acquiesça d'un mouvement de tête.

— Et les arbres une vie qui vaut bien celle des humains, donc leur respect, comme tout ce qui vit sur cette terre, d'ailleurs. Une vie est une vie, quelle qu'elle soit… n'est-ce pas ?

Nouveau mouvement de tête. Garin se demandait comment répondre à cette question ? Bien sûr, lui aussi en était convaincu : « une vie est une vie », humaine, animale, végétale, même minérale. Mais la discussion prenait une tournure inhabituelle d'échange entre philosophes de salon. Ce nouveau propriétaire n'était-il pas en train de lui tendre un piège, de l'éprouver ? Que les pierres aient une âme… ils sont tellement nombreux, ceux qui pensent encore que les animaux n'en ont pas, que les femmes même, à en croire certains, en sont privées… Quant aux arbres, bien sûr qu'ils vivent ! Torturant sa casquette à deux mains, troublé par le « mon ami » répété par son nouveau maître, Garin allait tenter une réponse qu'il savait d'avance maladroite quand…

— Mais je vous importune avec mes réflexions. Prenez place, mon ami. Nous serons plus à l'aise pour bavarder. Il est important d'être bien installés, parce que j'ai à vous parler sérieusement.

Le comte invita son jardinier à s'asseoir à la table de jeu où patientaient quelques cartes, dont une dame de cœur, tira un siège à son côté, de trois quarts, comme pour un échange de confidences.

Garin avait posé sa casquette sur un tabouret voisin couvert de velours pistache, se dénouait les mains, tentait de calmer les battements de son cœur par de profondes inspirations. Jamais il ne s'était senti aussi troublé par un patron. Il en avait vu d'autres, de curieux châtelains nouveaux riches aux exigences souvent contestables, les avait tous servis sans l'ombre de la moindre tension, en tout cas pas celle qui le figeait au côté du comte dans ce salon pourtant familier.

— J'apprécie votre travail, cher ami, je le répète. Et j'ajoute que j'ai besoin de vous, de votre connaissance du domaine, de votre expérience, et de votre détermination, que j'ai pu vérifier depuis mon arrivée.

Une domestique en petit tablier blanc fit irruption. Le comte s'interrompit le temps qu'elle dépose un plateau d'argent sur le guéridon voisin marqueté en forme de rose des vents, acajou et merisier, puis qu'elle se retire en glissant sur le parquet comme une poupée vénitienne. Il questionna :

— Café, infusion, thé… biscuits ? Ignorant encore vos préférences, j'ai fait préparer tout cela. À vous de choisir !

Le comte se leva, porta le plateau sur la table de jeu, prêt à faire lui-même le service. Il avait poussé sur le côté la dame de cœur et son cavalier de trèfle.

— La prochaine fois, je connaîtrai vos préférences, car il y aura une prochaine fois, d'autres prochaines fois…

Il planta son regard dans celui de Garin.

— … à condition que vous soyez prêt à rester ici, à travailler pour moi !

Il avait saisi la cafetière, interrogeait du menton levé son visiteur, qui accepta.

Énoncé ainsi, son conditionnel valait question et appelait une réponse.

— Si vous estimez avoir encore besoin de mes services, monsieur le…

— « Monsieur » suffira, mon ami. L'Ancien Régime a vécu, je vous l'ai dit et vous le confirme. La République n'accepte plus les titres anciens que par « courtoisie ». Logique, n'est-ce pas ! Et si l'aristocratie n'existe plus autrement que par les titres, alors c'est qu'elle est morte. C'est en tout cas ce que je crois. La noblesse se repère désormais dans les élans du cœur, dans l'ouverture d'esprit et les qualités de rapports d'homme à homme. Un duc peut être un fieffé crétin, et un chaudronnier ou un… jardinier le plus noble des individus… croyez-moi !

— Je veux bien vous croire, monsieur le… Pardon, monsieur…

— N'y allons pas par quatre chemins, le coupa le maître des lieux. Nous reprendrons une autre fois cette discussion sur les mérites respectifs de l'ancien et du nouveau régime. Pour l'heure, ce qu'il me faut savoir c'est si vous souhaitez rester dans vos fonctions chez nous, avec nous, cher ami…

— Je vous retourne la question, monsieur : voulez-vous de moi à votre service ? Je vous avoue que depuis la nouvelle de votre retour, plusieurs semaines, je me demande ce que je vais devenir, avec ma famille. Souvent, les nouveaux maîtres arrivent avec leur personnel venu d'ailleurs. Alors…

— Ce n'est pas mon cas ! J'arrive seul. Mon épouse et mes enfants sont à Paris et entendent bien y rester. Habitude qu'ils ont prise pour éviter le vagabondage de garnison en garnison. Ils viendront de temps en temps seulement à La Maizerie. Quant au personnel, à chaque lieu le sien.

Le café chanta dans les tasses.

— Je crois savoir que vous travaillez sur ce domaine depuis près d'un demi-siècle. Autant dire… une vie ! Vous êtes donc chez vous davantage que chez moi, qui le découvre à peine. C'est ainsi que je vois les choses. Simplement. Mais…

Le comte tendit le sucrier à Garin.

— Je pourrais comprendre que vous soyez fatigué de ce pays, de ce service, de ces tâches toujours les mêmes au variant des saisons, bien sûr, toujours répétées…

— J'aime ce pays, monsieur, répliqua Garin, qui commençait à se détendre. C'est le mien puisque je suis voisin de Betteville, entre Rouen et Bolbec, sur la rive droite de la Seine, pays de Caux. C'est là que je suis né, à côté de…

Garin s'interrompit, le temps d'une gorgée de café.

— … à côté de l'abbaye de Saint-Wandrille. Aussi loin que je me souvienne, je m'y suis toujours senti bien. Je peux même vous confier que je m'y sens de mieux en mieux !

Alibert de La Maizerie avait repris sa place à côté de son visiteur. Attentif, il sirotait son café.

— Quant au service… pardon de vous contredire, mais il n'est jamais le même ! Vous l'avez dit, monsieur : les arbres ont une vie. Sous une apparente immobilité, les végétaux sont comme tous les êtres vivants : chaque jour différents de la veille, à l'image du ciel. Aucun printemps ne ressemble à l'autre, aucun automne, aucune saison ! Comme les eaux de la Seine sous le pont Corneille de Rouen : toujours les mêmes, mais toujours différentes.

— J'apprécie votre esprit au moins autant que votre travail, cher ami. Je crois que nous allons bien nous entendre. Très bien, même !

La domestique fit une apparition, s'assura que rien ne manquait. Au passage, elle offrit à Garin un bon sourire. Au service de l'Anglais depuis plusieurs années, elle connaissait bien le jardinier.

— Votre famille… m'avez-vous dit ?

— Ma femme Émelie, brodeuse, et ma fille Ange, qui vient de passer avec succès les épreuves du brevet supérieur.

— Le brevet supérieur ! Pas moins ! Félicitations. J'aimerais la connaître. Quand me la présentez-vous, en compagnie de votre épouse ? Vous m'obligeriez !

— À votre disposition !

— Demain, onze heures ?

— Demain onze heures !

Le comte se leva, tendit la main.

— Si j'ai bien compris, nous sommes partis pour travailler longtemps ensemble…

— Aussi longtemps que Dieu voudra !

Sur le perron, Alibert de La Maizerie retint Garin par le bras.

— Que pensez-vous de la mort d'Émile Zola ?

— Un grand mystère, monsieur le comte… un grand mystère… criminel !

Les lilas du parc ployaient leurs grappes mauves et blanches sous le vol d'une escadrille de pigeons.

Quelque part crépitaient des roues de gerbière…

— Demain… onze heures !

9

Le lendemain, onze heures

Les massifs de pivoines inclinaient leurs fleurs jusqu'au sol, mêlaient leurs parfums à celui des lilas dont la double haie menait au perron. Des volées de moineaux s'y chamaillaient, tandis que l'escadrille de pigeons fonçait du village à la forêt, de la forêt au village, avant de s'abattre sur le toit des communs pour mieux reprendre son envol.

Belle matinée de printemps qui ouvrait au large l'horizon du val de Risle aux vapeurs océanes et au bois de Sainte-Vaubourg lancé à l'assaut du ciel.

Le gravier de l'allée crissait sous les pas des Levral.

Tenue de maître jardinier impeccable, Garin menait ses femmes au château. Chevelure sauvage assagie, chignon serré d'une résille de coton à fines mailles, Émelie avait vêtu sa robe des grandes occasions, à manches bouffantes, col et poignets brodés. Elle allait à petits pas, fille à son bras, en jupe de calamande rayée de gris à deux tons, bustier ajusté sur guimpe à col de dentelle. Impressionnées et muettes. Jamais elles n'étaient entrées au château. Le *house manager* et sa vieille administration avaient toujours tenu à distance les personnels, évitant même de venir les visiter dans leur demeure des communs, sauf pour les urgences du service.

Sur le perron, en veste de tweed, cravate de faille de soie blanche nouée au col cassé, petit doigt sur la couture du pantalon dans l'attitude héritée de son passé d'officier, Alibert de La Maizerie, souriant, prêt à l'accueil.

À l'approche du groupe, le comte descendit trois marches, accueillit les visiteurs de son éternel sourire, les invita à pénétrer dans la demeure ancestrale. Sur le seuil du vestibule marbré, il se tourna élégamment vers les femmes, gratifia Émelie d'un baisemain à l'ancienne qui lui rosit les joues, s'inclina devant la belle Ange, saisit le bras de Garin, les guida vers le salon.

La domestique en petit tablier blanc les y attendait et, sur la table de jeu, le plateau de sablés à la crème d'Isigny, boissons froides et chaudes, cidre en bouteille étincelante de transpiration, cafetière fumante, théière couverte de sa cape capitonnée, et une demi-douzaine de bourdelots dorés au jaune d'œuf surmontés d'une minuscule rose de pâte givrée de sucre glace. Sur un côté de la table, la dame de cœur côtoyait toujours son chevalier de trêfle.

— Prenez place, je vous prie !

Le vieux parquet point de Hongrie d'une délicieuse teinte cognac craquait sous les pas. L'air du salon embaumait la cire d'abeille et le parfum sucré des pommes cuites mêlés aux fragrances du café frais. Dans le sillage du comte s'évaporait un discret cuir de Russie.

— Heureux, très heureux de vous recevoir, mesdames. Votre mari et père, mon ami Garin, m'a parlé de vous en termes tellement chaleureux que je brûlais de vous connaître !

Il avait baissé le ton pour dire « mon ami Garin », comme s'il avait abordé une zone de réserve masculine, de discrète relation patron-collaborateur, mais désireux tout de même de partager leur complicité !

— Maintenant que j'ai l'honneur de vous recevoir, de vous voir, je dois avouer que je comprends son enthousiasme, mesdames ! Je peux même affirmer qu'il est, de loin, l'un des plus heureux hommes qu'il m'ait été donné de rencontrer, tous milieux confondus, tant à l'armée que dans les salons parisiens ou de garnison...

Il s'était tourné vers Garin.

— N'est-ce pas, mon ami ?

Gêné aux entournures – il n'avait pas l'habitude de confier ainsi ses émotions intimes en public –, le maître jardinier s'était contenté d'un regard furtif à ses femmes accompagné d'un sourire approbateur en direction de son patron. Vrai qu'il se savait heureux de partager la vie de personnes aussi belles et généreuses d'esprit et de cœur ! Mais de là à l'avouer en présence d'un étranger, alors qu'il n'avait jamais osé leur en faire la confidence en privé ! Depuis toujours, chez les Levral, on aimait, mais sans le dire. On aimait dans le secret de son âme ; on exprimait cet amour par le regard parfois, le geste souvent, rarement en paroles. Les mots n'auraient pas su franchir la barrière des lèvres. C'était ainsi ! Quant au dévoilement des élans du cœur…

— Je peux bien vous avouer combien j'étais inquiet à mon retour à La Maizerie. L'état du domaine, son abandon par ma propre famille, la manière dont des spéculateurs peu scrupuleux l'ont géré pendant des dizaines d'années me faisaient maudire mes prédécesseurs. Comment avait-on pu laisser se détériorer ainsi un tel patrimoine collectif… j'ai bien dit « collectif » !

Alibert de La Maizerie s'échauffait, avec distinction, certes, mais s'échauffait tout de même. Une colère froide l'habitait, qu'il savait transmuter en analyse d'une situation annonciatrice de stratégie d'action. À la militaire !

— C'est à notre pays qu'appartiennent ce domaine, ces paysages, ces vestiges d'un autre temps, ces traces d'une histoire que nous avons écrite ensemble ! Je ne suis pas loin de penser que la Révolution a eu raison de s'approprier les biens d'aristocrates souvent acquis sur le dos de leurs serfs pour en faire des biens nationaux. Mais j'affirme qu'elle a eu tort ensuite de les vendre à des paysans qui les ont massacrés, qui ont transformé des chapelles en écuries, des églises en granges à fourrage, des demeures de caractère en taudis après en avoir cassé les pierres taillées, brûlé parquets et boiseries pour se chauffer, tué l'âme !

Ses mains s'étaient crispées sur le velours incarnat de son crapaud Louis XVI.

— Mais cette inquiétude s'est vite dissipée, grâce à vous, mes amis, grâce à quelques piliers du personnel restés fidèles à l'esprit des lieux. C'est vous qui avez protégé La Maizerie alors que ses propriétaires successifs n'y voyaient plus qu'un objet de spéculation. Je ne vous en remercierai jamais assez.

Il rajusta sa cravate de faille de soie blanche qui avait tendance à se relâcher sur le col cassé.

— C'est donc ensemble que nous allons lui redonner son rayonnement d'hier, pour le bien de tous. La renaissance de l'abbaye de Saint-Wandrille, que tout le monde croyait perdue à jamais, est la preuve vivante de la force de la volonté humaine.

Son visage se crispa.

— Même si, à cause de la maudite loi de 1901 qui a exproprié les congrégations, elle vient d'être de nouveau profanée et vendue à un poète de salon belge[1], notre abbaye vient de renaître et elle vivra.

---

1. Suite à la loi de 1901, l'abbaye de Saint-Wandrille fut vidée de ses religieux, puis vendue à l'écrivain belge Maurice Maeterlinck – prix Nobel de littérature 1911 –,

Il avait prononcé « elle vivra » avec toute la force de l'officier combattant.

— Quand on veut, on peut ! *Dum volumus possumus !* Telle aurait pu être la devise des Maizerie. Elle ne l'a pas été. Ils n'en ont jamais eu. C'est la mienne, désormais. Elle pourrait être la vôtre aussi... n'est-ce pas, mademoiselle ?

Ange sursauta. Elle ne s'attendait pas à une question aussi directe.

— Mais assez parlé de moi et de mes ambitions patrimoniales ! ajouta-t-il sans attendre la réponse de la jeune fille. Je suis très incorrect de ne m'être pas intéressé d'abord à vous, mesdames. J'ose espérer que vous me pardonnerez !

S'adressant à la mère, cette fois...

— Vous êtes brodeuse, n'est-ce pas ?

L'assurance, la voix, les choix de mots et intonations, la majesté des lieux impressionnaient Émelie, qui, quelques hésitations ravalées, se lança.

Et d'évoquer pour lui son travail quotidien à sa fenêtre ouverte sur le parc par temps clair, derrière sa loupe d'eau par ciels couverts ou soirées précoces de mauvaise saison... d'évoquer aussi les difficultés à se procurer les matières souvent précieuses nécessaires à sa tâche : toile de lin ou Aïda, chanvre beige pour cantonnières, tissu organza, soutache, fils métallisés or et argent,

---

qui l'occupa avec sa compagne, l'artiste lyrique et actrice Georgette Leblanc.

échevettes de soie d'Alger, boutons de nacre et perles « ailes de poulet » en buis… Elle se laissait griser par les mots de sa panoplie dont le charme paraissait gagner le comte. Ce parlant, elle avait pris de l'assurance, s'était lancée dans le répertoire des points qu'elle maîtrisait à merveille, souvent très compliqués, que le militaire reconnaissait à leur description pour les avoir portés sur ses uniformes d'officier. Puis elle avait conclu par les relations parfois compliquées avec les réseaux de marchands et commissionnaires chargés de collecter leurs chefs-d'œuvre, de les porter à d'autres intermédiaires de Rouen qui les acheminaient à Paris chez les grands de la mode où ils entraient dans les listes discrètes de riches clients ordonnés pour la plupart autour de la famille royale anglaise.

Alibert de La Maizerie paraissait fasciné par le récit de la brodeuse. Jouait-il l'intérêt, ou bien entrait-il vraiment, en pleine conscience, dans cette passion de femme pour tout ce qui, dans son art, pouvait révéler la lumière ?

Garin suivait l'échange mot à mot sans y ajouter son grain de sel, pas même un frémissement de sourcil. À la maison, sa femme parlait rarement de son ouvrage. Elle s'y consacrait toute, concentrée, muette sauf quand il s'agissait de livrer à sa fille les secrets de cet art reçus de sa mère, elle-même initiée par sa mère, elle-même… depuis la nuit des temps familiaux. Des doigts agiles de sa femme, il voyait naître le miracle des ornements floraux, les arabesques de chiffres et monogrammes, en observait parfois, par-dessus son épaule, la lente évolution dans la lumière vacillante de la lampe à pétrole, n'en disait rien, évitait même de respirer, de peur de rompre le charme. Aussi, dans ce salon au parquet craquant parfumé à la cire d'abeille, devant ce maître curieux des passions ancillaires, profitait-il de l'échange en homme curieux et admiratif, aussi curieux et admiratif que son nouveau patron.

— Mais ne laissons pas refroidir thé et café, se réchauffer notre bon cidre, s'impatienter notre gourmandise. Allons, continuons à nous parler pour nous mieux connaître, et… dégustons !

C'est au moment de rompre la coque de pâte dorée des bourdelots après en avoir croqué la rose givrée de sucre glace que le comte effleura du regard celui d'Ange.

— Puis-je me permettre de vous questionner au sujet de votre avenir, chère… demoiselle ?

— Ange ! corrigea la jeune fille. J'aime mon prénom… autant en user, ne croyez-vous pas, monsieur ?

La repartie avait surpris le maître des lieux, agréablement, et le respectueux aplomb de cette agréable jeune femme dont il découvrait le franc esprit et la naturelle beauté.

— Vous répondrais-je que le mien est Alibert,

chère... demoiselle Ange ? Pour le plaisir de la confiance partagée. Mais vous inviter à en user pourrait paraître déplacé. Aussi, pour nos échanges, les garderons-nous dans le secret de notre affectueuse amitié, si vous voulez bien.

— Je veux bien !

— Le brevet supérieur vous ouvre nombre de portes dans les administrations, les entreprises toujours à l'affût de personnalités attachantes et de bon niveau intellectuel, dans l'Instruction publique aussi. Dans quelle voie envisagez-vous de vous engager ?

Comme s'il venait de se découvrir tout à coup trop curieux, il se corrigea :

— Mais ne vous sentez pas obligée de me répondre !

Il croqua un morceau de pomme luisant de beurre fondu. Émelie l'imita, puis le père, qui, parce qu'il redoutait secrètement la réponse, n'avait jamais osé poser directement la question de son avenir à sa fille. Depuis le voyage de Saint-Wandrille et l'étape musicale de Saint-Martin, Ange avait tellement changé !

— Si je vous parle ainsi, c'est parce que je voudrais vous assurer de pouvoir compter sur moi pour...

Il réfléchit, détacha de sa fourchette d'argent un morceau de sa pâtisserie qu'il dégusta lentement tandis que la domestique faisait le service des boissons.

— … pour vous recommander là où vous sentirez un intérêt pour votre carrière.

Il jeta un coup d'œil en direction de Garin, qui avait suspendu son geste.

— Entendez-moi bien : il ne s'agit pas de donner un « coup de piston » – j'ai horreur des passe-droits ! –, mais de faciliter le rapprochement entre la recherche de compétences et les compétences elles-mêmes, tant ici, en Normandie, qu'à Paris.

Il leva son verre de cidre, convia ses invités à faire de même.

— Ou ailleurs ! Mes garnisons m'ont promené un peu partout en France, en Lorraine restée française par exemple, où, suite à l'annexion d'une partie du pays par la Prusse, il se passe des choses intéressantes, aussi bien en industrie qu'en création artistique.

Il reposa son verre, s'intéressa de nouveau à son assiette de douceurs, se tourna vers la domestique, lui adressa un signe de gourmande satisfaction, reprit :

— À vous de voir, chère demoiselle, et à vos parents, qui nourrissent peut-être déjà des espoirs pour vous… n'est-ce pas ?

Ange croquait la rose de pâte dorée, prit le temps de détacher une portion de pomme qu'elle dégusta lentement en interrogeant son père du regard. Première fois qu'elle allait s'ouvrir de son projet à un étranger. Le devait-elle, là, maintenant, dans ce salon d'un autre temps, face à cet homme dont elle ne savait rien hormis qu'il était le nouveau maître de La Maizerie en même temps que de sa famille ? Elle reposa sa fourchette, se piqua les papilles d'une gorgée de cidre, allait prendre la parole quand Garin crut bon d'intervenir :

— Votre proposition nous touche, monsieur le comte, et nous vous en remercions.

Émelie avait porté son regard sur la rose des vents du guéridon voisin. La tournure prise par la conversation venait de raviver l'angoisse qui la minait depuis leur voyage en pays cauchois. La perspective de voir partir sa fille la torturait au point qu'elle avait perdu le sommeil, et jusqu'au goût du travail sur son tambour à broder. Il lui manquait désormais le cœur à l'ouvrage, lui venait parfois des larmes qui troublaient son regard et marquaient la toile de lin d'une tache translucide vite séchée d'un souffle. Bien sûr, sa fille les avait déjà quittés, pour aller en ville suivre les cours du brevet supérieur, mais toujours pour des périodes courtes qui alimentaient la joie de se retrouver, le bonheur de reprendre les bonnes habitudes de vie ensemble : partage de la table familiale, de la lumière derrière la loupe d'eau au côté de la mère, des soirées à l'écoute d'un père au vrai talent de conteur toujours aussi passionné d'histoires locales et de Grande Histoire. Qu'allait-elle répondre, là, maintenant, son Ange, à cet homme dont la bienveillance allait alimenter à son insu un projet de séparation tellement redouté ?

— Nous sommes allés à Saint-Wandrille, voilà quelques années, au temps où nous venions d'apprendre la résurrection de notre belle abbaye. C'est lors de ce voyage que…

Aidé par la douce chaleur de l'excellent cidre dont le maître de maison venait de refaire lui-même le service, Garin s'était mis à parler de sa voix veloutée de conteur.

— Quel exemple que cette restauration de Saint-Wandrille ! l'interrompit le comte. Voyez… nous sommes dans la situation évoquée tout à l'heure d'un monument saisi, vidé, dénaturé, profané par les révolutionnaires et que la volonté d'une communauté… que dis-je… la volonté d'un homme a réussi à sauver ! *Dum volumus possumus !*

Émelie avait rentré la tête dans les épaules.

Ange finissait sa dégustation, qu'elle accompagnait de fines gorgées de cidre.

— Oui, la volonté d'un homme ! Connaissez-vous Dom Joseph Pothier ? Avez-vous eu le privilège de le rencontrer sur place ? Indépendamment des appréciations de l'Église, qui peut avoir tendance à en rajouter quant à la qualité de ses serviteurs, comme toute institution d'ailleurs, on dit de lui le meilleur du meilleur… n'est-ce pas ?

Le comte s'était enflammé pour le sujet.

— Y êtes-vous retourné depuis ce temps, et avez-vous vu ce qu'est devenu ce monument ? Je n'y ai pas encore fait de visite, et je le regrette. Votre évocation m'incite à la programmer bientôt…

Il baissa d'un ton.

— … dès qu'elle sera redevenue abbaye, non pas salon bourgeois et théâtre ! J'irai, avec vous, peut-être ?

— Nous avons rencontré Dom Pothier une première fois. Quand nous sommes retournés à Saint-Wandrille, il n'y était plus. La loi Waldeck-Rousseau de 1901, qui soumettait l'existence des congrégations religieuses à autorisation de l'État, avait vidé l'abbaye, envoyé ses moines et leur père abbé à l'exil en Belgique. En rentrant de ce voyage, nous sommes passés par Saint-Martin-de-Boscher…

— Je veux m'intéresser à l'orgue !

Ange avait interrompu son père.

Surprise, Émelie se redressa vivement. Sa fille allait-elle oser parler ici, dans ce salon du château embaumé de cire d'abeille et pomme-pâte au beurre, en présence du comte, de ce qu'elle lui avait confié entre deux points de broderie ? Allait-elle oser évoquer ce projet dont elle n'avait même pas encore entretenu son père ? Elle tenta de l'en dissuader d'un regard réprobateur. Sans effet.

— Saint-Martin-de-Boscherville… releva Alibert de La Maizerie, tout à coup songeur. C'est dans son abbaye Saint-Georges que fut célébré mon mariage voilà…

Il fit mine de compter les années, renonça.

— Jeune lieutenant, j'étais en attente de ma première affectation au sortir de Saint-Cyr. Beau mariage, au dire de la population, qui nous avait fêtés en tentant de vivre son propre bonheur par procuration ! Outre que j'étais très amoureux, je dois bien avouer que j'en imposais dans mon uniforme sang et azur de l'École spéciale militaire, surmonté de mon casoar dont le plumet rouge et blanc amusait le vent.

Il marqua une pause nostalgique, fit à nouveau le service du cidre.

— Mais vous n'êtes pas venus pour entendre des confidences sur ma vie familiale, n'est-ce pas ? Mon mariage est loin déjà, mais votre intention…

Il adressa à la jeune Ange son sourire le plus bienveillant.

— … votre intention, pour surprenante qu'elle soit, n'en est pas moins louable. L'orgue… Comment cette idée vous est-elle venue, et pourquoi ?

Mains bien assurées sur sa jupe de calamande rayée de gris à deux tons, Ange se tenait droite.

— Pourquoi m'est-elle venue ? Je ne saurais vous le dire avec précision. Comment naît une idée ? Dieu seul le sait, et encore ! Je l'ai accueillie comme un grand mystère, sans me poser de questions. Elle est là, aujourd'hui, cette idée, en moi, et je dois la nourrir.

Stupéfait par l'expression de sa fille, dont il découvrait la fermeté face au comte, Garin, du regard, allait de sa femme au patron, du patron à sa femme, d'Émelie à son Ange, de son Ange au patron.

— Comment m'est-elle venue ? Je peux tenter

de vous répondre. La voix de Saint-Georges me l'a murmurée, à Boscherville. Quand je dis « murmurée », je devrais dire soufflée à l'oreille et au cœur. Elle est entrée en moi, cette voix, par les respirations de son orgue tenu par un petit bonhomme en vareuse de drap râpé qui nous a parlé de sa pratique et de l'instrument après nous avoir découverts dans la nef. Il avait joué sans avoir remarqué notre présence. À notre entrée dans la basilique pour une simple visite… silence. Puis, tout à coup, la musique du ciel nous a submergés. Drôle de rendez-vous programmé à notre insu par un bon génie en vareuse râpée ! Une sorte de miracle…

— Miracle… miracle… l'interrompit Garin. Il ne faut pas exagérer, tout de même ! L'organiste se déliait les doigts, comme tous les jours. Il se trouve que nous sommes arrivés à ce moment-là, et que…

— Quelle musique jouait-il ? demanda le comte, qui paraissait ne pas avoir entendu son maître jardinier.

— Jean-Sébastien Bach. Passacaille, toccata et fugue, adagio et fugue.

— Vous connaissiez ?

— Comment aurais-je pu connaître ? La musique n'est pas de notre monde, monsieur le comte. Jusqu'à ce jour, je n'avais entendu que l'harmonium de l'église de Neuville pendant les offices, pour les fêtes carillonnées et ma communion solennelle.

Elle baissa la tête, comme honteuse de révéler

un défaut de culture familial, jeta un coup d'œil à sa mère, qui lui répondit d'un discret sourire complice.

— De temps en temps, aussi, du fin fond de La Maizerie, la trompe de chasse quand l'Anglais venait courir le cerf.

Elle planta son regard dans celui du comte.

— Une musique qui me faisait mal, je ne sais pourquoi. Ça me vient du fond du cœur. Je n'ai jamais assisté à un hallali et je ne le souhaite pas. Quand j'entends de loin « Les pleurs du cerf », je pleure avec lui ! Insupportable !

— Rassurez-vous, mademoiselle Ange, vous ne l'entendrez plus ici… jamais ! réagit Alibert. Je vais supprimer l'équipage et mettre fin à cette pratique. Mais…

Il fixa un instant son maître jardinier, revint vers la jeune femme :

— … mais, dites-moi, vous n'avez pas répondu à ma question : que pensez-vous faire de votre brevet supérieur ?

— Une marche, pour accéder à la tribune où se trouve l'orgue.

Elle sourit de son audace.

Le comte lui répondit d'un même sourire, énigmatique de surcroît.

— C'est toujours ainsi, dans les églises, n'est-ce pas… il faut s'élever pour accéder à l'orgue !

Alibert confirma d'un imperceptible signe de tête.

— Vous voulez devenir organiste ?

— Je veux apprendre à construire et restaurer ces instruments !

— J'ai de bons amis en Lorraine, pays réputé pour la qualité de ses facteurs d'orgues. Si vous le souhaitez, je vous y recommanderai.

Le regard d'Ange s'éclaira d'une vive lumière.

Émelie serra les dents, rajusta ses poignets brodés.

Garin avait déjà décroché.

10
Juin 1904

De Rouen à Paris, le train de la Compagnie des chemins de fer de l'Ouest longeait une Seine paresseuse, épousait ses méandres à flanc de colline, s'engouffrait dans des tunnels encombrés d'escarbilles qui rendaient irrespirable l'atmosphère des voitures. Il filait vers la capitale entre des haltes aux noms chargés d'histoire : Vernon, les séjours du roi Louis-Philippe en son château de Bizy et l'héroïque résistance des gardes mobiles de l'Ardèche face aux Prussiens en 1870, la même année Mantes-la-Jolie et l'atterrissage du ballon-poste envolé de Paris assiégé, Poissy et le souvenir du passage des cendres de Napoléon Ier en décembre 1840… tous événements qui avaient marqué Ange, appris pour le certificat d'études primaires. Par cet effort de mémoire sur les lieux traversés, elle s'obligeait à repousser la douleur de quitter ses parents, la complicité de brodeuses avec sa mère, ses jeux d'autrefois dans le parc de La Maizerie et… la douce présence de Fortunato. Franchissant la frontière entre sa Normandie et l'Île-de-France, elle avait conscience de franchir celle qui sépare l'enfant de l'adulte. Sans retour possible !

Paris s'offrit à elle par Asnières et son étrange cimetière sur une île de Seine – « Le cimetière des chiens et chats créé par Marguerite Durand ! » lui souffla sa voisine à cheveux courts, pantalon de drap et sac de cuir –, Clichy, les bulbes du Sacré-Cœur ensanglantés de soleil couchant et de martyre communard.

Impression d'entrer de plain-pied dans l'Histoire !

Pour la première fois, Ange se sentait heureuse de vivre sa jeune liberté de femme tournée enfin vers un avenir à inventer plutôt qu'à subir, triste aussi d'avoir quitté père et mère, mère surtout, incapable de retenir ses larmes sur le quai de la gare. « Ah, cette fumée de charbon, ce qu'elle peut piquer les yeux ! » avait marmonné Émelie en fouillant dans sa sacoche à la recherche de quelque mouchoir brodé au chiffre du couple Levral. De son côté, faisant mine de s'intéresser aux machines, à leurs bielles, pistons et jets de vapeur, Garin avait joué au cœur dur captivé par la seule technologie ferroviaire, mauvais comédien qui tentait de dissimuler son émotion sous le masque d'un personnage de circonstance.

Gare Saint-Lazare…

Yacinthe de Gerboncourt avait fait savoir par son ami Alibert de La Maizerie qu'il attendrait la « demoiselle Levral » sur le quai. « En cas de retard du train, ou de mon empêchement par quelque embouteillage d'arrondissement », il avait proposé un lieu de rendez-vous : sous la grande horloge de façade. « Le premier arrivé y attendra l'autre. Par-dessus les têtes, je brandirai d'une main mon chapeau, de l'autre mon journal, *L'Est républicain* ! Impossible de me rater ! »

Train entré en gare à la seconde prévue, circulation fluide dans les quartiers ouest... chapeau et journal repérés de loin, ils s'étaient trouvés sur le quai malgré la foule des voyageurs pris d'une frénésie de course et comme montés sur ressorts pour la vie parisienne.

— Nicolas de Gerboncourt !

Un jeune homme d'une rare élégance se tenait devant elle, journal plié dans le chapeau sur le bras, à deux pas, buste légèrement incliné.

— J'espère que vous avez fait bon voyage.

Nicolas... Ange s'attendait à monsieur Yacinthe ! Elle avait imaginé rencontrer un homme d'une bonne cinquantaine d'années – ainsi le lui avait présenté le comte de La Maizerie – alors que la saluait un élégant garçon au regard clair à peine plus âgé qu'elle, très prévenant.

Le flux des arrivants les bousculait ; les ballots des porteurs les heurtaient ; des jets et nuages de vapeur les enveloppaient.

— Mon taxi est sur le parvis. Allons !

Il empoigna sa valise, la précéda dans les pas perdus de Parisiens et Normands en flux croisés.

Une chambre l'attendait à l'hôtel de l'Europe, face à gare de l'Est. Elle y posa son bagage, se rafraîchit à la table de toilette, découvrit par la fenêtre ouverte sur le boulevard de Strasbourg la foule dégorgée par les bouches de métro, le ballet des tramways électriques à impériale pris d'assaut, celui des étranges véhicules de la Compagnie générale des omnibus en propagande du chocolat Suchard, l'impatience des chevaux à l'attente, la valse lente des voitures de remise. À des années-lumière de la paix normande ! Une autre planète !

Nicolas logeait dans la chambre voisine. Il lui avait recommandé le repos, fixé rendez-vous à la réception pour un souper en tête à tête à la voisine Taverne lorraine.

Ils prendraient le train pour Nancy le lendemain, en fin de matinée.

La soirée leur appartenait.

N'était la confidence d'un embarras de santé passager dont souffrait monsieur de Gerboncourt père, qui l'avait empêché de venir en personne accueillir leur protégée à Paris, cette soirée fut délicieuse.

Ils dégustèrent, lui une portion de pâté lorrain large comme la main, doré, craquant, aux douces vapeurs de thym et de laurier, elle une épaisse quiche dont il lui conta l'histoire, de sa naissance sur la table du duc Charles III, qui en faisait grande consommation, à son destin « universel », en passant par l'art de sa confection sur pâte levée, ses œufs et crème battus, ses lardons maigres fumés sautés au beurre.

— La quiche doit être servie chevelotte, c'est-à-dire aussi onctueuse que frémissante, et mangée brûlante ! Celle-ci me paraît parfaite.

Il fit servir un vin doré qu'il testa avant d'inviter sa complice d'un soir à lever son verre… complice d'un soir, ou de… il évacua les pensées qui affleuraient… mais, Dieu, qu'elle était belle, cette jeune femme dont il connaissait seulement l'origine normande, le désir de s'intéresser à la facture d'orgues en Lorraine et… le regard pervenche.

— Gris de Toul ! J'espère qu'il vous plaira.

Elle l'accompagna. Un curieux goût de pierre à fusil surprit ses papilles. Tellement différent du cidre de La Maizerie ! Elle en eut les larmes aux yeux. Émotion d'avoir quitté pays et parents pour la première fois… trouble de femme devant ce jeune homme si prévenant ? Fortunato ?

Un sourire timide fleurit sur ses lèvres.

Il en fut troublé.

Elle baissa les yeux.

Il prit une grande inspiration, s'intéressa au pâté, ses fragrances de thym et de laurier.

Elle saisit ses couverts…

— Bon appétit !

Ils se séparèrent dans le couloir des chambres, d'agréables saveurs en bouche d'œufs à la neige, de nectar du Toulois et de café du Brésil, se promettant d'être à l'heure le lendemain pour le train à destination de Nancy.

Un espace floconneux accueillit Ange dans sa chambre. L'ambiance feutrée de l'hôtel, l'agréable provocation en bouche du vin du Toulois, l'onctuosité de la quiche chevelotte – retiendrait-elle ce mot frémissant comme le premier d'une nouvelle vie ? –, la voix de son guide, si veloutée qu'elle en avait escamoté de temps en temps le sens des phrases, son regard noisette, le vol gracieux de ses mains sur la table, les curiosités du premier voyage en train l'avaient transportée dans un ailleurs si agréable qu'elle se jeta sur son lit après une toilette de chat.

Le sommeil allait la saisir quand, floutées par la fatigue et le trouble d'une étrange émotion, surgirent dans sa tête deux images, chevelottes elles aussi : les visages confondus de Nicolas et de Fortunato.

Fortunato…

Elle sombra.

Le lendemain matin, dès ses premiers pas sur l'esplanade de la gare de l'Est, Ange avait eu l'impression d'entrer en Lorraine. Accent traînant des voyageurs, enseignes de restaurants et tavernes, figures allégoriques et blasons de villes taillés dans la pierre, tout lui avait déjà parlé de ce pays qu'elle découvrirait après quelques heures de course ferrée vers ce que d'aucuns plumitifs avaient baptisé, après le désastre de Sedan, « la Sibérie française ».

L'arrêt du train avait duré en gare de Vitry-le-François, puis à Bar-le-Duc, où la machine avait dû refaire charbon et eau. Tellement duré qu'elle s'était assoupie jusqu'à Toul sous le regard attendri de son chevalier servant !

La proximité du terminus lui avait rendu œil vif et impatience d'arriver enfin à Nancy.

C'est par la porte Stanislas qu'ils avaient gagné à pied l'hôtel particulier des Gerboncourt. Le jeune baron avait tenu à faire découvrir la cité ducale par la perspective fameuse place Stanislas, arc Héré, place de la Carrière. Frappée par l'architecture harmonieuse de ces lieux historiques, Ange s'était arrêtée devant le restaurant Walter. Face à la statue plantée sur un socle de pierre blanche au centre de la place, intriguée par le doigt pointé du souverain de bronze, elle avait interrogé son guide : « Qui est-ce ? Et que montre-t-il ? » Rendue facétieuse par la bienveillance de son guide au regard noisette, elle avait ajouté : « Ce n'est pas bien de montrer du doigt ! » Il avait ri, d'un bon rire d'homme simple que le blason n'avait pas altéré. On était en fin d'après-midi. Un agréable soleil de printemps proche de son coucher rosissait les façades et allumait de feux follets les dorures des grilles et portes forgées par Jean Lamour. La féerie de l'ensemble pierre, pots-à-feu, ferronneries et or jouait à plein. Nicolas avait posé le bagage sur le pavé, raconté la volonté du roi déchu de Pologne Stanislas Leszczynski, dernier duc régnant de Lorraine – d'emprunt, celui-là ! –, de rendre hommage à son gendre Louis XV qui, en épousant sa fille et en le plaçant sur le trône vénérable des comtes de Vaudémont, lui avait offert une fin de vie de souverain, fût-elle dépourvue de légitimité historique. Ange avait écouté religieusement son chevalier servant, autant pour l'intérêt de cette histoire si originale que pour son talent de conteur. Autour d'eux, on allait et venait, femmes élégantes et hommes à chapeau haut de forme ou en tenue de travail, voitures à bras et à cheval. Derrière eux, on roulait des tonneaux sur les pavés dans un bruit de tonnerre. De l'autre côté de la place, devant l'hôtel de ville, un vitrier lançait son cri, « Vi… trier ! Vi… trier ! » ; sa hotte de verre lançait des éclats dorés sur la façade entre des bouquets de drapeaux tricolores au repos. D'une tiédeur délicieuse, les airs paraissaient immobiles, seulement révélés par les parfums des promeneuses, le miel de quelque cigare et les odeurs boisées de crottin récolté à la pelle par des enfants en casquette à la Gavroche.

— Vous voilà !

Au premier étage de l'hôtel particulier des Gerboncourt, dans un salon au parquet craquant et tapisseries antiques, meublé comme en copie de celui de La Maizerie, le maître de maison s'était levé de son fauteuil Voltaire pour accueillir les voyageurs, la jeune femme surtout, venue de sa lointaine Normandie.

— Je suis très heureux de vous accueillir. Outre une personne de qualité – il m'en a fait la confidence et je crois sur parole tout ce qu'il me dit –, vous êtes le lien bienvenu entre mon ami Alibert et moi-même. Votre voyage s'est-il bien passé ?

— Très bien ! se précipita Nicolas. Enfin... pour moi... pour nous, de Paris à Nancy. Avant, je ne sais pas.

Son père se tourna vers Ange.

— De Rouen à Paris...

— J'ai fait bon voyage, je vous remercie. J'ai découvert le train !

— Impressionnant, n'est-ce pas ! Autre chose que les interminables expéditions en voiture hippomobile et leurs dangers de chaque lieue ! Mais...

Il claudiqua de quelques pas dans sa direction.

— Peut-être désirez-vous un peu de repos, vous rafraîchir, vous détendre avant notre souper. Vous le pouvez ! Notre chère Jeanne va vous mener à votre chambre. Nous aurons tout le loisir de faire plus ample connaissance ensuite.

Yacinthe de Gerboncourt s'inclina devant sa visiteuse.

— Pardonnez-moi de n'avoir pu aller vous accueillir à Paris. Une vilaine crise de goutte m'affecte depuis quatre jours. C'est de mon âge, n'est-ce pas...

Il se redressa.

— Bienvenue à vous en Lorraine ! Recommandée avec une telle chaleur par mon ami Alibert de La Maizerie, vous ne pouvez être qu'une personne de grande qualité. Je suis donc très heureux de vous recevoir dans notre maison. Vous y resterez aussi longtemps qu'il vous sera agréable de partager le quotidien de notre famille et nécessaire pour la préparation de votre projet professionnel. Vous êtes ici chez vous !

Transporté d'heureuse perspective, Nicolas balançait son regard noisette du père à la jeune fille, de la jeune fille au père. Il empoigna le bagage.

— Je te trouve bien empressé, mon fils ! Laisse donc notre chère Jeanne s'occuper de mademoiselle, qu'elle ait aussi le bonheur de faire sa connaissance dès son arrivée. Va plutôt te changer pour notre souper, tu empestes la graisse de machine et la fumée de charbon. Ça ne dérangera pas notre invitée, qui vient de passer par les mêmes épreuves que toi, certes, mais cela pourrait incommoder ta mère.

Puis à Ange :

— Nous recevons ce soir un ami très proche et son épouse, monsieur René Nicklès, docteur en géologie, membre de la prestigieuse Académie de Stanislas, professeur d'université ici, à Nancy. Nicolas hésite entre préparer sous son magistère le diplôme d'ingénieur dans cette voie de recherche très prometteuse et les études de médecine. Un couple charmant, un homme passionnant, vous verrez.

Jeanne s'était avancée, allait se saisir du bagage et inviter Ange à la suivre quand, d'une voix tout à coup altérée, le baron ajouta :

— Jeanne est la deuxième femme de cette maison. Mon épouse a failli être emportée voilà trois ans par une fluxion de poitrine. Les meilleurs médecins et leurs traitements à la strychnine et à la quinine ont réussi à la sauver. Mais elle est sortie très affaiblie de cette mésaventure. Au point que, à son corps défendant, elle participe peu à notre vie sociale.

Son regard s'était voilé. Il prit une grande inspiration.

— Vous serez la troisième… au moins le temps de votre séjour chez nous !

Il regagna en claudiquant son fauteuil Voltaire couvert d'une tapisserie à grands ramages fleuris, marmonna distinctement :

— Le plus longtemps possible… peut-être même la deuxième…

Délicieux souper que celui-là !

Ange s'en souviendrait longtemps.

Dans la salle à manger de l'hôtel particulier, boisée d'essences précieuses, garnie de mobilier aux formes inspirées du monde végétal, chardons, nénuphars et grands lys, flottait un agréable parfum de bois fraîchement travaillé, térébenthine et cire d'abeille. D'un lustre aux tulipes de verre ocre à clématites mauves, l'éclairage électrique coulait une douce lumière dorée au miel. Au centre, la grande table de noyer d'une massive élégance portait des faïences et couverts à reflets lactés et argentés. Une immense cheminée au manteau orné jusqu'au plafond de motifs floraux occupait tout le mur du fond. Il émanait de l'ensemble une impression d'indéfinissable beauté nourrie d'infinie tristesse. Ange en eut le souffle coupé. Sentiment de pénétrer dans une salle d'exposition vivante et animée comme dans le profond bois du Colombier en même temps que dans un sépulcre ! Venue tout droit des communs de La Maizerie, la poitrine encore gorgée des odeurs de pétrole lampant et de fumée des cuisses de chêne dévorées par l'âtre, elle se sentit prise dès le seuil d'un curieux vertige. Cette pièce exhalait tout à la fois un luxe qu'elle n'aurait jamais pu imaginer et une impression de douceur mêlée de profonde mélancolie. Sa poitrine se serra tout à coup. Jamais elle n'avait connu un tel décor. À des années-lumière des meubles familiaux en hêtre et chêne rustiques, de la sombre clarté de la loupe d'eau sur sa broderie en cours ! Terrassée par le luxe et les fatigues du voyage, et en… apesanteur ! Elle marqua le pas.

— Si vous voulez vous donner la peine…

Jeanne en tablier blanc l'invitait à entrer.

Nicolas la suivait.

Le baron était déjà là, devant la cheminée, assis sur un canapé aux gracieux pieds de cygne. À leur approche, il se leva.

— Nos invités vont bientôt arriver. Ils sont toujours d'une rigoureuse exactitude. Normal, n'est-ce pas, pour un scientifique de ce niveau ! La règle, c'est la règle !

Ayant remarqué l'étonnement de la jeune femme,

ses yeux agrandis par l'originalité des lieux et l'ambiance de cette pièce si particulière, il s'approcha, lui dit à l'oreille :

— Nicolas va vous expliquer ce décor typique de notre ville, vous parler de son origine. Conséquence de la défaite de Sedan. Il est parfois des catastrophes qui engendrent des bienfaits, des rebonds de vie dans tous les domaines ! N'est-ce pas, mon fils ?

Il s'était tourné vers Nicolas, qu'il invita d'un geste à précéder Ange dans la découverte de ce que le père nomma avant de regagner son canapé : l'École de Nancy !

L'École de Nancy[1]...

Ange se laissa guider par son chevalier devenu servant depuis la gare Saint-Lazare, si prévenant qu'elle avait déjà l'impression de le connaître depuis l'origine des temps.

Des portraits d'ancêtres frappés d'un blason pendaient aux murs entre des pousses de fougère à forme de crosse d'évêque. Nicolas la mena de l'un à l'autre, présenta en deux mots le personnage, son temps de vie, ses titres et charges, ses attaches avec

---

1. Créé en 1901 par le maître-verrier, ébéniste et céramiste Émile Gallé, l'ébéniste Louis Majorelle, le maître-verrier Antonin Daum et l'architecte menuisier d'art Eugène Vallin, ce mouvement fut le moteur de l'Art nouveau en France. Les peintres Émile Friant, Louis Guingot et Victor Prouvé, le maître-verrier et vitrailliste français Jacques Gruber, le sculpteur Alfred Finot furent de cette prestigieuse aventure artistique.

la Lorraine. Elle le suivait, jouait la politesse de l'attention, ne percevait rien d'autre que le timbre velouté de sa voix, ne voyait dans les portraits présentés que le regard de… Fortunato !

Le huitième coup de l'heure sonnait à la cathédrale voisine quand, malgré sa faiblesse de convalescente chronique, pâle, d'une démarche incertaine, la baronne de Gerboncourt fit son apparition. Avant de retourner se reposer dans ses appartements, elle avait tenu à accueillir leur « pensionnaire » venue de Normandie et, sur le seuil de l'hôtel particulier, le couple Nicklès.

Lui vêtu d'un rigoureux complet noir sur gilet de basin, cou serré dans un col de celluloïd orné d'un nœud de satin noir ; elle les épaules couvertes d'un châle de cachemire rouge, en robe de fine soie gorge-de-pigeon à fleurs bleues. Prise dans un corsage cintré à col et manchettes de mousseline brodée, la taille de cette femme paraissait de guêpe. Au premier coup d'œil, Ange reconnut les textiles si souvent tendus sur le tambour de brodeuse de sa mère et le sien, qu'elle n'avait jamais vus portés par des dames de la haute société, le comte Alibert et l'*administrator* ayant toujours vécu à La Maizerie comme d'irréductibles célibataires. Éblouie !

Autour de la table flottèrent ce soir-là des parfums de cuir de Russie, des fragrances vanillées qu'épousaient les fumets d'un coq au vin du Montfort et, en fin de souper, la fumée des cigares, les arômes du café mariés dans les tasses encore chaudes aux vapeurs d'une eau-de-vie de mirabelle douce à faire se damner le plus grand saint.

Des anecdotes, nouvelles artistiques, techniques et noms circulaient. Nicolas les illustrait aussitôt d'un commentaire à l'intention de sa voisine, qui acquiesçait de légers coups de menton sans pour autant en avoir compris tout le sens patrimonial ou historique… Majorelle, Gallé, Vallin… Art nouveau et École de Nancy… Gruber et ses vitrages fascinants, Bernheim et ses recherches sur l'hypnose, qu'un certain Sigmund Freud était venu rencontrer en son laboratoire… les promesses du « charbon lorrain qui, associé à notre fer, la fameuse *minette*, offrirait à notre pays une place prépondérante en Europe, tant en économie qu'en stratégie de reconquête des territoires d'Alsace et Moselle volés par la Prusse après Sedan » ! De sondages prometteurs dans le sous-sol de haute Lorraine en mise en exploitation, il n'y avait qu'un pas que le jeune maître de forges François de Wendel forçait à faire dare-dare ! La tour Eiffel récemment érigée en 1889 au cœur de Paris pour l'Exposition universelle n'était-elle pas faite de l'acier produit à Pompey par les sidérurgistes Fould-Dupont ?

Résultat des vins dégustés pourtant du bout des lèvres, du flot déferlant d'informations et de variété des sujets évoqués, Ange était prise de tournis. Nicolas lui-même avait du mal à suivre dans ses explications, tant le rythme des échanges était soutenu, la passion intense, la culture des uns et des autres... encyclopédique !

— Mais si vous nous parliez de votre pays et de votre projet... invita le baron en se tournant vers la jeune fille.

Alors, d'une voix affaiblie par l'émotion et la fatigue, Ange évoqua le pays roumois, son enfance au domaine, ses jeux dans les allées du parc, la vie de son père jardinier, de sa mère brodeuse. En réponse à son hôte, qui voulait attirer l'attention de ses invités sur sa qualité, elle évoqua sa première place du canton au certificat d'études. Puis elle en vint au voyage de Saint-Wandrille, à son obsession, depuis la révélation fortuite de Saint-Martin-de-Boscherville, de consacrer sa vie à l'orgue, et...

— Vous en parlez comme d'une entrée dans les ordres religieux ! la coupa madame Nicklès. Bernheim et Freud pourraient s'intéresser à une conversion aussi soudaine que la vôtre. Je suis surprise !

— Comme je l'ai été et le suis toujours moi-même !

Un peu étourdie par son propre récit, Ange laissa son regard courir sur les tulipes peintes de son assiette – « issue des faïenceries de Lunéville ! » lui avait précisé Nicolas –, le temps de prendre une grande inspiration.

— Oui... surprise ! répéta madame Nicklès.

— Pas autant que moi, madame, le jour où j'ai

entendu l'orgue pour la première fois. Divine surprise car ce fut, ce jour-là, comme si le monde tout entier s'offrait à mes sens !

Frappé par l'assurance soudaine de son invitée, le baron jeta un coup d'œil à son fils Nicolas.

— Je ne peux que vous féliciter, chère... Ange !

Il avait hésité à user de son prénom, se demandant en même temps qu'il le prononçait s'il ne devenait pas tout à coup trop familier, et pourquoi. Trop tard ! « Ange » s'était posé entre eux aussi naturellement que s'il connaissait la jeune femme depuis toujours.

— C'est ainsi que naissent les grandes carrières, poursuivit-il, tous arts confondus ! N'est-ce pas, mon fils, dans les mystères de la vocation !

— Bien sûr, père !

Nicolas se racla discrètement la gorge.

— Mystère de la musique...

Il avait conclu d'une voix si voilée que sa voisine seule put l'entendre, se redressa, se tourna vers elle.

— Demain, nous irons entendre la voix de Saint-Léon. Un orgue de Cavaillé-Coll, récent, construit voilà quinze ans, mais... divin !

— Divin ! confirma madame Nicklès en rajustant à l'épaule son châle de cachemire rouge. C'est le bon mot : divin !

Puis, s'adressant à Nicolas :

— Emmènerez-vous aussi notre amie à Sion ? Ce voyage s'impose, pour qui ne connaît pas la Lorraine et s'apprête à s'y installer.

Le « notre amie » frappa Ange, comme l'avait frappée la familiarité du maître de maison. Délicieuse impression de se sentir happée par un irrésistible courant d'affection, renforcée par la prévenance naturelle de son voisin Nicolas.

— Évidemment ! Je vais la mener à Sion et Vaudémont, à la frontière de Mousson, en notre église des Cordeliers… partout où se lisent le passé et le présent de notre Lorraine. À condition, toutefois, qu'elle y consente !

— Elle y consentira, coupa court madame Nicklès. Je le sens… je le sais !

— La frontière de Mousson… trente-trois ans déjà ! soupira le baron. Trente-trois ans que la Prusse a planté chez nous ses poteaux à l'aigle noir ébouriffé, et nous impose sa présence sur nos terres.

— Elle n'est pas éternelle, cette frontière ! lui répondit le professeur d'université en aspirant de sa tasse les dernières gouttes de mirabelle. Cette situation ne durera plus aussi longtemps ! Il le faut, pour le charbon, pour le fer, pour notre… dignité de Lorrains !

— Dieu vous entende !

Dans leurs cadres d'un autre temps, les regards des ancêtres s'étaient posés sur Ange, comme en attente de réponse.

— Nous irons là où vous désirez me mener, glissa-t-elle à Nicolas. Madame a raison. J'y consens !

11

Août 1904

Garin l'attendait sur le quai. Parti tôt le matin, il était arrivé avec une bonne heure d'avance à Rouen. Pour rien au monde il n'aurait voulu manquer le retour de sa fille.

Le train entra en gare dans un vacarme d'enfer ; un nuage de vapeur et de cendres le fit suffoquer. Décidément, il n'aimait pas ce progrès !

Quand il l'aperçut de loin, frappé, il eut du mal à la reconnaître. Ange, sa fille… était-elle cette grande jeune femme à cheveux courts, coiffée d'un chapeau feutre cloche marron, couverte d'un ample manteau de même teinte, qui portait un sac de cuir fauve et s'avançait vers lui d'un pas ferme et décidé ?

C'est quand elle se jeta à son cou qu'il dut se rendre à l'évidence : cette jeune femme, élégante en même temps que vive, au sourire épanoui, au regard pervenche droit planté dans le sien, était bien son Ange !

Six semaines loin de La Maizerie avaient suffi

pour provoquer cette métamorphose si spectaculaire qu'il en eut souffle et paroles coupés !

— C'est bon de te retrouver, mon papa, après tout ce temps de séparation. Une éternité ! Maman ne t'a pas accompagné ?

— As-tu fait bon voyage ? Tu dois être épuisée... dis-moi !

— Pas le moins du monde ! Je me sens bien. Le train est moins fatigant que la calèche, tu sais...

Il ne savait pas. Le train, il l'avait vu de loin seulement, en avait suivi le panache étiré par le vent d'ouest le long de la Seine quand il allait en commande de matériel et de végétaux chez ses fournisseurs d'Oissel et de Cricquebœuf.

— Je ne sais pas... demande qu'à te croire ! bafouilla-t-il en se dégageant de l'étreinte de cette jeune femme qui sentait la ville, une autre ville d'un autre pays, tellement impressionnante qu'il s'était pris à douter qu'elle fût sa fille.

— Mais... et maman... tu ne m'as pas répondu ! Elle ne t'a pas accompagné ? J'aurais tellement aimé vous retrouver tous les deux, ensemble !

Garin chercha ses mots, le temps de se remettre de l'émotion, et de rajuster idées et émotions. Souffle court. La fumée du charbon et la vapeur ! Pas bon pour les poumons, se disait-il en se forçant à respirer et à recouvrer une bonne contenance de père. Tout de même, cette jeune femme, là, devant lui... sa fille !

— Elle va bien, j'espère ! Dis-moi...

Ange se faisait insistante, suppliante.

— Elle va bien. Mais elle a voulu rester à la maison pour préparer ton accueil. C'est pas tous les jours que l'enfant revient à la maison ! C'est que…

Il chercha encore d'autres mots, afficha un sourire gêné qui trahissait son trouble, voire une pointe d'inquiétude. Quoi ? Six semaines plus tôt, il avait laissé sur le quai une jeune fille, déterminée certes, mais impressionnée par le fait de quitter ses parents pour la première fois, de s'éloigner d'eux pour aller vers un avenir dont elle n'entrevoyait pas grand-chose, seulement assurée par sa passion pour l'orgue. Hésitante même au moment de grimper sur le marchepied du wagon, prête à renoncer à son aventure… du moins en avait-il eu l'impression… et il se trouvait, là, face à cette femme !

— Elle a voulu te faire fête ! Voilà pourquoi elle n'est pas là ! Allons, viens !

Il empoigna le sac de cuir fauve, prit la main de sa fille, l'entraîna vers la salle des pas perdus. La calèche de voyage les attendait devant la gare. À l'attache, pour tromper son impatience, le cheval donnait du sabot sur les pavés.

— En route !

Au moment où l'attelage se présenta devant le grand portail du parc, Ange ferma les yeux. Les souvenirs de Saint-Wandrille avaient surgi : rencontres familiales en pays cauchois, visite de l'abbaye ressuscitée, rencontre – trop brève – avec

Dom Pothier, puis l'orgue de Saint-Martin-de-Boscherville, son petit bonhomme fagoté à l'as de pique mais si passionné… l'orgue… puis l'agression du Schnitzel dans les bosquets du parc, la disparition de Fortunato, et… l'orgue, encore et toujours, sa voix… Submergée !

Perchées sur les plus hautes branches des bouleaux, les hirondelles répondaient aux tourterelles ; les lilas embaumaient la campagne ; derrière son massif d'hortensias, la maison… comme autrefois, comme hier encore, comme elle l'avait quittée. Tellement différente désormais à son regard, mais tellement encore la même !

Au crépitement des bandages de roues sur les graviers, Émelie sut qu'ils arrivaient. De ses doigts en peigne, elle disciplina ses cheveux, rajusta son tablier, donna un dernier coup d'œil à la table qu'elle avait garnie de sa plus belle nappe, de ses faïences et couverts des grandes occasions. Des heures, des jours, près de deux mois qu'elle attendait ce retour de la fille prodige ! Elle se précipita.

— Maman !

Le cri avait jailli, comme une expiration trop longtemps contenue.

— Mon Ange !

Secouées par les sanglots, mère et fille.

Les hirondelles répondaient aux tourterelles… les lilas…

L'étreinte de ses femmes troubla Garin, qui se

sentit tout à coup déplacé, comme un voyeur devant sa propre maison.

— Je vais rentrer l'atte…

Il fit siffler la chambrière aux oreilles du cheval, qui se remit en marche vers les écuries, à pas réguliers et lents.

Quand il les retrouva, elles étaient assises face à face devant la fenêtre, à côté des tambours de brodeuse, loupes d'eau éteintes, silencieuses. Elles se regardaient, les yeux encore humides, visage marqué par la douce douleur des retrouvailles, comme habitées par des pensées que les circonstances ne permettaient pas – pas encore ! – de partager. Pourtant…

— Voilà, c'est fait ! dit-il en suspendant sa casquette à la patère et déboutonnant sa vareuse. Si nous passions aux choses sérieuses !

D'un regard, il avait désigné la table, couverts alignés sur la nappe au chiffre brodé, reçue en cadeau le jour de leur mariage avec la paire de draps, les taies d'oreiller au même chiffre, la parure de berceau en prévision de la naissance espérée et la belle lampe à pétrole dont l'abat-jour de coton ajouré s'ornait d'une gracieuse ceinture de velours noir. Elle n'avait encore servi que pour le baptême de la petite Ange et sa communion solennelle. Quelques jours plus tard, après la lessive à la cendre de hêtre, Émelie l'avait soigneusement repassée, rangée dans le haut de l'armoire en murmurant : « Voilà ! Sa prochaine sortie sera pour... », elle avait hésité avant le saut de pensée qui, déjà, lui piquait le cœur : « ... pour son mariage ! Mais... », elle avait conclu, à mi-voix, rien que pour elle et les chats qui se frottaient à ses mollets : « ... mais on a le temps d'y penser, n'est-ce pas mes petits... on a bien le temps ! ».

Son mariage...

Garin y pensait aussi, de son côté, sans jamais aborder la question, même pendant ces six semaines d'absence de sa fille. Il aurait pu mettre le sujet sur la table, entre deux bolées de cidre et trois bouchées de bouillie de sarrasin nappée de beurre salé. Ils étaient si muets tous les deux depuis le départ de leur Ange ! Il aurait pu en parler... n'en avait rien fait. Pourtant, cette pensée l'habitait tout entier, tant à la maison qu'au travail dans les allées du parc et les bosquets à débroussailler ; elle l'obsédait. Il aurait pu confier son angoisse à sa femme, car c'était bien d'angoisse qu'il s'agissait ! Cette séparation temporaire avait fait naître en lui cette question qu'il voulait tenir sans réponse : comment vivrons-nous, tous les deux, sans elle, le jour où elle sera partie pour toujours ? Comment supporterai-je, moi, de la savoir loin de nous, de l'imaginer dans les bras d'un homme, d'un autre homme ?

Le souper fut lourd et léger à la fois. Léger du bonheur de se retrouver tous les trois à la table familiale, comme autrefois, un autrefois récent mais qui paraissait si lointain, comme d'une vie antérieure, et lourd de ce que chacun imaginait déjà des lendemains à vivre. Cette séparation qu'ils venaient de subir avait bouleversé si profondément leur relation que la parole leur manquait, autant pour eux questionner leur voyageuse, que pour elle raconter ce qu'elle avait vécu dans ce pays de l'Est, si lointain que presque inaccessible, surtout depuis la défaite de Sedan, qui en avait fait un champ de bataille écartelé entre deux nations hostiles… là-bas, en Lorraine. La fatigue du voyage… pensait Garin en trouvant son cidre trop piquant, la teurgoule pour la première fois trop fade, son riz trop ferme encore et la cannelle trop discrète. Il n'y a pas si longtemps, il aurait rappelé que ce plat devenu dessert traditionnel leur venait des corsaires de Honfleur qui auraient arraisonné un galion espagnol, accommodé sa cargaison à leur manière, mis au point à l'aveugle cette terrine dorée au beurre et douce à se lécher les doigts de bonheur. Mais, ce soir, il n'en avait rien dit… n'y avait même pas pensé ! Ça ira mieux demain ! Demain, on sera remis et on se dira…

Face à face, les deux femmes osaient à peine échanger des regards, chipotaient, tripotaient leurs couverts, semblaient s'éviter comme après une brouille. Frappée par la métamorphose de sa fille, son assurance nouvelle, la sûreté de ses gestes et comportements, Émelie s'était sentie tout à coup si petite et si vieille qu'elle n'avait pas lâché un seul bon mot de tout le repas. Ange avait trouvé sa mère tellement changée et fragile qu'elle n'osait pas lui adresser la parole, de crainte de la briser. En quelques semaines, le père avait perdu tout ce qui faisait de lui depuis toujours le pilier de la famille : sagesse, force et bonté, et la mère avait vieilli de dix ans ! Fallait-il en passer par là, par ce qu'elle refusait encore de nommer « rupture », se demandait-elle, pour aller vers son destin qu'elle savait désormais inexorable ? Elle repartirait bientôt, retournerait en Lorraine, où elle pourrait vivre sans réserve sa passion pour l'orgue. Elle le savait. Ils le sentaient.

Une cuisse de chêne crépitait dans l'âtre. Malgré la saison, Garin avait allumé une flambée au prétexte d'un fond d'air frais, en réalité pour réveiller la vie endormie dans la maison depuis trop longtemps.

Le merle du soir proche de la maison répondait à l'autre merle du soir perché vers le château…

Silence !

— Fortunato ?

— Quoi, Fortunato ? répondit Émelie à sa fille d'une voix éteinte.

— Avez-vous eu des nouvelles ?

Le père se leva, saisit les pincettes, remua les braises entre les chenets. Une volée d'étincelles illumina l'avaloir d'un étrange bouquet final. Il s'assit sur la caisse à bois à côté d'un chat endormi, dans la pénombre, mains sur les genoux. Il soupira. Décidément, cette suspension à pétrole… peut-être serait-il temps de passer enfin à l'électricité ! J'en parlerai à…

— Il a écrit. Je pensais te donner la lettre demain, mais, si tu veux…

— Pourquoi attendre demain ? Bien sûr que je veux… s'il te plaît, maman !

Le ton était presque suppliant.

La mère passa dans sa chambre. On entendit couiner la porte de l'armoire.

Les merles se taisaient, désormais.

La nuit avait avalé le domaine, ajouté ses angoisses à celles des humains.

— Vous l'avez lue ?

— Bien sûr que non ! répondit la mère en lui tendant la lettre. Nous n'aurions pas osé ouvrir ton courrier.

— Ce n'est pourtant pas l'envie qui nous en a manqué ! souffla le père depuis sa caisse à bois en agaçant de ses pincettes les braises du foyer.

Le ton de ses parents avait frappé Ange. Ils n'allaient pas lui en vouloir, tout de même, d'avoir décidé d'aller vers sa vie de femme active, habitée tout entière par une passion dévorante !

— C'est que… ajouta Garin depuis son refuge, j'aurais bien besoin de ces deux-là ici, ce Fortunato et son père. Depuis leur départ, impossible de trouver des ouvriers aussi bons qu'eux ! Mais…

Il hésita.

— … mais là n'est pas notre problème de ce soir !

— Parce qu'il y a un problème ?

— Non pas... j'ai voulu dire « pas le moment ! » Tu es rentrée à la maison, et c'est bien là le plus important. Je ne vais pas vous embêter avec mes soucis de jardinier alors que tu nous es enfin revenue !

Il leva le nez vers sa fille.

— Tu nous as tellement manqué ! lâcha-t-il dans un souffle.

Claquements secs de ses pincettes sur la pierre.

— Arrête... lui intima la mère en remontant la mèche de la lampe à pétrole pour aider sa fille à la lecture. Ce bruit m'énerve !

Ange commença à lire, tout haut, sans rien omettre :

— « Saint-Germain-de-Livet, le 26 juin 1904. Chère Ange, ta réponse à ma première lettre m'a fait un grand plaisir. Je n'y croyais pas. J'en tremblais en ouvrant l'enveloppe. Mais... »

— Tu lui avais répondu ? réagit Garin. Tu ne m'en avais rien dit ! J'aurais pu te passer un message pour...

— Veux-tu bien la laisser lire ! l'interrompit Émelie d'une voie sèche, inhabituelle.

Derrière une fermeté seule capable de contenir ses larmes, peut-être dissimulait-elle l'émotion de retrouver sa fille et la crainte de la voir repartir.

— « Dans ma première lettre, je te disais que je ne t'importunerais plus. J'aurais tenu promesse. Mais ta réponse m'a encouragé à t'écrire encore, t'écrire toujours. Alors je ne m'en prive pas. Mais j'espère qu'un jour je pourrai échanger avec toi de vive voix. Un jour… bientôt ! Le travail ici me convient, mais l'ambiance n'a rien à voir avec ce que nous avons connu à La Maizerie. On continue à nous traiter comme des étrangers, à nous le rappeler par tous les noms qui se terminent en *i*, sur tous les tons méprisants, souvent même provocants. Moi, je peux supporter, mais mon père a de plus en plus de mal, lui qui a tout fait pour devenir français, qui a appris la langue et a voulu la partager avec moi au point de m'interdire de prononcer un seul mot d'italien. L'autre jour, il m'a même dit regretter de m'avoir baptisé "Fortunato". C'est ma mère qui l'avait voulu. Il m'a proposé de le changer en "Fortuné". Pourquoi pas ? Qu'en penses-tu ? »

Ange interrompit sa lecture, jeta un coup d'œil à sa mère, à son père calé sur sa caisse à bois, un chat blotti contre lui… tous deux impassibles, comme figés par l'effet de la lecture. Elle reprit :

— « Il ne va pas bien, mon père. Il se dit vieux déjà, usé, et il souffre beaucoup de la poitrine. Il tousse sans arrêt. Au travail, il doit s'arrêter de plus en plus souvent pour reprendre son souffle, et le soir il se couche avec les poules. Je le vois dépérir chaque jour davantage, sans pouvoir faire quoi que ce soit pour l'aider. De toute façon, il refuserait mon aide. Il me répète souvent que pour lui la vie est derrière, et que pour moi elle est devant, que je dois penser à moi plutôt qu'à lui, que c'est ainsi ! J'ai du mal à entendre ça. Alors, quand il insiste trop, je me tourne vers toi, je pense à toi, je te vois dans ma tête, je te sens dans mon cœur, et je te dis tout bas que je t'aime. Peut-être m'entends-tu... peut-être pas ! Je t'attends et, sans savoir au juste pourquoi, je sais que tu reviendras. Comment ? Mystère ! Je sais que tu reviendras parce qu'il ne peut pas en être autrement. Parfois, pour me préparer tout de même au pire, j'essaie d'imaginer ma vie sans toi, ici ou ailleurs, partout où tu ne serais pas. Mais... impossible ! Alors je chasse ces pensées et je me remets à t'attendre. J'ai confiance. Voilà ! »

Nouvelle pause.

Émelie respirait court.

Un œil sur les pincettes, Garin caressait le chat dont le ronron répondait au rythme de celui du feu dans l'âtre.

Silence.

— « Mon plus grand bonheur serait de te revoir... te revoir, simplement, même pas t'approcher, surtout pas te toucher, mais te revoir, simplement, respirer pour un moment, même très court, l'air que tu respires. Je pourrais venir à La Maizerie, ce n'est pas si loin, mais je le ferais sans le dire à mon père, qui souffre trop de l'histoire du Schnitzel. Moi aussi j'en souffre, mais moi, je peux tenir ; j'ai la force de la jeunesse, pas lui ! Et puis, j'ai l'espoir de te revoir, et... »

La plume avait becqué le papier, projeté sur les lignes de sa belle écriture une myriade d'étoiles violettes.

Ange se redressa, fixa la mère au visage surexposé par la lumière trop vive de la lampe à pétrole, le père tassé dans son coin, le chat sur ses genoux.

— Je vais aller à Saint-Germain !

— Tu ne vas pas… osa Émelie. Enfin, ce n'est pas…

— Convenable ? la coupa sa fille ! Je me moque des conventions. Je vais aller à Saint-Germain ! Et puis…

Ses mots restèrent en suspension sur les beaux couverts, sur les restes de bourdelot à peine entamé.

— … nous verrons pour l'avenir !

Un fluide glacial coula dans les veines de la mère.

Le père reprit ses pincettes, se remit à remuer les braises.

Dérangé, le chat bondit vers la porte.

— Tu veux partir, toi aussi… soupira Garin. Alors… va, mais… pas de bêtises, hein !

Il le laissa filer vers la nuit.

Émelie n'avait pas bougé d'un cheveu.

Ange finit sa lecture à voix basse, rien que pour elle.

— Sur ce, je vais me coucher ! annonça le père. Ces émotions m'ont fatigué. Pas toi ? lança-t-il à sa femme, statue de sel dans la lumière trop crue de la suspension.

— Pas sommeil !

Elle avait répondu sur le ton cassant des échanges trop douloureux.

— Je n'aurai plus jamais sommeil !

Elle avait bougonné, baissé la mèche de la lampe, commençait à rassembler les couverts…

Le père s'engagea dans l'escalier.

Ange s'était levée pour la vaisselle, comme autrefois.

— Laisse ! Tu dois être fatiguée par le voyage.

Elle insista, porta les assiettes sur la pierre à eau.

— Pas besoin de toi, je t'ai dit ! Va te coucher, toi aussi !

— Mais…

— Pas de « mais » ! Va te coucher ! hurla la mère. Laissez-moi !

— Mais, maman, je voudrais que tu…

Émelie bondit vers la belle pièce, là où, hier encore, elles brodaient ensemble le coton et le lin des riches, claqua la porte. Le bruit se répercuta jusque dans le ventre de la pendule dont le ressort prolongea l'écho.

Pas traînants du père sur le plancher de l'étage.

Ange allait plonger assiettes et couverts dans la bassine à vaisselle quand, tout à coup, retentit un choc sourd dans la pièce voisine, suivi d'un bruit agaçant de verre brisé.

Elle se précipita, découvrit sa mère plantée devant la fenêtre, dans le halo d'un laiteux clair de lune.

Visage dans les mains, Émelie sanglotait.

À ses pieds, dans une flaque, la loupe d'eau de sa fille, éparpillée en mille éclats tranchants !

12

Septembre 1904

Autour d'eux, le monde était devenu fou.

Quand elle retrouva Nancy, Ange y découvrit une effervescence inconnue durant son premier séjour.

On s'y empoignait à propos de l'affaire Dreyfus, s'y enflammait dans des échanges entre partisans de la guerre pour récupérer l'Alsace-Moselle et pacifistes convaincus, s'y passionnait pour l'aventure de l'« Art nouveau » qui faisait éclore à chaque coin de rue des architectures à décors de chèvrefeuille et de fougères. Impression de partager, dans cette ville qui venait de doubler sa population en dix ans, une vie bouillonnante très différente de celle de sa Normandie assoupie. « Les conséquences de Sedan et de l'annexion ! » ruminaient les anciens partagés entre les plaisirs simples d'autrefois, ceux du temps où se vivaient en vieille ville comme en ville neuve la tradition lorraine héritée de la culture ducale et le désir de bouger, d'inventer un monde nouveau, de prendre une juste revanche sur la Prusse, de récupérer les terres perdues que Bismarck faisait germaniser au pas de ses uhlans. « Faut bien que du pire sorte un peu de meilleur ! » soupiraient-ils à la table du fameux restaurant Walter en croquant son *Suprême de Chapon à la Diplomate* et ses *Écrevisses Stanislas*, ou aux terrasses de la place Saint-Epvre, en savourant une bonne bière de Champigneulles. « Au moins, Sedan et l'occupation auront fait prendre conscience à tout le monde de ce que nous sommes, nous, Lorrains, gens paisibles et travailleurs qui savent accueillir à bras ouverts les réfugiés d'Alsace, de Moselle et de partout ! » Allusion aux dizaines de notables dont les noms brillaient maintenant sur du laiton gravé aux façades de la vieille ville : avocats, médecins, artisans et artistes, aux milliers d'étrangers venus grossir les rangs des mineurs, ouvriers sidérurgistes et du bâtiment. Les patronymes à consonance piémontaise inscrits désormais sur les registres des personnels d'entreprises témoignaient de la détermination de ces immigrés parfumés à la fleur d'oranger, de leur mémoire et de leur reconnaissance. Signé en 1801, le traité de Lunéville n'avait-il pas libéré l'Italie du Nord du joug autrichien[1] ? Ils s'en souvenaient, tous ceux-là venus à pied, à cheval et en voiture, pour offrir leur puissance de travail et de pensée à ce pays d'adoption en plein développement. Pour l'Exposition universelle de 1878, afin

1. Voir, du même auteur, chez le même éditeur, *Un parfum de fleur d'oranger* (2017).

d'affirmer sa dynamique nouvelle, la manufacture de Baccarat avait même installé, en forme de clin d'œil fraternel au cœur d'un gigantesque kiosque de cristal, le fameux *Mercure volant* en bronze argenté du sculpteur florentin Giambologna. Monument tellement surprenant et admirable, ce kiosque de lumière, que le roi du Portugal l'avait acheté dès le premier regard sans en discuter le prix, au grand dam de quelques intrigants galeristes parisiens jaloux du talent des verriers lorrains !

Entrer dans le nouveau siècle en compagnie de tous ces patrons, ouvriers, artisans, artistes et savants venus d'ailleurs revenait pour Nancy à entrer dans la valse mondiale des savoir-faire et savoir-être. Même le grand Sigmund Freud l'avait compris, venu en Lorraine durant les dernières heures du vieux siècle travailler ses théories psychanalytiques et l'hypnose auprès du professeur Hippolyte Bernheim, interlocuteur scientifique privilégié du neurologue parisien de la Salpêtrière, Jean-Martin Charcot.

Si les Lorrains sentaient encore peser sur eux les mots d'un Barrès obsédé par l'idée nationale au point de lui sacrifier l'innocence de l'officier Dreyfus, ils se savaient déterminés à affirmer leur identité et leur culture ancestrale, à s'engager dans un combat décisif pour faire rentrer dans les frontières naturelles et historiques de la France les terres volées par Bismarck ! Déterminés depuis les premiers temps de l'annexion. En témoignait la croix à deux traverses coupée en deux qu'ils avaient confiée en 1873 à la Vierge de Sion en sa basilique, ornée de la promesse en patois local : *Ce n'ame po tojo* – Ce n'est pas pour toujours.

Pour l'heure, on organisait la résistance : l'ingénieur militaire Séré de Rivières avait fait bâtir une ceinture de forts destinée à contenir toute nouvelle velléité prussienne, on exploitait le canal de l'Est creusé à la hâte par lequel transitait un trafic interdit par la nouvelle frontière, on vivait cœur à vif en fixant d'un regard noir la ligne bleue des Vosges où les cavaliers à croix de fer défiaient de leur morgue nos Chasseurs du 17e bataillon casernés à Rambervillers. Et on faisait rayonner dans le monde la Lorraine demeurée française par les arts, l'industrie, l'artisanat, la médecine… jusqu'à donner à la tour Eiffel tout juste construite à Paris son corps d'acier issu, on l'a dit, des aciéries de Pompey !

Ange l'avait aperçue, cette tour devenue mythique, dans une trouée de rues entre deux gares, pointée dans un ciel gris cendre, d'une tristesse accentuée par son regard de jeune femme qui venait, une deuxième fois, de quitter sa famille et son berceau de La Maizerie, de renoncer à ses habitudes d'enfant et d'adolescente pour aller vers un avenir espéré mais incertain.

Et puis, il y avait Fortunato…

Le lendemain de son retour en Normandie, elle avait raconté à ses parents le voyage en train, la traversée de Paris dans les pas de Nicolas son guide, l'accueil de ses hôtes à Nancy, les rencontres et visites. Père et mère l'avaient écoutée d'une oreille distraite, voire agacée, tournés plutôt vers leur aigreur mal dissimulée et leur angoisse que vers son récit, lui occupé à jouer des pincettes dans l'âtre froid, elle à chercher du regard sa loupe d'eau et son tambour devant la fenêtre de la belle pièce. Le malaise était tellement visible qu'elle avait parlé sobrement, sans fioritures ni images superflues. Pourtant Dieu seul savait tout ce qu'elle aurait eu à leur confier de son arrivée en Lorraine, de la ville aux portes d'or, tout ce qu'elle aurait aimé partager avec eux, dont son enthousiasme d'aller apprendre là-bas, auprès de maîtres réputés, les gestes de son futur métier. Elle n'en doutait pas une seconde : elle serait du nombre de ces facteurs d'orgue, de ces magiciens capables de transformer le vent en musique !

S'ils avaient fait semblant de l'écouter, rendus sourds par leur peine de la voir s'éloigner, ils ne l'avaient pas entendue.

Par ses claquements de ferraille sur la pierre de l'âtre éteint, le père n'avait-il pas avoué son regret d'avoir un jour emmené ses femmes à Saint-Wandrille, puis à Saint-Martin-de-Boscherville ? Du bonheur attendu de ce voyage avait surgi un malheur.

« Et puis merde ! avait-il conclu en jetant ses pincettes dans la caisse à bois. Je vais me coucher ! Bonsoir ! »

Seule dans sa chambre, ce soir-là aussi, Ange avait pleuré, de douleur à cause de la détresse de ses père et mère provoquée par son choix de vie loin d'eux, de bonheur aussi à l'idée de retrouver bientôt celui qui lui avait écrit : *Je t'attends et, sans savoir au juste pourquoi, je sais que tu reviendras…*

Deux jours plus tard, elle avait fait le voyage de Saint-Germain-de-Livet. Aller-retour dans la journée. Entre un petit matin voilé de brumes sur le bois du Colombier et un incendiaire coucher de soleil sur les ardoises du château. Une heure à peine de mains soudées, d'étreintes, de désir frémissant, de projets effleurés, soupirs, regards et silences ponctués par les battements fous du cœur. Une heure durant, ils s'étaient embrassés à perdre le souffle, à se croire unis l'un à l'autre, l'un pour l'autre, consumés par leur fol amour, jusqu'à la fin des temps. Puis Ange s'était arrachée à son Fortunato, lui avait juré de revenir bientôt, de le retrouver pour ne plus jamais le perdre. Ils s'étaient prêté serment : elle l'emmènerait en Lorraine ; il la suivrait au bout du monde ! Confiance en l'avenir et en elle, il saurait attendre son retour. Pour l'heure, il se devait à son père très mal en point… rester à son côté, apaiser ses souffrances, l'accompagner ! Elle saurait attendre, elle aussi, le lui jura. Elle allait maintenant regagner la Lorraine, y rencontrer des artisans connus des Gerboncourt, préparer son installation là-bas… « notre installation ! ».

Les Gerboncourt…

Nicolas !

Ce matin, la ville bruissait des conséquences de la rupture des relations diplomatiques avec le Vatican et des revendications de la Confédération générale du travail – CGT – à son congrès de Bourges. D'un côté, la France voulait affirmer sa détermination à séparer définitivement l'État républicain de l'Église et à contrôler ses enseignements. Le président du Conseil des ministres Émile Combes ne venait-il pas de décider que l'exécutif lui-même nommerait désormais les évêques ? De l'autre côté, le jeune syndicat ouvrier réclamait avec force une durée du travail quotidien limitée à huit heures et exigeait le repos hebdomadaire. « Pour aller à la messe ? » ironisaient les uns. « Pour aller jouer aux quilles ! » aboyaient les autres.

Dès son lever, Yacinthe de Gerboncourt s'était fait apporter *L'Est républicain*, installé dans son fauteuil du salon, plongé dans les nouvelles de Lorraine, de France et du monde. Son rituel quotidien.

— Nous nous préparons de bien inquiétantes heures !

Costume de tweed, casquette à oreillettes, lunettes et gants de conduite à la main, Nicolas venait d'entrer.

— J'ai dit « inquiétantes heures », hélas !

Encore troublé par sa lecture, le baron ferma son journal, le replia en prenant soin de ne pas le froisser.

— J'espère qu'il ne s'agira pas d'années inquiétantes ! À l'allure où vont les choses, on peut craindre le p…

Surpris par la tenue sport de son fils, il s'interrompit, se leva, se dirigea en claudiquant vers la salle à manger voisine, réprima une crispation de la mâchoire. Sa hanche gauche le faisait souffrir, lui donnait parfois l'impression d'être sur le point de lâcher, de précipiter sa chute. Il se déplaçait désormais muni d'une antique canne bec de canard.

De la place montaient les appels d'un vitrier en recherche de clients, « Viitrier… viiiiiitrier… viiiiiiii… », des grondements de tonneaux roulés sur les pavés, des abois de chiens.

Il s'arrêta au passage devant la fenêtre, écarta le double rideau, jeta un coup d'œil à la rue.

— Il va faire beau… agréable journée d'automne.

Nicolas avait posé gants, lunettes et casquette sur le dossier du fauteuil paternel, saisi le journal ; il en parcourait la une.

— Pourquoi dis-tu « inquiétantes » ?

— L'Église est en crise, le monde ouvrier se lève, les patrons se dressent sur leurs ergots, les nations durcissent le ton, les classes aisées font mine de ne rien percevoir des troubles du moment et s'amusent… la société contemporaine se cache sa propre réalité et se…

Il chercha le bon mot.

— … se radicalise. Inquiétant ! La Fondation Rothschild toute neuve ne suffira pas à construire les logements dont le pays a besoin. On ne peut pas faire travailler les immigrés italiens ou polonais dans la mine ou les hauts-fourneaux douze heures par jour chaque jour de la semaine et les loger dans des baraques en planches, sans le moindre confort. Comment peut-on admettre une telle situation ? Pour être immigré, on n'en est pas moins homme ! La colère monte ! Même juste, elle peut nous conduire au désastre. C'est cela qui me préoccupe, vois-tu ! Je crains de ne voir apaiser toutes ces tensions que par…

Il exhala un profond soupir.

— … la guerre ! Une nouvelle guerre, terrible celle-là parce que moderne, avec des moyens autrement plus redoutables que le sabre, les vagues de fantassins armés de mousquetons et les charges de cavalerie ! Une guerre qui mettra tout le monde au même niveau de douleur, riches et pauvres, maîtres et esclaves, civils et militaires, républicains et monarchistes.

Il avait parlé face à la fenêtre, une main sur la poignée d'espagnolette, l'autre crispée sur son bec de canard, à voix basse, comme pour lui seul.

— Je te trouve bien sombre, ce matin !

— Sombre, oui ! J'espère me tromper, ne pas être visionnaire.

Il se tourna vers Nicolas.

— Mais tu ne m'as pas répondu : tu sors ?

— J'emmène Ange à Sion aujourd'hui. C'est le meilleur promontoire pour découvrir notre pays et son histoire… pas vrai ?

Le baron appuya l'affirmation de son fils d'un hochement de tête.

— Puis, demain, je lui ferai visiter l'église Saint-Léon. J'ai fait prévenir l'organiste, Charles Caspar. J'espère qu'il pourra se mettre aux claviers. J'aimerais lui faire entendre l'orgue, tu sais, le fameux Cavaillé-Coll de 1889…

— Évidemment, je sais ! Je suis membre du conseil de fabrique, ne l'oublie pas. Ce Cavaillé-Coll… un bien bel instrument, et une bien belle voix ! Je lui aurais préféré un orgue issu de talents lorrains, mais la majorité a voulu faire parisien.

Il esquissa un sourire navré.

— C'est ainsi !

Bien que très jeune à l'époque, Nicolas se souvenait de la bataille menée par son père pour l'achat de l'instrument, la compétition entre des artistes locaux et un réputé Moser, de Fribourg, le choix difficile du type d'instrument selon que l'un devait par son ampleur masquer la grande rosace, que l'autre nécessitait un ajout à la tribune, puis les noms avancés pour la création du buffet attribué au final au brillant ébéniste nancéien Eugène Vallin. Il se souvenait aussi des propos ulcérés de son père quand ses collègues du conseil avaient exigé de cet artiste leur buste sculpté dans des mascarons en compagnie du roi David, de Melchizédek, au milieu d'une escouade d'anges. « Mon Dieu, où ne va pas se loger le désir de paraître des hommes ! » s'était exclamé le baron en rentrant de réunion tandis qu'il tendait canne et chapeau à sa chère Jeanne. « Quelle fatuité, mon Dieu… quelle suffisance ! » Malgré ses cinq ou six ans à l'époque, Nicolas avait été frappé d'une telle réaction de son père, d'ordinaire si calme et bienveillant.

— J'ai prévu aussi de l'emmener à Lunéville visiter le château, pour la familiariser avec nos racines ducales, et l'église Saint-Jacques, dont le grand orgue à lui seul mérite le voyage depuis la Normandie.

— Tu as prévu un programme de plusieurs semaines, à ce que je vois !

Nicolas se mit à rire. Il posa le journal, reprit casquette à oreillettes, gants et lunettes, taquina son père d'un air mystérieux :

— Et si c'était plusieurs mois ?

— Pourquoi pas ? J'ai promis à mon ami Alibert de m'occuper de cette jeune fille au demeurant très intéressante, parce que passionnante et passionnée, et je tiendrai ma promesse… le temps qu'il faudra !

À son tour de jouer avec l'interlocuteur, accompagnant ses mots d'un regard en coin, le baron taquina son fils :

— Tu n'y vois pas d'inconvénients, je pense !

Sa canne sonna sur le parquet à points de Hongrie ; il allait sortir quand, du seuil :

— Sion, aujourd'hui, bonne idée ! Le ciel promet une agréable journée. Les premiers jours d'automne offrent toujours une lumière dorée sur le Xaintois. Spectacle unique !

— J'ai prévu aussi de l'emmener visiter les luthiers de Mirecourt, le village de Marainville-sur-Madon pour Chopin, puis nos amis facteurs d'orgues Jaquot-Jeanpierre, à Rambervillers.

— Auras-tu le temps de faire toutes ces visites ? Car…

Il réfléchit un instant.

— … c'est fin octobre que tu pars à Lyon, n'est-ce pas ? Dois-je te rappeler que l'École de santé militaire est stricte : aucun retard toléré à la rentrée !

— Je n'ai pas oublié !

— À la bonne heure ! Mais, dis-moi, Sion… tu comptes faire ce voyage dans la journée ?

— Bien sûr, à peine dix lieues ! J'ai fait préparer la voiture.

— À ta convenance. Bonne route ! Sois prudent.

Il était déjà dans la salle à manger quand, haussant le ton pour se faire entendre, il ajouta :

— Prudence ! Voyager ainsi à deux peut présenter des risques ! Je ne parle pas, bien sûr, des accidents du chemin !

Nicolas gara la voiture à la croix de mission de Praye-sous-Vaudémont. « Marque Peugeot, avait-il expliqué à sa compagne de voyage dans la cour de l'hôtel particulier, type 63, dix chevaux, moteur bicylindre à quatre temps, mille soixante-dix-huit centimètres cubes, toute neuve. Elle vient de sortir de l'usine d'Audincourt. L'une des premières présentées à la succursale de la firme, rue Saint-Georges. La voiture idéale du médecin de campagne, très robuste et fiable ! » Emmitouflée dans un manteau de velours vert olive à col tortue et manchons de peluche, tête couverte d'un chapeau cloche de même velours tenu par un foulard noué au menton, Ange n'avait rien compris de ce charabia technique. Tout juste si elle avait osé prendre place sur la banquette de cuir framboise à bord de ce véhicule élégant et racé vert émeraude à filets d'or. Elle se sentait bien et mal à la fois, ravie d'aller à la découverte de ce pays qui deviendrait le sien, elle n'en doutait pas une seconde, heureuse de partager un moment de complicité avec son chevalier servant, mais gênée de se trouver dans la peau d'une autre femme, enveloppée d'un parfum étrange, elle qui n'en portait jamais : la baronne, qui gérait au quotidien les effets longs de sa maladie de poitrine transmutée en hypocondrie, s'était entichée d'elle, était aux petits soins, lui avait prêté sa tenue de promenade au grand air après lui avoir fait remarquer sa taille de jeune fille, « malgré mon grand âge ! », habile manière d'attirer les compliments de sa jeune protégée, ajoutant : « Vous en aurez besoin. Même avec un soleil radieux, vous risqueriez de prendre le mal en voiture. Le fond de l'air a déjà fraîchi, chez nous, en septembre ! »

La voiture avait toussé, pétaradé.
Ils s'étaient mis en route.

À l'entrée du village de Praye-sous-Vaudémont, à main droite, il lui avait montré au passage la petite gare de campagne. « On dit que l'impératrice Élisabeth d'Autriche, vous savez l'infortunée Sissi, assassinée par un anarchiste voilà sept ans, serait venue ici par le train peu de temps avant sa mort, en toute discrétion, pour un pèlerinage à Notre-Dame-de-Sion et une reconnaissance des racines ducales de la maison de Habsbourg-Lorraine. Elle serait montée à pied par le chemin que nous allons emprunter ! avait-il hurlé pour couvrir le bruit du moteur et le souffle du courant d'air. Mais nul n'en a de preuves. Émouvant, tout de même, n'est-ce pas ? » Cette évocation avait ravivé chez Ange des souvenirs d'école et de certificat d'études : les Habsbourg... Charles Quint... l'assassinat de l'impératrice à Genève d'un coup de lime au cœur par l'anarchiste italien Luigi Lucheni le 10 septembre 1898 ! Dès la tragédie connue, son père avait acheté *Le Petit Journal*. À la une, la scène pleine page en couleur du coup mortel à l'Impératrice par le tueur. Se souvenant de cette image comme d'hier, elle avait confirmé d'un sourire.

Devant eux se lançait à l'assaut de la colline *un chemin montant, sablonneux, malaisé, et de tous les côtés au soleil exposé*... Cette fois c'est La Fontaine qui avait surgi de sa mémoire, sa fable *Le Coche et la Mouche*, apprise par cœur à l'école, récitée sur l'estrade un jour de distribution des prix. Elle ferma les yeux, écarta sa mémoire, prit une profonde inspiration, contempla l'ample paysage qui s'offrait à son regard.

L'air embaumait l'humus et la mirabelle.

À l'aplomb de la tour d'église, une buse décrivait de grands cercles lents dans un ciel azurin.

Ange resserra son foulard agacé par le vent.

Envie de marcher !

— Nous aurions pu aller jusqu'à l'église en voiture, mais ce chemin est historique... celui du pèlerinage. Nos ducs et leur suite l'empruntaient. Comme Sissi ! Alors, faisons comme eux, si vous voulez bien.

Ils firent les premiers pas.

En silence.

À mesure qu'ils montaient, le paysage s'ouvrait, révélait ses replis, faisait le dos rond, découvrait ses villages comme des îles sur la houle des mirabelliers.

Il s'écarta, rapina une poignée de fruits d'or aux joues rouges, qu'il lui offrit comme le Saint-Sacrement.

— Les dernières de la saison. Tout juste cueillies... c'est comme ça qu'elles sont les meilleures !

Elle croqua une mirabelle, en laissa le suc éclore en bouche, une autre, une autre encore. Yeux miclos, elle goûtait son plaisir. Mains ouvertes en coupe pour l'offrande, de la voir ainsi, il goûtait le sien.

Ils reprirent l'ascension.

Dans les passages plus abrupts, il lui tendait la main. D'un geste doux elle refusait son aide, déterminée à surmonter seule la difficulté.

À la fourche de Blanche-Fontaine, il la lui saisit ; elle lui abandonna ; il la garda fermement tenue jusqu'au parvis de l'église surmontée de la Vierge dont le regard veillait sur la Lorraine.

Elle s'était sentie tout à coup plus légère.

Des parfums d'encens et de bonne cire chaude flottaient sous les tilleuls vêtus déjà par l'été finissant de nuances poussin.

Alors, le souvenir de l'assassinat d'Élisabeth par un Italien lui revint tout à coup.

Pourquoi lui avoir parlé de ce drame ?

Ce Lucheni… un Italien !

Fortunato…

Dans l'antique église, ils saluèrent d'abord la Vierge chargée par le duc Charles IV en 1669 de veiller sur la Lorraine, puis il lui fit découvrir, symbole de la brutalité prussienne, la croix de Lorraine brisée et la promesse de ses peuples déchirés, *ce n'ame po tojo* ! Ils parcoururent ensuite sous les tilleuls le Chemin de croix avec un arrêt au nez du promontoire ouvert sur l'infini panorama ourlé à son orient de la ligne bleue des Vosges, prirent un repas de pèlerin à l'auberge de la Colline. Nicolas avait lâché à regret la main de sa compagne d'un jour pour se signer à l'entrée du sanctuaire après lui avoir offert l'eau bénite d'un toucher d'index à index, puis pour choquer leurs verres de vin du Montfort et manier les couverts. Sans oser se l'avouer, Ange aussi avait regretté ; sa main dans celle de cet homme lui avait procuré un tel sentiment de sécurité ! Par ce contact, elle avait senti circuler entre eux une puissante énergie. Sortant de l'auberge, il lui avait repris la main. Peut-être même était-ce elle qui avait cherché la sienne ! Comment aurait-elle pu se l'avouer ?

L'après-midi, sur le parvis de l'humble église de Vaudémont, au pied de la tour ruinée de Brunehaut, vestige de la forteresse berceau de la Maison de Lorraine, ils avaient rencontré le père Charles Vigneron, ami et hôte ordinaire de la famille à Nancy. Chargé par son évêque de maintenir la pratique de la foi sur la sainte colline après l'expulsion des oblats pour cause de dissolution des congrégations religieuses par la République laïque, le clerc avait salué le couple avec chaleur, pris des nouvelles des Gerboncourt, promis de les visiter bientôt, avait évoqué l'histoire du site et de ses populations dont il avait charge d'âme, évitant soigneusement le sujet pourtant sur toutes les lèvres : les convulsions politiques autour de l'Église, et les souffrances qu'elles engendraient chez les fidèles. Ils s'étaient quittés sans la moindre question au sujet de cette jeune femme inconnue proche de

Nicolas que le père avait trouvée si élégante dans sa tenue de voyage vert olive (Ils vont bien ensemble ! avait-il pensé en les regardant s'éloigner. Dieu fait vraiment très bien les choses !), et... troublant, ce regard pervenche !

Le soleil s'apprêtait à décliner bientôt sur la coupole forestière du bois d'Anon quand ils s'engagèrent dans la pente de la Chapelotte.

Accourue des confins orientaux occupés par la Prusse, une bise glacée s'était levée, qui s'acharnait sur les haies de prunelliers rosies çà et là des barrettes cardinalices du fusain d'Europe.

Ange resserra le col de son manteau et son foulard.

— Vous avez froid ?

— Comment pourrais-je avoir froid avec vous ?

Elle s'entendit répondre comme si une autre l'avait fait à sa place. Même sa voix lui avait paru étrangère. Surprise par sa propre audace. Effrayée, même.

Nicolas s'arrêta, la retint un instant face à lui par la main et le regard.

— Merci !

La Peugeot les attendait au pied du calvaire.

— Dans une heure, nous serons à la maison. Aurez-vous passé une bonne journée ? glissa Nicolas en aidant la jeune femme à se hisser sur le marchepied.

— Comment vous remercier ?

— Votre présence à mon côté suffit ! Votre main dans la mienne, et votre sourire !

Il contourna la voiture, empoigna la manivelle, lança le moteur.

Ange allait prendre place sur la banquette de cuir framboise quand elle y découvrit un billet plié, calé sous un caillou. Elle le saisit, l'ouvrit, lut : *Je ne t'oublie pas ! À bientôt. Georg S.*

Le dissimula dans son manchon.

La machine pétaradait.

Nicolas s'installa au volant.

La route de Nancy s'ouvrit devant eux.

Ange se sentit soudain glacée.

Georg S.

Le Schnitzel !

13

Novembre 1904

Dans sa chambre sous les combles, Ange lisait et relisait la nouvelle lettre de Fortunato. Depuis son retour à Nancy, elle en recevait une lettre par semaine. Parfois très courte, semée de *Je t'aime*, toujours enflammée.

Elle jeta un coup d'œil à l'extérieur. La pluie tombait à verse. Un vent fou sifflait, soufflait, tournoyait sur la ville.

De sa fenêtre, elle apercevait les houppiers de la place d'Alliance, les toits du quartier en lente désescalade, les tours de la cathédrale luisantes sous le déluge. Le baron lui avait proposé une chambre plus belle, plus spacieuse, plus proche de la famille, au deuxième étage de l'hôtel particulier, mais elle avait préféré celle-là, d'une femme de service, isolée des ambiances de réception, éloignée des rumeurs de la vie familiale. « Vous seriez ainsi comme des nôtres ! lui avait-il dit, appuyé par sa femme, désireuse d'avoir dans son giron une complice de confidences autre que de service. Comme des nôtres », avait-il répété à mi-voix en caressant son bec de canne. Elle avait décliné l'offre, choisi plutôt cette chambre modeste, d'ambiance presque campagnarde au cœur de la cité. Entre les murs blanchis à la chaux, sous les solives d'un plafond de sapin, dans les meubles confortables mais simples mis à sa disposition, elle se sentait comme chez elle. La baronne l'avait dotée de tapis et couvertures qui atténuaient les bruits et lui donnaient l'impression de vivre et dormir dans un cocon. Elle s'y trouvait bien.

Calée dans un fauteuil Voltaire tapissé de rinceaux de fleurs, elle lisait.

Saint-Germain-de-Livet,
9 novembre 1904

Ma chère Ange,

Jamais je n'aurais pensé t'écrire une telle lettre aussi tôt. J'espère que tu me pardonneras de perturber ainsi ton séjour en Lorraine. Je crois que tu m'en voudrais si je ne te donnais pas cette triste nouvelle : mon père est mort la semaine dernière. Épuisé. Rongé par une maladie de poitrine et la honte d'avoir eu à subir avec moi l'accusation d'un vol que nous n'avons pas commis. Il a rendu son dernier souffle dans mes bras, le 2 novembre, au petit matin. Il a été porté en terre le 4. Nous étions deux derrière son cercueil, son patron et moi. Il est mort en silence, comme apaisé. Une dernière larme a coulé sur sa joue.

Je ne sais ce qu'elle contenait, mais je m'en souviendrai toute ma vie. La dernière larme du mourant !

Ange suivit du regard les ruisseaux de pluie sur la vitre, le lent défilé des voiles de crasse dans le ciel.

Le 2 novembre…

Ce jour-là, Nicolas avait sorti la Peugeot, direction Rambervillers.

Un froid sec figeait vernes et mirabelliers déplumés sous un ciel d'acier, couvrait la campagne d'une fine couche de sucre glace.

La voiture avait eu bien du mal à démarrer. Le mécanicien avait dû actionner longuement la manivelle en grommelant. Enfin le moteur avait toussé, reniflé, accepté de tourner. « Maintenant qu'il a chauffé, vous n'aurez plus de problème ! avait-il conclu, avant de ruminer dans son cache-nez : Enfin… j'espère ! »

Ils étaient partis emmitouflés dans des pelisses, emballés jusqu'au cou dans d'épaisses couvertures.

Manoncourt-en-Vermois… Ferrières… Méhoncourt… Einvaux… Clézentaine… de ces noms de villages si différents de ceux de sa Normandie, Ange faisait une litanie qu'elle chantonnait dans ses couches de laine piquetées de cristaux de givre.

Ici, un lapin de garenne… là, un chevreuil… là-haut, des buses en chasse… partout le silence des grandes sidérations déchiré par les pétarades du moteur. Premier vrai coup de froid de l'année !

Prévenu d'un coup de téléphone par le baron, c'est le fils Jaquot qui les avait accueillis dans la cour, face à ses ateliers, en l'absence de son père, artisan facteur d'orgues réputé. Ils s'étaient restaurés sur place, à la table familiale, d'une bouchée à la reine digne de son créateur, le gourmand Stanislas, d'une frémissante tête de veau – spécialité de la ville depuis le vol en un passé lointain d'un troupeau de jeunes bovins par les bourgeois d'Épinal, condamnés à rendre à leur propriétaire douze têtes de bétail… ce qu'ils firent, à la lettre, têtes bien tranchées ! –, d'une portion de fromage de munster onctueux à tartiner comme une confiture, le tout suivi d'œufs à la neige, d'un café et ses madeleines de Commercy, conclu d'une bonne rasade d'eau-de-vie de mirabelle dans les tasses encore tièdes… le paradis sur terre ! Ernest-Théodore avait animé le repas sous les portraits des anciens dans leurs cadres de bois naturel, parlé de l'entreprise, de son passé, de son présent tumultueux à cause des lois de séparation de l'Église et de l'État qui mettaient en péril de nombreux contrats pourtant déjà conclus, et de son avenir espéré.

Madeleine Jaquot, son épouse, « née Grosjean, troisième fille d'Ernest Grosjean, organiste de la cathédrale de Verdun », avait-il précisé avec délectation, était restée silencieuse, préoccupée seulement par le bon acheminement des plats.

Un grand feu crépitait dans l'âtre.

On s'était sentis bien dans cette maison paisible

et affairée à la fois, parcourue de bonnes ondes, meublée simplement avec goût, habitée de sémillantes odeurs de cuisine aux herbes, mirabelle et vieille ébénisterie lustrée au tampon de laine.

Chaleureux, disert, passionné, Ernest-Théodore avait souligné ses propos de jeux de mains rendues calleuses par le travail des bois, noircies de manière indélébile par le formage des métaux. Il avait parlé de son métier avec une fougue et des élans de bel orateur. « Je suis aujourd'hui le facteur d'orgues de quatrième génération, chef désormais de la dynastie née dès le début du siècle dernier des œuvres de Jean-Baptiste Jeanpierre, horloger et facteur lui-même, mort très tôt, hélas ! » Ainsi, sans prendre le temps de respirer ni de manger chaud, avait-il évoqué la lignée dont il était issu, histoire enrichie de force détails et anecdotes, avant d'inviter ses visiteurs à gagner les ateliers, pénétrer dans le saint des saints. Durant tout le repas, il avait observé la jeune Normande dont lui avait dit grand bien son ami Yacinthe de Gerboncourt, l'œil toujours en limite de l'inconvenance, jamais au-delà. Nicolas s'en était trouvé indisposé. « Jaloux… moi ? » Sa question à lui-même posée était restée en suspens. « Ce serait bien la première fois ! »

Puis ils avaient gagné les ateliers : salle des machines, menuiserie, mécanique, salle de montage des orgues… Partout s'affairaient des ouvriers en grand tablier à bavette sur bleu de travail.

Alors, le patron junior leur avait tout montré, des bois d'épicéa et chêne destinés aux buffets en cours de fabrication par les ébénistes, aux merisier et poirier pour les sculptures qui viendraient les orner, des feuilles d'étain pour les tuyaux aux pièces métalliques pour la tringlerie, des ivoires de clavier aux peaux charnières du soufflet chargé de créer le vent pour l'instrument à naître. « Soufflet… réservoir à lanterne ! » avait-il corrigé pour cette Ange dont il avait remarqué la sensibilité aux mots et expressions propres à l'instrument et au métier. Par lui et avec lui, ils avaient ainsi tout vu, beaucoup appris de l'histoire de ces artisans qui faisaient de l'entreprise l'une des plus réputées du pays. Par correction et pour satisfaire des élans de curiosité parfois surjoués, Nicolas avait fait quelques remarques, posé quelques questions sans en attendre vraiment les réponses. Comme fascinée par ces objets et matériaux découverts jusque-là dans le vieux livre *L'Art du facteur d'orgues* de Dom Bédos de Celles entre deux points de broderie, connus par l'image seule, Ange avait suivi leur guide, muette, s'écartant d'eux par endroits, s'approchant d'une colonne à chapiteau corinthien destinée à une façade en cours d'assemblage, caressant de la goutte d'index une feuille d'étain prête à être formée en tuyau, s'intéressant au plan ouvert sur un établi, à ses cotes, courbes et projections dans l'espace, cherchant dans les tracés techniques ce qui pourrait bientôt donner sa voix à l'instrument en gestation. Ernest-Théodore l'observait sans en avoir l'air, suivi de l'œil par Nicolas, qui tirait de plus en plus souvent sa montre de son gousset.

Ils étaient rentrés à Nancy par la même route qu'à l'aller, sous des flocons follets semés par un ciel gris de Payne. Au passage sous le donjon du château de Fléville, Nicolas s'était penché vers sa passagère, lui avait demandé en forçant la voix si elle avait apprécié cette visite. Elle avait répondu d'un hochement de tête, emmitouflée dans le cachemire du châle et le col de pelisse. Jamais elle n'avait connu un tel froid en Normandie, à ce point pénétrant ; jamais elle n'avait effectué un tel voyage dans de telles conditions. Jamais elle ne s'était sentie aussi heureuse ! Ernest-Théodore Jaquot ne lui avait-il pas proposé au moment de la séparation, alors que le moteur de la Peugeot tournait déjà, de lui ouvrir les portes de ses ateliers pour un éventuel apprentissage ? « C'est bien ce que vous souhaitez, n'est-ce pas ? Ai-je bien compris ? » Elle avait confirmé d'un ferme « Oui ! S'il vous plaît ! » qui avait surpris les deux hommes. Une telle détermination se voyait peu. L'artisan en avait été frappé. « Une femme à l'établi chez nous ne serait pas sans poser des problèmes, c'est certain, j'en suis bien conscient ! Ce serait la première fois, pas seulement chez nous ; je ne connais pas de manufacture qui ait osé ! Mais je me dis que l'expérience vaut la peine d'être tentée... avait-il ajouté d'un air convaincu. J'y suis prêt, d'autant que, si vous entrez chez nous, ce sera sur la recommandation de mes amis de Gerboncourt ! Sans ce soutien, je crois que j'aurais pris votre désir pour une folle plaisanterie ! » Rajustant col de pelisse et casquette à oreillettes, Nicolas avait apprécié le clin d'œil amical à sa famille. Ernest-Théodore avait planté son regard noisette dans celui, pervenche, de la jeune femme : « Si vous confirmez votre intention après avoir vu de quoi est fait notre quotidien de faiseux d'instruments à vent, vous serez des nôtres bientôt... quand vous voulez ! Je ne peux pas mieux dire : quand vous voulez ! »

Ils avaient aussitôt pris la route en sens inverse.

Clézentaine... Einvaux... Méhoncourt... Ferrières... oubliée, la ritournelle des noms de villages traversés ! Remplacée par « Vous serez des nôtres... Vous serez des... ».

Ange s'était répété ces mots entre forêts et prairies à la mine de plomb estompée au feutre, entre les usoirs déserts où s'évaporaient les fumiers, dansaient des fraîchins musqués et des lueurs d'étables. Heure de la traite !

Nancy. La porte Saint-Nicolas dessinait son fantôme dans une brume diaphane auréolée d'or par le faisceau dansant des lampes à carbure. La nuit s'était posée sur la ville. Novembre annonçait déjà l'hiver.

À l'entrée de la rue Saint-Dizier, Nicolas avait

posé la main sur le genou d'Ange, comme pour tester la douceur de la pelisse. Elle s'était raidie. Ce geste l'avait troublée. Elle avait pris délicatement cette main, l'avait guidée vers le volant. Jusqu'à l'hôtel particulier, il était resté rivé à la chaussée, attentif à sa conduite… rien qu'à sa conduite !

Maintenant que mon père est en terre, je suis libre comme l'air. Libre d'aller partout où tu voudras. Mon seul objectif désormais : vivre avec toi, respirer avec toi, dormir avec toi, travailler dans le pays où tu travailleras. Partout il faut des ouvriers d'entretien des parcs et jardins. Je ne suis pas inquiet. Mon père m'a tellement appris que je suis certain de savoir m'adapter à toutes les situations, à tous les patrons ! Et puis, nous serons ensemble, et ça, vois-tu, sera ma force… notre force ! Si telle est toujours ta volonté, nous ne nous quitterons plus, jamais !

Une nouvelle fois, elle leva le nez vers la fenêtre.

Passé le coup de froid qui avait failli les transformer en statues de glace à bord de la Peugeot vert émeraude à filets d'or durant l'expédition de Rambervillers, le vent avait tourné ; après une semaine de cousinage avec le blizzard du Grand Nord sibérien, déferlant de l'ouest, il poussait devant lui un déluge biblique. Les vitres ruisselaient, les gouttières de toit cascadaient sous un ciel anthracite. Même les tours de la cathédrale pourtant proche peinaient à se faire reconnaître dans la tourmente.

Dès que tu seras rentrée au pays, nous nous verrons, si tu le veux, et je viendrai à La Maizerie rencontrer tes parents pour une demande que, j'espère, tu désires toujours. Nous nous sommes promis de ne plus jamais nous quitter. Je tiens cette promesse. Mais toi, la tiendras-tu ? Le peux-tu encore ? Si tu avais fait une rencontre là-bas, il faudrait me le dire. Je ne t'en voudrais pas. Comment en vouloir à la personne qu'on aime ? Mais je devrais le savoir tout de suite, pour ne plus t'importuner. Je disparaîtrais de ta vie pour toujours. Par cette lettre, je voulais que tu saches que je t'aime, que je désire plus que tout que nous devenions mari et femme, mais aussi que tu es libre. Je t'aime.
Je suis impatient de ta réponse, et de… ton retour.
En t'attendant, je travaille et lis beaucoup. Je me suis mis à Émile Zola, comme moi fils d'Italien fier d'être français. Ses Rougon-Macquart me passionnent. Et je me prépare à aller à La Maizerie rencontrer tes parents.
Prends grand soin de toi.
Je t'aime plus fort que toutes mes forces réunies.

Fortuné

Souper dans la salle à manger au premier étage de la place d'Alliance, dans les bois précieux à décors végétaux, sous le lustre aux tulipes de verre ocre à clématites mauves. Silence lourd, seulement émaillé de bruits de couverts, crépitements du feu à l'âtre et gifles du vent contre les vitres.

Devant sa portion de cholande, tandis que son épouse activait le service d'une Jeanne pourtant aux petits soins, le baron paraissait réfléchir. Il afficha un bon sourire, comme s'il venait de trouver la clé d'une bonne humeur à partager.

— Connaissez-vous ce dessert, chère Ange ?

Avec son autorisation, il avait pris l'habitude de s'adresser à elle par son prénom. Touchée, elle avait accepté cette familiarité, perçue comme une marque de confiance et – elle osait le ressentir ainsi – d'affection.

— En avez-vous de semblables en Normandie ?

Nicolas chipotait, se tamponnait les lèvres d'un coin de serviette, relevait d'un geste court la mèche indocile de ses cheveux, tentait de se donner bonne contenance. Il paraissait avoir l'esprit ailleurs.

— Je ne connais pas. Mais c'est bien tentant ! Chez moi, nous avons la teurgoule, un gâteau de riz au lait parfumé à la cannelle que maman prépare à merveille, et le bourdelot, pomme cuite au four dans une pâte brisée dorée au beurre…

Heureuse d'évoquer son pays, elle s'apprêtait à donner des détails, parler des cinq heures de cuisson nécessaires à la teurgoule et du bon choix de fruit pour le bourdelot, qui peut se préparer avec aussi des poires, devenant « douillon », et de la manière de les flamber au calvados les jours de fête.

— La cholande nous vient des Vosges, l'interrompit Yacinthe. C'est un gâteau très rustique, sorte de pain aux œufs et sucre qui peut aussi bien se préparer salé et accompagner une viande, une sorte de plat passe-partout en quelque sorte. Nous apprécions autant le craquant de sa croûte et son goût délicieux de brioche que sa simplicité. J'espère que cette cholande supporte la comparaison avec...

Il buta sur les noms des spécialités normandes.

— La teurgoule et le bourdelot ! l'aida la baronne, que la gêne ambiante commençait à agacer, avant de se tourner vers son invitée : Notre fils nous a parlé de votre retour prochain en Normandie. Vous le prévoyez pour...

— Mon ami facteur d'orgues que vous avez rencontré récemment en compagnie de notre fils m'a téléphoné en fin d'après-midi. Je n'ai pas voulu vous déranger. Il n'y avait rien d'urgent. Son message pouvait attendre notre souper.

Le baron avait interrompu son épouse d'une manière inhabituelle, presque brutale.

Nicolas repoussa son assiette, rajusta sa mèche de cheveux, replia sa serviette chiffrée comme s'il s'apprêtait à quitter la table. Il n'avait pas touché à la cholande.

— Il m'a chargé de vous transmettre son accord pour votre entrée en compagnonnage chez lui quand et comme vous le désirerez. Certes, il pressent quelques délicatesses avec ses gens, tous des hommes, mais sa décision est prise : il sera fier de vous accueillir dans ses ateliers... vous, une femme !

Il prit le temps de déguster l'effet de sa déclaration et un bon morceau de cholande.

Penchée sur elle, Jeanne proposait à « Madame » café et « goutte », la fameuse eau-de-vie de mirabelle.

— Bonne nouvelle, n'est-ce pas ? C'est bien ce que vous souhaitiez…

L'émotion étouffait Ange. Une bouffée de chaleur l'avait saisie. Le feu… l'âtre… ! se dit-elle. Vrai qu'il faisait très chaud dans cette pièce peuplée de portraits d'ancêtres, meublée de nénuphars et fougères ! Elle força une profonde inspiration. Des jours qu'elle attendait la conclusion de leur visite à Rambervillers, chez les Jaquot-Jeanpierre. Enfin !

Nicolas jouait de la lumière des clématites mauves sur ses couverts.

D'un clignement de paupières, la baronne, qui se sentait de mieux en mieux, avait accepté la suggestion de sa bonne Jeanne. Café et mirabelle suivraient la cholande.

— Merci… monsieur ! C'est en effet ce que j'espérais. Je suis…

La jeune femme avait répondu d'une voix étouffée. Elle chercha ses mots, plongea son regard pervenche dans celui du baron, qui finissait son dessert.

— … très heureuse ! C'est à vous que je le dois, monsieur. Je ne vous remercierai jamais assez pour votre accueil, votre aide, votre intervention auprès de vos amis, votre… confiance !

— Tatatata… fit le baron en levant son verre.

Vous nous avez donné le plaisir de renforcer la relation fraternelle que ma famille entretient depuis la nuit des temps avec les Maizerie, notre cher Alibert en particulier. Donc... ne nous remerciez pas ! Remercier, c'est s'affaiblir... toujours. Vous êtes forte et devez le rester ! C'est à vous que vous devez cette décision, à nul autre que vous !

La maîtresse de maison paraissait de plus en plus fébrile. Elle rompit le fil de la conversation :

— Mais j'attends encore votre réponse ! Il me tarde de la connaître. Quand avez-vous prévu de retourner en Normandie ? Parce que vous allez y retourner, n'est-ce pas, avant votre...

Elle hésita.

— ... votre prise de tablier. Je peux dire ainsi, n'est-ce pas ? J'ai besoin de savoir, et de savoir si vous aurez besoin de revenir chez nous en attendant votre installation à...

— Tu vas trop vite, ma chère amie, bien trop vite ! Tu ne vois donc pas que notre chère Ange a besoin de réfléchir à son avenir immédiat ! Laisse...

— La semaine prochaine, si possible ! Dès demain, j'irai à la gare me renseigner sur les horaires des trains.

Ange avait retrouvé sa fermeté et son assurance. « Vous êtes forte et devez le rester ! » lui avait dit le baron. Elle saurait s'en souvenir. Maintenant déjà !

— Je vous y accompagnerai ! lâcha Nicolas.

— À la bonne heure ! conclut son père. Je n'en attendais pas moins de toi !

— Mais... et la visite de l'autre jour... souffla la baronne au moment où la chère Jeanne annonçait à Madame que les café et alcools étaient servis au salon.

— Allons !

Ils allèrent, Madame en tête, puis Monsieur, effacé derrière la « chère Ange ».

Nicolas fermait la marche.

Des senteurs de tabac flottaient encore dans la pièce. Les hommes y avaient fumé leur cigare la veille au soir en détaillant et commentant les nouvelles informations du *Figaro* pour le national et de *L'Est républicain* pour le lorrain, selon la vieille tradition des soirées familiales. Les quotidiens du jour attendaient sur la table de jeu Empire couverte de son velours de billard vert élimé. Avec les parfums de Havane circulaient des odeurs de cire d'abeille, de café dosé à point, de mirabelle prête à être dégustée et les fragrances de Madame, celles qui avaient accompagné Ange durant les expéditions de Sion et de Rambervillers... « *Jicky*, de Guerlain, lui avait-elle confié un soir de confidences entre femmes, un parfum de rupture amoureuse conçu par Aimé Guerlain après s'être séparé d'une mystérieuse Anglaise. Lavande, bois de rose, bergamote et mandarine... mon mari, qui l'aime aussi, me dit qu'il a l'impression à mon côté de se promener dans un champ de lavande sous le soleil de Provence. Je ne peux plus m'en passer ! Je parle du parfum... » Elle s'était mise à rire, d'un rire cristallin prêt à se briser à chaque inspiration. « Quant à mon mari... pareil, bien sûr ! » De bonne humeur, et en verve, ce soir-là !

— Parle-nous donc de la visite !

Le baron reposa sa tasse sur le plateau, entama une madeleine de Commercy.

— Tandis que vous étiez à Rambervillers, l'autre jour, un homme a demandé notre porte, puis à vous parler. D'allure bizarre, mal fagoté, barbe douteuse ; il empestait le mauvais tabac et la vinasse à plein nez. Il a prétendu bien vous connaître, s'est énervé quand on lui a dit que vous étiez absente. Il a lancé, avec un fort accent germanique : « Dites-lui qu'elle ne perd rien pour attendre ! Je reviendrai ! »

Ange avait blêmi.

— Il vous a dit qui...

— Oui... un certain Schnitzel ! Il a épelé son nom pour être certain que nous avions bien compris, puis il s'est éloigné dans la rue en gesticulant et frappant le sol du talon. Inquiétant !

Il finit sa madeleine.

— Vous le connaissez ?

La poitrine prise dans un étau, Ange tourna son regard vers la fenêtre.

La nuit ruisselait sur les vitres.

Dans sa tête : « Vous êtes forte et devez le rester ! »

— Je le connais !
Nicolas se leva d'un bond, quitta le salon.
Il n'avait pas bu une gorgée de café.

Dans le cendrier, son cigare se consumait.

14

Août 1909

Très fréquenté, le Pavillon de l'Alsace. Succès fou ! On s'y précipitait le temps de se donner une bonne conscience de pacotille, de se croire solidaire avec un peuple en souffrance, de se prendre pour un résistant farouche à l'oppression prussienne qui germanisait ce pays et le Nord lorrain depuis près de quarante ans. Pour ses bières et ses charcuteries surtout, qui embaumaient l'entrée de l'Exposition internationale de l'est de la France sise à Nancy !

De la porte monumentale bâtie sur la rue Jeanne-d'Arc jusqu'au fond du parc Sainte-Marie, sept grands palais se partageaient plus de vingt mille mètres carrés. Autour du Palais des fêtes, axe principal, et de part et d'autre d'un admirable jardin à la française, la foule visitait le Palais de la métallurgie, celui des arts libéraux, ceux du textile, de l'électricité, de l'alimentation et des transports. Et des dizaines de pavillons, kiosques et stands, fermes et maisons traditionnelles reconstituées dans le rigoureux respect de leurs architecture et matériaux[1]. Des vins de Moselle et des côtes de Toul au kirsch de Fougerolles, en passant par les délicieux biscuits des Sœurs Macaron, les melons de Lunéville, les andouilles et gandoyaux du val d'Ajol, la mirabelle du Xaintois, les bières de Charmes, Vézelise et Champigneulles, les pâtés et tourtes de partout, choucroute du val de Villé, saucisses et viandes fumées de Strasbourg ou Colmar arrosées de gouleyants nectars de gewurztraminer, on y dégustait les spécialités locales, s'empiffrait de bonheurs simples, partageait pommes d'amour, gaufres et glaces, fumait du tabac gris et des cigares de Havane… on vivait de marivaudage, de gourmandise et d'espoirs de reconquête !

On s'instruisait aussi par la découverte des industries et artisanats du pays, au contact des créateurs heureux et fiers de présenter leurs œuvres, produits et gestes de métiers pour une fois sortis des ateliers.

Quand, le 1er avril, son patron Ernest-Théodore Jaquot lui avait proposé de recevoir les visiteurs sur son stand de facture d'orgues, Ange avait d'abord cru à un traditionnel poisson. Elle en avait ri. Il

1. Tous ces monuments ont été détruits, sauf la Maison alsacienne, qui se voit toujours à l'entrée du parc Sainte-Marie.

avait confirmé son offre. Alors, elle avait hésité, balancé entre son éventuel accord et le réflexe de décliner la proposition au prétexte qu'elle n'était que débutante, pas encore capable d'accueillir les visiteurs curieux de leur art, de répondre à leurs questions sur la technique ou la musique. Il avait insisté : « Vous en savez assez pour parler de notre métier à des profanes », ajouté : « Et puis… vous connaissez Nancy ! Vous y avez de bonnes relations, qui pourront nous être utiles ! » Réussi à la convaincre. Au fond, elle était flattée qu'il lui ait fait cette proposition preuve de sa confiance. L'aventure la séduisait. Elle y avait vu tout de suite l'opportunité de mieux connaître la Lorraine, ses gens, son patrimoine et ses secrets, et la perspective de rencontres professionnelles prometteuses. Finalement, après avoir joué à se faire prier, elle avait accepté, mais osé demander que Fortuné fût aussi de l'aventure. « Il pourrait s'occuper de l'entretien du stand et de ses abords… avait-elle plaidé. Avec lui, notre vitrine serait toujours impeccable ! » Se séparer de son homme durant tout le temps de l'Exposition – six mois, de mai à octobre ! – lui paraissait impossible. Depuis leur mariage, trois ans plus tôt, à La Maizerie – à la sauvette ! Terrassés à la perspective de perdre leur fille, les parents Levral avaient fait le strict minimum –, ils avaient partagé chaque heure du jour et de la nuit, du lundi au dimanche, du 1er janvier au 31 décembre. Inséparables ! Trois ans déjà d'un bonheur vécu à la vitesse d'une étoile filante qui lui donnait la force de s'investir à fond dans son devenir de facteur d'orgues.

Lui avait trouvé du travail dans les ateliers de monsieur Alphonse Cytère. Venu dans le département des Vosges pour la qualité des terres, cet ingénieur auvergnat venait de donner un nouveau souffle à la vieille usine de tuyaux de grès, la Société anonyme des produits céramiques de Rambervillers. Malgré le conseil d'administration, qui prenait cette activité artistique pour une « danseuse » de son directeur passionné de chimie, monsieur Cytère avait mis au point une technique d'émaillage qui habillait ses terres cuites de lumière, et ajouté la création artistique de grès flammés à ses productions industrielles destinées à l'assainissement urbain. Il s'était rapproché des meilleurs artistes du moment. La beauté de leurs œuvres était telle que la fameuse École de Nancy, dont les artistes avaient conquis le monde par leur talent dès l'Exposition universelle de Paris de 1889, les avait admises dès leur naissance parmi ses pièces maîtresses. Émile Gallé venait de mourir. Son œuvre était considérable, tout comme son humanisme, inspiré de la pensée de Victor Hugo. Il avait rendu son dernier souffle six mois tout juste après le vicomte Maurice du Coëtlosquet, créateur d'un hippodrome qui avait rassemblé à Rambervillers durant la belle saison tous les cavaliers civils et militaires de la région et les familles gagnées par la passion d'un spectacle toujours différent, toujours nouveau : les courses ! Autre temps, déjà passé !

Fortuné allait souvent se promener à Métendal, sur les anciennes pistes de cet hippodrome. Il y respirait, disait-il, « les mêmes airs » que dans le parc de La Maizerie dont il nourrissait le souvenir, tandis que sa femme, Ange, restait liée à ce domaine par ses parents et leurs lettres reçues chaque mois avec la régularité d'un métronome. Lui garderait toujours au cœur comme un trésor les émotions de leurs retrouvailles secrètes derrière le massif de buis, mais elle n'en avait en mémoire que la brûlure du Schnitzel entre ses cuisses. À Métendal, en solitaire ou main dans la main avec sa femme, Fortuné nettoyait ses poumons des scories de la SAPCR dont, habile maçon, il entretenait les fours.

Monsieur Jaquot était passé d'un pied sur l'autre. Engager cet homme pour les six mois de l'Exposition allait poser des problèmes, certes pas insolubles, comme gérer la relation de ce couple au sein de l'équipe constituée de gars persuadés d'avoir pris en quelques mois l'ascendant sur leur jeune collègue femme, et négocier avec le patron de la SAPCR ! Les deux chefs d'entreprise se connaissaient et s'estimaient assez pour trouver le bon accord entre eux, il en était certain. Comme il était certain que son apprentie Ange avait raison d'avoir fait cette proposition de bon sens ! Après quelques secondes de réflexion, il finit par apprécier l'idée d'intégrer à son équipe ce gaillard qu'il connaissait bien et dont il estimait le courage et la droiture. Peut-être même, s'était-il déjà dit plusieurs fois sans jamais en faire état auprès de qui que ce soit – surtout pas des intéressés –, aurait-il pu en faire l'un de ses salariés ! Mais lui revenait toujours dans ses pensées de patron la prudente recommandation paysanne de se garder de mettre tous ses œufs dans le même panier !

« Avec lui, notre vitrine serait toujours impeccable ! » avait insisté Ange. Le patron l'avait admis.

Ils étaient donc tous les deux de l'équipe des établissements Jaquot à l'Exposition universelle de Nancy !

Une chape de plomb s'était posée sur la ville.

Il faisait une chaleur accablante, au point que les visiteurs rechignaient à monter sur la terrasse du Palais des fêtes pour admirer le panorama complet de la foire. Trop de marches à gravir !

Chahutées par des couples en costume paysan du dimanche ou des grappes d'enfants survoltés qui piaillaient comme des escadrilles de martinets en vol serré autour des baraques à friandises, des dames corsetées à finesse de cristal, en costume-tailleur bleu de Sèvres, chapeautées de feutre à plumes d'autruche, d'autres à taille libre vêtues de robe en drap biche à rayures ou couvertes de manteau matelassé de soie, velours et zibeline loutre, s'éventaient sous des ombrelles gris souris et vert pomme. Bousculés par des tâcherons en bleu de travail qui allaient d'un stand à l'autre en soufflant comme des phoques lourdement chargés de cartons, ballots et tonnelets, les messieurs en frac mouillaient la chemise, tentaient d'un doigt gourd de se dégager les sangs du col de celluloïd, et se rafraîchissaient le visage à grandes volées de chapeau claque. La foule ruisselait dans les allées, s'éparpillait d'un palais à l'autre, se jetait sur les terrasses où coulaient à flots orangeade et sirop d'orgeat, gentiane des Hautes-Vosges et bières Tourtel de Tantonville, transpiraient en carafe des vins blancs de Moselle et d'Alsace, fondaient dans des coupes tulipe de Lunéville et des faïences à cigognes de Soufflenheim les glaces plombières et les sorbets. Du Pavillon colonial et son village sénégalais reconstitué genre zoo humain à la porte monumentale ouverte sur les faubourgs orientaux de la ville, ce n'étaient que rumeurs, cris et musiques de crincrins ou d'épinettes invitant à la danse de soyotte, Lorraines en halettes et Alsaciennes en coiffe papillon, rumeur et poussière en nuages compacts malgré les arrosages répétés par des jeunes à casquette molle et seaux percés. On découvrait, on s'amusait, on badinait, on incarnait la vitalité d'un pays amputé par un voisin cruel, sa volonté farouche de recouvrer sa pleine et entière autonomie ! Pas une journée sans grands élus de la région et d'ailleurs, sans députés, sénateurs, ou ministres... sans déclarations ou discours, exhortations à l'action citoyenne et nationale ! De populaire, scientifique et artistique de première grandeur, l'Exposition internationale de l'est de la France à Nancy était devenue politique et revancharde, reconquérante !

Cette fin d'après-midi s'annonçait plus fraîche et reposante.

Fortuné venait de partir chez l'imprimeur chercher un carton de prospectus nouveaux. L'affluence était telle, et l'intérêt des visiteurs si passionné, que les documents disparaissaient dès leur arrivée sur le stand. Très demandés, ceux concernant les orgues de salon, positifs et régales – ces petits orgues portatifs tout juste réinventés après un oubli de plusieurs siècles – promettaient de nombreuses commandes et une belle activité d'entreprise pour les mois, voire les années à venir.

On avait eu dans la journée des visites de musiciens, celle notamment d'Eugène Gigout, organiste de Saint-Augustin à Paris, professeur à l'école Niedermeyer. Vêtu d'un léger veston de drap rayé sur chemise à col cassé ornée d'une cravate à perle, d'une distinction académique, le maître adulé dans la capitale nourrissait le souvenir de Nancy, sa ville natale, et ses bonheurs de choriste débutant dans la cathédrale proche de la fameuse place Stanislas. « C'est là que j'ai connu mes premières émotions musicales ! avait-il confié avec une délectation dont témoignait son regard vif et doux à la fois, troublé par sa confidence. Sans ces émotions nées dans ma Lorraine natale, je ne serais jamais devenu l'élève du grand Camille Saint-Saëns ! » Sa barbiche poivre et sel frémissait à chacun de ses mots prononcés d'une agréable voix de basse. Fascinée par le personnage autant que par son talent, Ange l'avait guidé vers un positif. Dès ses doigts posés sur le clavier, il avait fait naître une mélodie qui, en un instant, l'avait transportée au point de masquer la rumeur du dehors. D'autres artistes passaient régulièrement, faisaient chanter les instruments présentés, des profanes aussi, des enfants que les voix nées des tuyaux d'étain apaisaient spontanément.

Le ciel avait viré au mauve sur le Pavillon des colonies.

La foule s'était écoulée vers la porte monumentale, se dispersait maintenant dans la rue Jeanne-d'Arc. Les exposants respiraient un peu. Il ferait bon se reposer ce soir, comme tous les soirs, chez les Gerboncourt, qui avaient mis spontanément la chambre de l'étage à disposition du couple ami.

Fortuné tardait à revenir.

Ange attendait son retour pour baisser les stores et gagner avec lui l'hôtel particulier de la place d'Alliance quand, tel un diable enragé, surgit un gaillard hirsute au regard fou.

Un éclair foudroya Ange, lui brûla les cuisses et

la mémoire ; une image explosa dans sa tête comme un ballon de baudruche… l'agression derrière les buis de La Maizerie… une voix, un accent, « À temain, pelle Anche ! Je t'aurai ! »… une angoisse l'étouffa, la même que celle du retour de Sion à la découverte du billet sur le siège de la voiture : *Je ne t'oublie pas ! À bientôt. Georg S.*

— Schnitz… !

Le cri lui avait échappé.

— Lui-même !

Le gars avait déjà contourné le présentoir, ses positifs et régales, ses tuyaux d'étain et ivoires de claviers, marchait sur elle, comme autrefois derrière les buis de La Maizerie.

— Je t'avais dit que je ne t'oublierais pas ! Voilà ! Je suis revenu…

Il parlait avec le faux calme du malfrat déterminé, d'une voix rauque rouillée par l'alcool et le tabac. Son accent avait presque disparu, juste une pointe qui renvoyait à l'angoisse originelle, ajoutait à la menace.

Ange avait reculé, s'était glissée derrière les vitrines du fond, son seul, ultime refuge. De sa large stature, son agresseur occupait tout l'espace vers la sortie. Impossible de lui échapper. Seul la protégeait un dérisoire rempart de cartons de la réserve, presque tous vides, qu'un seul coup de pied pouvait disperser.

À sa merci !

D'un coup d'œil, Ange avait évalué la situation.

Des ciseaux sur un carton… Elle les empoigna, les pointa vers lui.

Il empestait le carnage, la sueur, les égouts et la vinasse. Sa puanteur couvrait les senteurs de bois précieux, de térébenthine et de vernis.

— N'avance pas, ou je te…

— Tu crois me faire peur ? Peur de rien, moi… de rien !

Un dernier pas les séparait qu'il allait franchir quand…

— Salaud !

Il bascula, s'effondra sur le présentoir à positifs, régales et tuyaux d'étain.

Fortuné venait de le frapper d'un coup de colonnette de façade.

D'un bond, Ange rejoignit son mari, qui la protégea de l'écran de son corps. Schnitzel s'était déjà relevé, avait tiré une lame de sa poche, faisait front.

— C'est elle que je veux ! Toi, tu te tires ou je te plante !

Il titubait. Coup sur la nuque, ou alcools ?

Fortuné saisit les ciseaux de sa femme.

— File trouver de l'aide !

— Mais… et toi ?

— File !

Ciseaux d'une main, colonnette de l'autre, il tenait en respect le gaillard qui faisait jouer la lumière du jour déclinant sur sa lame.

Face à face, les deux hommes se défiaient du regard.

Mâchoires crispées sur sa rage, Schnitzel respirait comme un soufflet de forge.

Du champ de foire, la rumeur de la foule glissait vers la ville ; derniers cris… rares abois lointains de chiens. Ange…

Tout à coup, lame pointée, l'Alsacien se jeta sur son adversaire en feulant. Fortuné esquiva le coup, riposta au jugé d'un nouveau coup de colonnette.

L'autre s'affala dans les débris de positifs, régales, tuyaux d'étain bosselés. À genoux sur les éclats de verre des vitrines, il tentait de se relever, pour charger à nouveau, quand, précédée par deux gardes en uniforme, Ange fit irruption. Sonné tant par le coup sur les épaules que par l'alcool, incapable de se rebiffer désormais, Schnitzel fut désarmé, menotté, traîné dehors. Il gesticulait, éructait, bavait, vociférait des insultes.

— Wéckser ! Lapperlé ! Dräckhund ![1]

— Mon Dieu !

Ange venait de voir la manche gauche de son mari fendue du coude au poignet. Et le sang, sur sa main…

— Mon Dieu !

Elle se précipita, l'aida à retirer sa vareuse.

Une méchante estafilade courait sur l'avant-bras. Fortuné couvrit la blessure de sa manche de chemise.

— Ce n'est rien, juste une égratignure !

1. Insultes en langue alsacienne : « Branleur ! Salopard ! Sale chien ! »

Dehors, les hurlements de l'autre avaient redoublé de violence.

Gavés de barbe à papa et assommés de fatigue, les enfants avaient disparu. Chiens et gens muets.

Alors, des pas de chevaux claquèrent sur les pavés du côté de la porte monumentale.

Les gendarmes !

Un médecin avait examiné le bras de Fortuné, conclu au sérieux sans gravité de la blessure. « Mais vous revenez de loin, avait-il ajouté. Seul le vernis est touché ; le muscle a été effleuré. Votre agresseur aurait forcé l'attaque, il vous aurait sectionné les tendons, et là… »

Puis il avait fallu faire le détour par la gendarmerie pour rédiger et signer la déposition. Le Schnitzel avait été jeté au violon. Coffré ! « Vous portez plainte ? » Coup d'œil de Fortuné à sa femme. Le devait-il… ou pas ? Ange avait répondu pour lui d'un « Oui ! » ferme. « Il risque le bagne pour attaque à main armée et tentative de meurtre ! Vous confirmez ? » Ange avait saisi la main de son mari, répété du même ton ferme : « Nous déposons plainte ! Qu'il aille au diable ! » Le gendarme avait esquissé un sourire de circonstance. « Vous avez dit juste, madame. S'il est condamné, il sera expédié sur l'île du Diable, en Guyane ! » Il avait suspendu son porte-plume, ajouté à mi-voix, comme gêné d'un tel rappel : « C'est là qu'a croupi le capitaine

Dreyfus ! Heureusement qu'il en est sorti. Mais… » Il avait relevé la tête, fixé Ange d'étrange manière : « … vous maintenez ? » Elle avait serré très fort la main de Fortuné. « Nous maintenons ! »

Une gêne inhabituelle plombait l'ambiance chez les Gerboncourt. Conséquence de l'agression, ou bien… absence du fils ?

— Est-ce que vous souffrez ? demanda le baron.

— Pas du tout ! répondit Fortuné.

Se trouver à cette table, dans cette salle à manger d'hôtel particulier sous les portraits armoriés d'une grande famille lorraine le gênait depuis le premier jour. Il appréciait l'hospitalité de ces gens, leur générosité, leur manière de les considérer un peu comme leurs enfants. Agréable mais tellement différent de son milieu originel. Troublant !

— Soyez prudent ! Si vous éprouvez la moindre douleur anormale, ou constatez un début d'infection, n'hésitez pas à en parler ! Je vous ferai voir par un ami médecin de l'université. Promettez-moi !

Fortuné promit.

— Dites-moi… n'est-ce pas ce malfrat qui s'était présenté à notre porte il n'y a pas si longtemps ?

Cou serti dans un fin col de dentelle sur une robe d'intérieur de soie incarnat, la baronne caressait l'argent de ses couverts gravés d'un chiffre couronné assorti d'une croix de Lorraine. Geste qui trahissait chez elle un début d'agacement.

— C'est lui ! répondit Ange d'une voix blanche.

Figée dans un impeccable garde-à-vous contre la desserte, la bonne Jeanne attendait le moment d'engager le service.

Le baron saisit la carafe, servit le vin lui-même, manière de détendre l'atmosphère.

— J'espère ne pas le revoir ! Allons, j'enregistre votre promesse de prudence, et…

Regard à sa femme.

— Passons à autre chose !

— Si nous parlions de notre fils ? Nous avons reçu des nouvelles… souffla du bout des dents la baronne.

Un rayon de lumière traversa le regard d'Ange, que remarqua le baron. Fortuné n'en vit rien.

— Il s'ennuie à Lyon. Ses études de médecine militaire lui donnent beaucoup de travail, mais il s'ennuie tout de même. Nous avons reçu une lettre voilà deux jours. Il y demande de vos nouvelles. Je vous la passerai tout à l'heure. Jeanne…

La domestique s'était avancée vers sa maîtresse.

— La lettre ?

— Pas encore ! Le service, plutôt. Nous la lirons au salon.

Le ton sec trahissait agacement et impatience. Elle glissa vers Ange un regard qu'elle voulait adouci, réussit tout juste à la mettre mal à l'aise. Encore perturbé par l'agression et sa blessure, inquiet à l'idée que sa mésaventure pût être à l'origine du trouble partagé, Fortuné se tenait très droit, mains à plat sur la nappe de lin brodée. De tous les repas pris dans cette maison depuis l'ouverture de l'Exposition, il était le premier aussi froid et tendu.

À l'arrivée de la fiouse, le baron réussit à relâcher l'atmosphère :

— Humez et goûtez-moi ça ! Nouvelle réussite de notre chère Jeanne ! Si simple, mais tellement bon : fromage blanc égoutté, œufs et crème sur pâte brisée… rien de plus ordinaire, mais pour un résultat que je vous laisse découvrir ! Bon appétit !

Son épouse en était encore à effleurer ses couverts d'un toucher délicat qu'il avait déjà attaqué son plat favori. Elle foudroya du regard son irrespect des convenances, répéta comme un claquement de chambrière :

— Bon appétit !

Ange connaissait déjà, de son premier séjour.

Fortuné découvrit la fiouse, avec d'autant plus de bonheur qu'un vin des côtes de Toul aidait à révéler toutes ses saveurs. Il en oublia ses émotions et blessure du jour.

— N'est-ce pas ? questionna le baron dans sa direction, invitant la bonne Jeanne à faire circuler le plat.

Et de poser des questions sur l'apprentissage de la facture d'orgues, le travail des bois préalable à tout autre dans ce métier, celui du fer à la forge pour adapter vis et clous et former les équerres d'assemblage des sommiers et buffets, celui de l'étain destiné aux tuyaux, de l'ivoire pour les touches de clavier… Il avait remarqué les mains de son invitée devenues calleuses, tachées de colles et vernis, d'une élégance toujours aussi légère, mais indéniablement abîmées !

— Vous devez souffrir de tous ces travaux qui me semblent être davantage d'homme que de femme ! Jouer de l'instrument, pourquoi pas ? Mais le fabriquer met en œuvre de telles techniques et nécessite de telles aptitudes physiques…

— Pensez-vous qu'il existe vraiment des travaux pour hommes et d'autres pour femmes ?

La vivacité de la réponse le surprit. Le temps qu'il réagisse, c'est la baronne qui répliqua :

— Moi je le pense !

Elle l'avait affirmé en rajustant son col de dentelle sur la soie incarnat.

— Je pense que les mains des femmes sont surtout adaptées à des travaux de couture, de broderie, aux soins infirmiers, à tout ce qui exige délicatesse et…

Elle chercha sa conclusion.

— … douceur. Les mains des femmes et leur esprit, bien sûr ! C'est bien ton avis, mon cher Yacinthe ?

Pris de court par cette volte-face du vent domestique, le baron esquiva, enchaîna en direction de Fortuné à propos de l'ancien hippodrome de Métendal, inquiet de son avenir après la mort de son créateur Maurice du Coëtlosquet.

— Il n'est pas abandonné, j'espère… pas retourné à la friche ?

— La grande tribune est toujours debout, le loup

y est encore[1], et les gens vont toujours s'y promener le dimanche.

Puis il évoqua l'aventure des grès flammés et le mystère des émaux capables de vêtir la terre la plus humble de la plus rare des lumières.

Au fromage, ils en étaient à l'alchimie convoquée au quotidien par Alphonse Cytère, tellement réussie que très présente par ses œuvres sur le stand de l'École de Nancy, à deux pas de celui des facteurs d'orgues Jaquot sur le site de l'Exposition.

Les deux femmes les écoutaient, Ange heureuse de la liberté de ton de son mari – avec l'aide conjointe de la fiouse et du vin du Toulois, il avait gagné une belle assurance pour parler de Métendal, qui lui rappelait tellement le parc de La Maizerie, et des grès émaillés ! –, la maîtresse de maison toujours aussi pincée et fascinée par ses couverts.

Au baba au rhum, la curiosité de monsieur de Gerboncourt s'orienta vers la vie de ses invités à Rambervillers et leur habitation rue du Cheval-Blanc.

La bonne chaleur du vin aidant, les deux hommes discutaient maintenant comme deux vieux amis.

Fortuné avait oublié sa blessure.

La baronne attendait son heure.

Elle vint avec le café et la lettre de son fils sur le plateau à côté de la coupelle à sucre candi.

---

1. Voir, du même auteur, chez le même éditeur, *Le Loup de Métendal* (2010).

— Puis-je ? demanda-t-elle à son mari en ouvrant le pli, comme soumise à son autorisation pour commencer la lecture.

— Évidemment ! Depuis quand...

Il n'eut pas le temps de finir sa réponse.

Une photographie venait de tomber de la lettre sur la table.

La baronne y jeta un coup d'œil appuyé, la tendit à Ange.

— Notre fils, en uniforme de « santard ». C'est ainsi que se nomment les étudiants médecins de l'École de santé militaire de Lyon.

Vareuse bleu de nuit à revers de velours cramoisi sur pantalon garance, épée pendue au ceinturon, bicorne à cocarde tricolore sur l'avant-bras, il avait fière allure, Nicolas de Gerboncourt, en phase terminale d'études. Il serait bientôt médecin, officier affecté à un régiment quelque part en métropole ou au-delà des mers.

— Comment le trouvez-vous ? demanda la baronne.

Toute à son émotion de revoir dans une telle tenue l'homme qui avait été son chevalier servant durant ses premiers pas en Lorraine, Ange ne le « trouvait » pas. Elle le sentait par toutes ses fibres, se laissait irriguer par une douce émotion, gagner par des images de leur séjour à Paris, de leurs voyages... Sion... Lunéville... Rambervillers... les expéditions en Peugeot...

Fortuné l'observait du coin de l'œil, lui-même

observé par le baron en lente dégustation d'une madeleine.

— « Lyon, 14 juillet 1909. Mes chers parents, le calme est enfin revenu à l'école après les bouleversements de notre expédition en Provence... »

La baronne avait commencé la lecture d'une voix qu'elle voulait assurée mais dont les frémissements trahissaient sa sensibilité de mère comblée.

Ange avait passé la photo à son mari, qui l'avait examinée en retenant son souffle. Il n'avait jamais rencontré cet homme, ne le connaissait que de vagues évocations lâchées par sa femme concernant son arrivée à Nancy, son installation dans l'hôtel particulier de la place d'Alliance, et ses premières visites du pays. Il savait de lui qu'il avait été son guide et protecteur, rien de plus ! La découverte du regard franc et direct de ce militaire au port altier lui avait griffé la poitrine, comme le trouble apparent de sa femme. Il avait tendu la photo à son voisin, qui l'avait déposée sur la nappe après un coup d'œil furtif.

— « Ce matin, dans la cour d'honneur de la Boâte (c'est ainsi que nous appelons notre école), nous avons célébré la Fête nationale. Musique, solennité et émotion ! Impossible de ne pas vibrer au spectacle de tous ces soldats en tenue d'apparat, épée au côté, surtout en qualité d'acteur soi-même. Pourtant nous étions tous très fatigués, épuisés, pourrais-je écrire, par notre mission en Provence après le terrible tremblement de terre de Lambesc. Vous ne pouvez pas imaginer les conséquences d'une telle catastrophe : villages ruinés et familles décimées, ni les conditions dans lesquelles nous avons travaillé pour tirer de nombreuses victimes des décombres et tenter de les sauver ! J'écris bien "tenter de…" car pour nombre d'entre elles, malgré notre science médicale et chirurgicale, il n'y avait plus rien à faire. C'est par dizaines que se comptent les morts, par centaines les blessés, dont un très grand nombre ne se remettront jamais de leurs blessures. Quant aux conséquences matérielles, elles sont indescriptibles. Gordes, beau village provençal, entièrement détruit, son quartier Saint-Martin rayé de la carte… Pélissanne et son église à campanile réduites à un tas de pierres… Saint-Cannat, près de trois cents habitations ébranlées dont des dizaines devront être abattues… Vernègues ne compte plus que deux maisons debout… Et Lambesc, épicentre de ce séisme, ruiné. Les survivants font des récits terrifiants de sol qui se dérobe, de grondements sourds venus des entrailles de la terre, du fracas des murs qui s'effondrent et des charpentes qui se fracassent, des cris de femmes et d'enfants, puis du silence écrasant qui a suivi les secondes d'enfer. Même les oiseaux avaient disparu ! Jamais je n'aurais pensé vivre une telle situation chez nous, en France ! »

Ange avait repoussé son assiette, croisé les mains sur la table, comme en prière ; Fortuné dévisageait un ancêtre armorié dans son cadre doré ; Yacinthe de Gerboncourt paraissait fasciné par la voix de son épouse, les mots de son récit, la confession de son fils. La bonne Jeanne avait fui vers la cuisine, d'où parvenaient des bruits assourdis de faïence et d'argenterie.

— « Une guerre n'aurait pas produit pires misères ! Cette date du 11 juin 1909 restera peut-être dans les mémoires comme l'une des plus sombres de notre histoire, de ma vie certainement ! Malgré la fatigue intense, je me porte bien. Je me prépare dans les meilleures conditions aux examens de fin d'études, et à ma future affectation en corps de troupe dont j'ignore encore tout. L'heure n'est pas encore venue de préparer le paquetage, mais elle approche. Je vous espère en parfaite santé et au calme, chez nous en Lorraine. J'ai lu dans la presse le succès de l'Exposition internationale de Nancy. Nous, Lorrains, pouvons en être fiers ! Avez-vous des nouvelles de nos amis normands ? Ange est-elle de cette grande fête des talents de notre pays ? Si vous avez le bonheur de la voir, je vous remercie de la saluer pour moi, qui la reverrai avec plaisir dès la fin de mes études avant mon départ en corps de troupe. J'ai hâte d'entendre par sa voix les progrès de son apprentissage chez nos amis facteurs d'orgues Jaquot. Je vous reverrai bientôt, car je compte bien sur une permission prochaine. En attendant ce bonheur, je vous assure, mes chers parents, de mon affection la plus vive et vous embrasse. Nicolas de G. »

La baronne reprit son souffle, replia lentement la

lettre, demanda d'un geste court que lui fût rendue la photo. Le baron la lui fit passer de main en main.

Silence.

« J'ai hâte d'entendre par sa voix les progrès de… » Toujours dans son attitude de prière, Ange avait du mal à dissimuler son trouble. Revoir Nicolas… tout en elle le désirait, mais le voulait-elle vraiment ? Elle se sentait comme déchirée de l'intérieur.

Face à elle, de l'autre côté du centre de table Daum dont, flanquée de ses candélabres allumés, la coupe de cristal multipliait la lumière, Fortuné l'observait, tentait de saisir sur son visage la moindre expression d'émotion.

Madame de Gerboncourt tendit la lettre à Jeanne, proposa de passer au salon pour le cigare du chef de maison, peut-être aussi celui de leur invité, se leva, tapota les plis de sa robe de soie incarnat.

— Que diriez-vous d'un bon havane, cher ami ?

Les femmes marchaient déjà vers la pièce voisine quand Yacinthe avait posé la question.

— Je ne connais pas ! répondit Fortuné d'une voix éteinte. Je n'ai jamais…

Jusque-là il avait réussi à dominer la douleur. La blessure de son bras venait de se réveiller. Ou une autre…

— Alors vous allez découvrir, si vous en avez envie, bien sûr ! Un petit, léger, un guantanamera mini par exemple.

— Volontiers !

Fortuné s'était entendu répondre… malgré lui.

Il était ailleurs, dans cette lettre du santard qui se souvenait de sa femme, désireux de la revoir.

Pour le futur médecin militaire, lui, Fortuné, fils d'immigré italien, ouvrier de faïencerie, ne faisait pas partie de ses relations.

Il n'existait pas !

15

1913

Ange venait d'arriver à La Maizerie.

Seule.

Elle avait décidé de faire ce voyage, tous chantiers cessants, avec la bénédiction de son patron. « On peut se passer de vous quelques jours, voire quelques semaines, mais revenez-nous vite tout de même ! » C'est que… malgré l'animosité des hommes convaincus depuis toujours qu'une femme n'avait de place que dans sa cuisine ou au lit, cuisses écartées sous les coups de boutoir du mari, elle avait su gagner la confiance des équipes de l'entreprise de facture d'orgues Jaquot. Le respect, même ! Sa connaissance des bois, son habileté au travail de la peau de mouton pour les charnières de soufflets, au coulage des tuyaux, à leur peinture au mélange d'eau, gomme arabique, blanc d'Espagne, ocre rouge… et son efficacité sur les chantiers où ils l'emmenaient désormais, pour des restaurations d'instruments malmenés par le temps ou les musiciens de paroisse, les avaient convaincus de ses aptitudes. Vêtue du même bleu de travail qu'eux, vareuse à col chevalière sur salopette à bretelles, elle accomplissait désormais à leurs côtés toutes les tâches de gros œuvre. Ils avaient fini par oublier qu'elle était femme, sauf quand ils avaient trop arrosé une fin de chantier au bistro ou en compagnie d'un sacristain à sécheresse chronique de gosier. Dans ces moments-là, ils savaient retrouver les mots et intonations de mâles dominants et graveleux. Mais dans ces moments-là aussi, elle savait maintenant les recadrer avec fermeté. Bec cloué, ils liquidaient la dernière chopine, lançaient le moteur du nouveau camion BD Renault marqué *Orgues Jaquot*, prenaient sans barguigner la route du retour.

Apprendre que l'état de santé de son père s'était dégradé l'avait crucifiée. Émelie avait pourtant choisi les mots de sa dernière lettre : « Grande fatigue… encombrements de poitrine… manque d'appétit… »

Toujours aussi soigné, le père, avec toujours la même distinction et la même élégance du geste, les mêmes attentions pour ses femmes ! Mais son visage émacié l'avait frappée, son dos arqué comme sous une charge trop pesante, et son regard… son regard surtout… éteint ! Il toussait souvent ; des quintes tiraient de sa poitrine des ronflements de soufflet de forge ; il peinait à reprendre sa respiration, devait s'y obliger.

Dans la belle pièce, devant une broderie en cours – délicat bouquet de roses rouges sur pongé de soie –, tandis qu'il ranimait le feu à l'âtre de la cuisine, Émelie confia son inquiétude à sa fille :

— Il ne veut voir aucun médecin. J'ai beau insister, rien à faire ! Même monsieur de La Maizerie n'arrive pas à le convaincre d'aller consulter. Il a voulu alléger sa charge de travail, lui donner un jour de repos par semaine. Mais ton père a refusé au prétexte que ce n'était qu'un coup de fatigue, un rhume plus tenace, que ça allait passer. « Faut pas s'alarmer pour si peu ! Je suis solide ! » qu'il lui a dit…

Nouvelles quintes de toux, bruits de pincettes et de bûche contre la fonte.

— Comment l'as-tu trouvé ? Dis-moi sincèrement. Moi, je le vois tous les jours, alors je finis par me raconter des histoires, par me mentir à moi-même. Peut-être que ce sont mes yeux qui ne le voient plus tel qu'il est. Dis-moi…

Ange s'était assise devant la fenêtre, sur sa chaise, là où autrefois elle brodait en face de sa mère. Son tambour, ses écheveaux de fil étaient toujours là, comme en prévision de son retour. Un frisson la parcourut, qu'elle mit sur le compte de la fatigue du voyage. Comment et que répondre à sa mère ?

— Dis-moi, j'en ai besoin. Je peux bien te l'avouer : j'ai peur ! À toi, je peux tout dire, entre femmes ! J'ai peur de tout maintenant, de la solitude quand il est au travail, du bruit, du silence, du chant des oiseaux même qui me rappelle le temps...

Émelie contint un sanglot, toucha de l'index les roses et la soie du travail en cours, rajusta l'agrafe de capot sur son mantelet d'indienne rouge, son « rouge des Indes », disait-elle autrefois pour accentuer l'esprit de fête. Revêtir cet habit de haute tradition avait voulu souligner son bonheur de voir revenir sa fille, renouer des liens avec un passé qu'elle voulait toujours présent, peut-être aussi rappeler à son enfant partie à l'autre extrémité de la France ses racines cauchoises. Belle et élégante, la mère, mais fébrile et amaigrie ! La transparence de ses tempes laissait deviner de fines veines bleues, ses mains si gracieuses avaient perdu leur légèreté d'ailes de tourterelle.

— ... peur de l'avenir ! Ça ne m'était jamais arrivé !

Le chêne crépitait.

Bruit des pincettes sur la pierre, du couvercle de la caisse à bois.

Garin avait réveillé et nourri le feu.

Son pas traînant. Il venait vers ses femmes.

— Et ta vie là-bas... c'est beau, où tu vis ? L'autre jour, ton père m'a dit : « Tu vois, j'irais bien faire un tour en Lorraine. J'ai envie d'aller y retrouver notre Ange et visiter son nouveau pays. Qu'en dis-tu... »

Dès l'approche de son mari, Émelie avait changé de conversation. Elle jouait maintenant une forme d'affectueuse désinvolture qui détonnait avec son regard encore embué et sa pâleur de porcelaine.

— Je vois que vous avez déjà repris vos habitudes de complot ! Vous n'avez pas traîné ! Je vous ai entendues depuis...

Une nouvelle quinte lui interdit de finir sa phrase.

Il dissimula son visage dans les paumes, regagna la cuisine. Souffle rauque.

Bruit des pincettes. Crépitements du chêne sur les chenets.

— Tu entends ? Ce n'est pas un simple rhume, ça, tout de même !

Elle avait parlé en ordonnant les plis de son rouge des Indes sur ses cuisses, un à un... une éternité !

Pas un simple rhume ! se dit Ange. Un ouvrier de la manufacture, maître dans l'art de la sculpture sur bois pour les façades de buffets d'orgue, était mort, trois mois plus tôt, d'une maladie de poitrine. Il avait longtemps traîné une toux résistante à toutes les drogues qu'il prenait chaque midi à son établi, avec ses choux-patates-lard préparés par sa femme dans un pot-de-camp : « Arséniate de strychnine, arséniate de soude, quassine... » annonçait-il à chaque granule avalé, comme pour exorciser le mal en nommant à haute voix les drogues prescrites par son médecin. L'atelier entier puait l'huile de foie de morue dont il buvait un verre à liqueur matin et après-midi entre deux coups de ciseau dans le poirier d'un corps de Vierge. Rien n'y avait fait ! Il avait bien fallu lâcher un jour le mot qui faisait trembler tout le monde depuis que le docteur Koch avait identifié le responsable de la maladie : tuberculose. On avait enterré le malheureux derrière le cimetière juif de Rambervillers, tout près des tombes des héros du pont des Laboureurs tombés sous les balles prussiennes en 1870. Et le patron avait aussitôt fait désinfecter au Cresyl les ateliers, du sol à la charpente, les outils, matériaux et machines, jusqu'aux véhicules qu'il avait empruntés pour livrer et restaurer des instruments dans les églises du pays.

« Un simple rhume… »

Le père toussait toujours.

On l'entendit se racler la gorge, cracher sur la pierre à eau, verser de l'eau du seau pour nettoyer.

— C'est ça tout le temps, maintenant !

La mère s'était levée.

— Viens, on va le retrouver ! Et puis…

Son regard s'illumina.

— J'ai prévu quelque chose de bon à souper, pour toi, pour lui. J'espère que tu aimes encore, maintenant que tu as pris goût à la Lorraine. Et j'espère qu'il mangera, parce que, depuis plusieurs semaines…

« Maintenant que tu as pris goût à la Lorraine… » Le ton était celui du reproche, limite réprimande.

— Pourquoi me parles-tu ainsi ?

La réaction de sa fille parut surprendre Émelie.

— Parce que je suis heureuse de te revoir ! Et que tu me manques tellement, même maintenant que tu es là, parce que je sais que tu vas repartir. Alors…

— Oui, je suis là ! Alors, nous devons en profiter !

Silhouette rongée par le contre-jour, la mère balança un instant d'un pied sur l'autre, dévisagea son Ange, chercha une réplique introuvable, quitta la belle pièce dans un déchirement de soie et un tourbillon d'eau de Cologne lavande des grandes occasions qui, d'un coup, renvoyèrent la fille aux fêtes en beaux habits, Pâques et la chasse aux œufs dans le parc de La Maizerie… Noël et sa messe de la Nativité célébrée par un vieil aumônier des armées, ami du maître… Submergée par une vague soudaine de souvenirs, Ange resta un long moment sur sa chaise, devant son tambour, ses écheveaux de coton, soie et fils d'or, à sa place de travail et des complicités partagées avec la mère. Elle jeta un coup d'œil par la fenêtre. La perspective du parc tiré au cordeau, les ardoises luisantes du château, la haie de buis, et le feston au loin du bois du Colombier, le ciel, la terre… tout était à sa place, immuable, comme figé de toute éternité pour toute éternité. Rien n'avait changé au pays, sous le toit de son enfance, au milieu du domaine qu'elle connaissait mieux que sa poche, rien sauf la santé du père et l'angoisse de la mère. Le choc ! Un coup de cafard la frappa. Un étrange sentiment de culpabilité lui prit la tête, jamais ressenti, insupportable. « J'ai quitté ma famille pour aller vivre ma passion, certes, mais comment aurais-je pu faire autrement, depuis la rencontre de Saint-Martin-de-Boscherville ? Il le fallait ! » Un dernier rayon de soleil fit briller son alliance qu'elle fixa, comme autrefois l'étoile polaire dans la nuit normande. « Puis... mon mariage et mon deuxième départ, définitif ! En ont-ils déduit que je voulais couper tous nos liens pourtant si forts ? » La lumière jouait sur l'or de l'anneau. « Et Fortuné, seul dans notre maison de la rue du Cheval-Blanc, à Rambervillers... » Au moment de son départ, elle l'avait senti inquiet, d'une tristesse qui avait voilé son beau regard, altéré sa voix. Leur baiser sur le quai de la gare proche de la manufacture, alors que le panache de fumée craché par la locomotive couvrait les toits du quartier, et leur étreinte... comme les derniers ! Pourquoi faisait-elle souffrir ainsi celle et ceux qu'elle aimait le plus au monde ? Pouvait-il en être autrement ?

Elle rejoignit sa mère qui, à son apparition, referma vivement le four de la cuisinière.

— Tu n'as pas vu, hein !

— Vu quoi ?

— Ce que je viens de mettre à cuire.

Elle n'avait rien vu.

Bondit vers Émelie, l'enlaça, l'embrassa si fort que la mère poussa un petit cri de souris.

Avec la lavande, la cire d'abeille térébenthine des meubles briqués de frais et les parfums du chêne brûlé, des promesses de mariage pommes cuites, camembert chaud, ail et crème les enveloppèrent.

Garin venait de sortir.

Quand il rentra, il marcha droit vers l'âtre, éparpilla les cendres, rassembla les braises, offrit une nouvelle bûche au feu, s'aperçut que la table était mise, comme autrefois, chacun à sa place autour de la suspension à pétrole.

— Tiens… c'est pour nous, ça ? On va faire… la fête !

Il paraissait très fatigué.

Émelie saisit la miche, la trancha sur sa poitrine, apporta le cidre bouché, celui des grandes occasions.

— Oui, c'est la fête ! Notre Ange est revenue !

— Revenue…

Mains dans les poches de sa vareuse, il avait répété en considérant sa fille comme s'il la découvrait. La Vierge de Lisieux lui aurait souri comme à la petite Thérèse Martin le 13 mai 1883 qu'il n'aurait pas eu l'air plus ébahi.

— Tu ne repars plus, dis-moi… tu restes avec nous !

Il s'était approché, avait saisi les mains de sa fille, les avait longuement tenues serré, regard fébrile planté dans le sien. La moiteur de ses paumes avait gêné la jeune femme, ravivé son sentiment de culpabilité.

— Je reste avec vous quelques jours. Je repars

la semaine prochaine seulement... se surprit-elle à répondre.

Il n'avait pas entendu. Pas voulu entendre ?

— Donc tu restes avec nous. À la bonne heure ! Allons, à table !

Devant la cuisinière, Émelie suivait la scène, les mains roulées dans son tablier à bavette pendu sur la soie de son mantelet d'indienne rouge.

Elle présenta enfin son plat à la peau dorée qui aussitôt embauma toute la cuisine.

— Une tarte aux pommes et camembert ! Il y a tellement longtemps ! s'exclama Ange.

— Tellement longtemps que tu es partie ! répliqua Garin. Mais heureusement tu nous es revenue !

La mère avait relevé la suspension, partageait le plat fumant.

Couverts en mains, Garin surveillait l'opération d'un œil impatient ; il se jeta sur sa portion, l'entama goulûment.

Jamais il ne s'était comporté ainsi à table. D'ordinaire, il attendait toujours que ses femmes aient commencé à manger avant d'attaquer son assiette. La mère surtout.

Elles n'avaient pas encore goûté au mariage pomme-fromage-crème et œufs qu'il finissait déjà, se servait une grande bolée de cidre.

— Enfin, tu es là !

Il avait soufflé entre deux gorgées piquantes, clapé du bec, tendu son assiette.

— Je suis allé dire au comte que tu es rentrée. Il a eu l'air surpris de…

Il enfourna la dernière grosse fourchetée, fit mine de réfléchir.

— … d'apprendre que tu… abandonnes ton projet. « Elle m'avait semblé tellement passionnée après votre passage à Saint-Martin-de-Boscherville ! » qu'il m'a dit.

Nouvelle gorgée de cidre.

Fourchette suspendue, il planta son regard dans celui de sa fille.

— Mais j'ai pas compris. Pourquoi Saint-Martin ? Tu es allée là-bas ? Quand ? Quoi faire ? Tu ne m'avais pas dit !

Un courant glacé parcourut l'échine de son Ange.

En face, la mère paraissait momifiée.

Il tendit une main tremblante vers la bouteille que sa femme plus rapide tira vers elle. Il renonça.

— Tu me raconteras… Saint-Martin… tu veux ?

— Nous y étions ensemble, papa… souviens-toi, l'orgue…

— « Il faudra qu'elle vienne me voir ! qu'il a ajouté. Mais vite parce que, cette fois, c'est moi qui vais partir ! »

De nouveau, il n'avait pas entendu la réponse de sa fille.

Très pâle, Émelie s'était mise à chipoter.

Les derniers mots de son mari la firent réagir.

— Monsieur de La Maizerie va partir ? En voilà

une nouvelle ! Tu dis n'importe quoi, mon pauvre ami !

Garin leva les yeux vers elle, la fixa d'un œil dur que ni l'une ni l'autre ne lui connaissaient.

— C'est toi qui dis n'importe quoi, ma pauvre femme !

Il avait pris un air condescendant, proche du mépris, pour prononcer ce « ma pauvre femme ».

— Je ne fais que répéter ce qu'il m'a dit : « Il va y avoir la guerre ! Je vais retourner à l'armée. Le pays aura besoin de tous ses officiers, sous-officiers et soldats ! Alors, j'y vais ! » Voilà ce qu'il m'a dit !

Puis tournant son regard vers sa fille, tendant vers la bouteille son bol de cidre vide, il conclut :

— C'est pour ça que je suis content que tu sois revenue au pays, ma fille ! Parce que c'est là-bas, en Lorraine, que la guerre sera la plus terrible. C'est la frontière, ne l'oubliez pas ! Les boches sont juste en face !

Il claqua son bol vide sur la table, poussa un profond soupir, réveilla sa toux qu'il contint du coude, jeta un coup d'œil au plat.

— C'était bien bon ! J'en reprendrais volontiers encore un peu, mais ce ne serait pas raiso…

Une quinte l'empêcha de finir sa phrase.

Il se leva, remua au passage les brandons dans l'âtre, cracha sur les braises, fila actionner dehors son cruel soufflet de forge.

Des larmes glissaient sur les joues d'Émelie.

Ange n'avait pas touché à sa part de tarte normande.

— Mange ! lui dit sa mère. Tu vas en avoir besoin !

— Toi aussi, maman ! Mange !

Garin parti tôt à son travail, Émelie s'était installée à sa fenêtre, avait allumé sa loupe d'eau.

Très concentrée, elle travaillait à faire éclore les roses rouges sur leur pongé de soie.

Assise à côté de son tambour orphelin, Ange observait en silence la délicatesse et la précision des doigts maternels. Elle n'avait pas fermé l'œil de la nuit.

— Tu ne reviendras donc jamais…

— C'est une question ou une affirmation ?

— Comme tu veux ! Tout dépend de toi, de toi seule !

— Quoi… tout ? L'état de santé de papa, ta lassitude, la tristesse qui a gagné cette maison ?

— Peut-être…

Toujours concentrée sur son ouvrage, Émelie parlait en piquant la soie. Au moins son travail lui permettait-il de ne pas croiser le regard de sa fille. Elle respirait court, peinait à contrôler son aiguille.

Elle leva tout à coup la tête.

— Dis-moi un peu ce qui s'est passé… pourquoi tu en es arrivée là ! C'est à cause de ce Schnitzel que tu as voulu partir ?

— Ne me parle pas de celui-là !

— Ce n'est tout de même pas pour aller faire un métier d'homme ! Je ne peux pas le croire ! Alors que…

— Un métier d'homme ! Je n'aurais jamais imaginé entendre ça de toi !

— Tout vient à point à qui sait attendre ! répliqua la mère d'une voix sèche. Tu aurais pu être institutrice, à Neuville, souviens-toi, secrétaire de mair…

— Je n'ai pas envie d'attendre ! Pas plus que d'être secrétaire de mairie. Je veux tout faire pour inviter à partager ce que j'ai vécu à Saint-Martin !

Émelie avait piqué son aiguille dans la soie, comme toujours quand elle voulait reposer ses yeux, ou apaiser des pensées trop invasives. D'un geste vif, elle rajusta une mèche de cheveux qui lui agaçait le front.

— Ce que tu as vécu à Saint-Martin ! Rien de plus que nous ! Nous y étions ensemble !

— On peut être ensemble et ne pas ressentir la même chose au même moment. C'est même ça, la vraie vie ! Cultiver sa différence pour en offrir les fruits à l'autre, partager !

— Balivernes ! Je ne sais pas qui t'a mis de telles idées en tête !

— Personne ! L'orgue de Saint-Martin, tout simplement. Même pas le petit monsieur mal fagoté qui nous a tout expliqué, pourtant il y avait mis toute sa passion ! L'orgue ! Rien que l'orgue !

La mère lâcha un bref soupir, haussa les épaules.

— Quand j'ai entendu la voix de cet instrument,

j'ai eu l'impression que tout autour de moi devenait transparent, lumineux, prenait un sens nouveau, que j'entrais dans un autre monde. C'était tellement beau ! Jean-Sébastien Bach. *Passacaille, toccata et fugue*... Je n'oublierai jamais !

Elle avança la main pour toucher celle de sa mère, qui l'évita comme par crainte d'une brûlure.

Ce geste maternel la blessa. Douleur soudaine, insupportable, coup de poignard en plein cœur.

Elle se dressa... sortir... sortir... aller respirer au grand air !

Sur le pas de la porte, elle se retourna.

— J'ai beaucoup de respect pour ces professions, mais je ne serai jamais institutrice, jamais secrétaire de mairie ! Je ne serai jamais ce que vous vouliez que je sois. Je serai ce que je dois être, facteur d'orgues, et j'aiderai à faire entendre ce qui libère plutôt que ce qui soumet !

Partagée entre colère et détresse, Émelie suivit par la fenêtre la silhouette de sa fille qui s'éloignait, s'éloignait encore, jusqu'à disparaître derrière le massif de buis, sous la crête du Colombier.

16

Août 1915

De plus en plus souvent sur les chantiers, Ange perfectionnait chaque jour davantage sa pratique professionnelle. Capable de travailler désormais au montage de buffets sortis de l'atelier d'ébénisterie, d'assembler les sommiers destinés à l'assise des tuyaux, de ressusciter à la feuille d'or un saint terni par le temps et la poussière, elle allait d'un village à l'autre, d'une ville à l'autre, si proche parfois des zones de combats que la canonnade trouvait son écho jusque dans l'église, dans le ventre même de l'instrument en cours d'entretien ou de restauration.

Elle s'en trouvait toujours cruellement secouée à la pensée que dans les rangs du 149e Régiment d'infanterie, à quelques lieues de là, Fortuné était peut-être l'une des cibles de ces tirs d'artillerie.

On disait dans les journaux et bistros que les Bavarois avaient réussi à enfoncer les lignes françaises, qu'ils pourraient s'engouffrer dans la trouée de Charmes, direction Paris, si l'ultime rempart encore debout contre les casques à pointe venait à lâcher. Or, avec le chapelet de forts bâtis de Lille à Briançon par l'ingénieur général Séré de Rivières, l'un des pans du dispositif de défense nationale était justement la ligne de défense lorraine, dont le régiment de Fortuné était l'une des pièces maîtresses.

La semaine avant son départ, il était rentré du travail, un gros paquet sous le bras qu'il portait avec mille précautions. À la curiosité de sa femme, il avait répondu : « C'est pour toi, mon Ange, mais… tout à l'heure, au souper ! » Intriguée, elle avait mis au four son plat préféré, la fameuse quiche qu'elle réussissait maintenant à merveille, servie chevelotte et brûlante, puis préparé à la crème les fraises tout juste cueillies dans le petit potager derrière la maison. Durant tout le repas, œil allumé et parole facile, il avait eu l'air excité comme un chat avec quatre souris, comme impatient d'en finir pour passer enfin à la remise du cadeau. C'est avant les fraises que, n'y tenant plus, il s'était levé, avait déposé au beau milieu de la table sous la suspension allumée le paquet enrubanné de faveur ciel : « Voilà… » Il n'avait rien ajouté, simplement répété d'une voix voilée : « Voilà ! » Elle avait dénoué la faveur, ouvert le papier, découvert… Il avait cessé de respirer. Submergée par l'émotion, incapable de la moindre parole, elle avait joint les mains. Éblouie ! Devant elle, un ange de lumière, grand d'une coudée, ailes éployées, une couronne de fleurs épanouies en main droite… une tunique légère épousait ses formes de femme au corps parfait. Silence. « Voilà… c'est toi, mon Ange ! Pour toi. » Elle s'était jetée à son cou. Ils avaient partagé les sanglots. Souffle recouvré, il avait expliqué : « Un an que j'y travaille, chaque soir ! Tu ne peux pas savoir combien j'en ai raté, cassé à l'ouverture du four parce que c'était pas beau, la forme ou les couleurs ! C'est mystérieux, tu sais, le comportement des émaux pendant la cuisson. On ne sait jamais ce que ça peut donner. Heureusement, monsieur Cytère m'a aidé, et… voilà ! Pour toi, mon Ange… Je t'aime. » Il avait parlé d'une seule inspiration, libéré d'un coup tous les mots contenus depuis trop longtemps. Les ultimes rayons du soleil couchant jouaient dans les plis de l'ange, faisaient chanter ses nuances émeraude et or, habillaient son grès flammé d'une beauté irréelle.

Ce soir-là, ils n'avaient pas touché aux fraises à la crème.

Ils avaient porté ensemble l'ange de lumière, dans leur chambre, l'avaient déposé sur la cheminée, s'étaient jetés sur le lit, aimés d'un amour de premier jour.

Par la fenêtre ouverte sur l'été, perchés dans les tilleuls de la Mortagne, les merles avaient accompagné leurs soupirs des derniers chants du soir.

Un an déjà depuis le départ de Fortuné !

Un an déjà depuis la mobilisation générale.

Un an de guerre, d'absence, de rares lettres amputées par la censure militaire.

Un an d'angoisse, de douleur quotidienne, de prières devant l'ange de lumière dans une chambre déserte.

Au moment de se quitter, sur le quai de la gare, le jour de son incorporation, il avait promis à sa femme : « Je reviendrai, ne crains rien… je suis solide ! Et puis… cette guerre ne durera pas longtemps. Nous avons la meilleure armée du monde ! Je serai à la maison pour Noël ! »

Elle avait eu confiance. En lui d'abord, qu'elle savait fort et d'une fidélité à toute épreuve. En la puissance ensuite de l'armée française et le génie de nos militaires, dont les gazettes vantaient chaque jour davantage talent stratégique et courage.

La Nativité était passée… sans lui !

Le printemps avait éclos ses primevères dans toute la campagne… sans lui !

Puis les mirabelliers avaient couvert d'une mousse argentée tous les coteaux de la région… sans lui !

« Je serai à la maison pour Noël ! » Elle l'avait cru, comme elle croyait tout de lui.

Pâques avait semé ses œufs dans les vergers ; les enfants les avaient croqués depuis belle lurette… sans lui !

Et le cœur de l'été avait plongé le pays au cœur d'une guerre chaque jour plus meurtrière, chaque jour plus proche !

Du front des Vosges, il était passé à celui d'Artois.

Ignorée des ciseaux de la censure, sa dernière carte, en juin, le situait à Noulette, village voisin de Lens, où se préparait une attaque « décisive ».

Depuis... aucune nouvelle !

Ce matin, Ange est arrivée à Igney, village implanté depuis le dixième siècle sur la rive gauche de la Moselle, encore marqué par la première bataille de la Campagne de France, le 11 janvier 1814, qui avait opposé deux régiments de la Grande Armée de Napoléon aux alliés wurtembergeois et cosaques. On gardait là, de cet affrontement meurtrier, un curieux monument improvisé : un boulet de canon fiché dans une façade de la rue principale et l'inscription gravée en couronne par le propriétaire... *De russe que j'étais, je suis devenu français le 11 janvier 1814*. Dans l'église de ce village paysan devenu industriel par l'implantation d'une grande usine textile, le conseil de fabrique avait fait construire en 1841 un orgue jamais achevé. Son facteur, Antoine Grossir, artisan vosgien génial, était mort de maladie avant d'avoir pu finir son travail. Le fils Grossir, facteur lui aussi, qui avait entrepris de mener ce chantier à son terme à la suite de son père, était mort quelques mois plus tard, mordu par un chien enragé. Malédiction ! Orphelin, cet orgue manquait de jeux, de pédalier, des moyens nécessaires à l'expression pleine et entière de sa belle voix. Or le curé venait de placer ses fidèles sous la protection de la Vierge, dont une statue remarquable avait été extraite des sables de la Moselle lors du creusement du canal de l'Est trente ans plus tôt. Priée chaque jour avec ferveur, cette Vierge avait reçu pour mission d'épargner au village les misères de la guerre. En échange, la communauté avait promis d'aménager dans le sanctuaire une chapelle digne d'Elle dès la paix revenue. Dans cette perspective d'inauguration à venir, il fallait à l'orgue Grossir toute sa capacité harmonique et sa puissance !

Elle a passé la journée avec le Fanfi, l'un de ses vieux collègues de l'entreprise Jaquot – les jeunes sont tous sur le front –, à examiner l'instrument déjà revu par Jaquot-Jeanpierre en 1889, remanié par le concurrent Didier en 1898 : état du buffet et de ses guirlandes de roses, des sommiers à gravure en chêne, de la mécanique de transmission, justesse des tuyaux d'origine de facture manuelle et des ajoutés de facture industrielle, capacité du réservoir à lanterne, le fameux soufflet qui donne à la machine le vent nécessaire à sa vie, qui révèle son âme.

« Moi, je suis le Fanfi Dejean, François de mon prénom en entier, mais je préfère Fanfi, comme m'appelait ma mère, lui avait confié le vieil ouvrier lors de leur première rencontre à l'atelier. François parce que c'était le nom de la plupart de nos ducs de Lorraine : Nicolas ou François, des fois même Nicolas-François… c'est dire ! » Il avait lissé sa moustache, rallumé son mégot collé à la lèvre inférieure, tiré une bouffée de tabac gris. « Toi Ange, moi Fanfi, je trouve que ça va bien ensemble. On va pouvoir bien travailler ! »

L'heure approchait du retour à Rambervillers. Le compagnon Fanfi était allé préparer le camion garé près du lavoir où s'abreuvaient les vaches avant la traite.

Seule dans l'église où flottaient des parfums d'encens, Ange alla saluer la Vierge au manteau de rose et d'azur, lui offrit un cierge.

— Que cette lumière, chère Sainte Vierge, témoigne de mon amour pour Fortuné et pour mes parents. Je vous prie de les protéger. Du fond du cœur, merci.

Ellc prit du recul, se laissa caresser par le doux regard de pierre de la statue.

— *Je vous salue, Marie, pleine de grâce, le Seigneur est avec vous...*

Le moteur du camion toussa.

— ... *maintenant et à l'heure de notre mort. Ainsi soit-il !*

Malgré les efforts du conducteur pour éviter les nids-de-poule, le camion secouait fort sur la « route des trente-deux côtes ». Passé la cité médiévale de Châtel-sur-Moselle et la chapelle de Notre-Dame des Grâces au croisement de Moriville, Ange ferma les yeux. Elle se sentait bien, là, au côté du Fanfi, homme peu causant qui prenait un vrai plaisir sur les chantiers et à l'atelier à lui expliquer de façon sobre et précise chaque geste professionnel, lui présenter chaque pièce fabriquée, lui dévoiler chaque mécanisme d'instrument, lui livrer les secrets aperçus autrefois dans *L'Art du facteur d'orgues* de Dom Bédos. Artisan d'expérience dont le seul regret était de n'avoir pu accompagner les jeunes dans leurs combats contre les boches à cause de son âge, il incarnait pour elle la sagesse et le savoir des êtres capables de transmettre simplement les mystères du nombre d'or. Elle se sentait bien, là, dans cette caisse roulante, dans sa tenue bleu de travail de coton grossier taché de graisse de machine, vernis et colle à bois, préférée de très loin à toutes les soieries, organdi, velours et taffetas de la belle société nancéienne. Les Gerboncourt avaient toute son affection, certes ; elle leur serait éternellement reconnaissante de l'avoir accueillie dans leur hôtel particulier de la place d'Alliance, de la soutenir, l'accompagner encore et toujours, mais elle se trouvait mieux là, dans ce camion bringuebalant, que dans leur salon, velours et fourrures, au milieu de meubles dont la trop pesante beauté l'étouffait. Besoin de la simplicité qui l'avait nourrie enfant, et d'engagement total dans un travail qui laissait plus que des traces, une passion capable de créer des instruments à la voix porteuse d'Esprit.

Elle avait fermé les yeux, s'abandonna aux cahots de la route rudes comme une berceuse initiatique.

Dans sa tête tournait en boucle la prière offerte juste avant le départ à Notre-Dame d'Igney…

« *Le Seigneur est avec vous...* »

Grand bois de Passoncourt... Sous les Frenots...

Le Fanfi nommait à mi-voix les lieux traversés, afin de ne rien perdre, pour elle, des moments partagés, qu'elle les entendît ou pas.

« *... et Jésus, le fruit de vos entrailles, est béni...* »

Le ciel et la montagne avaient réussi leurs noces de bleu nacré.

Des gamins poussaient encore le cerceau dans la rue du Cheval-Blanc.

Sur un banc, à la fraîche, fumant le gris et buvant la mirabelle, des vieillards revisitaient leur guerre de Gravelotte et Sedan à la lumière de la nouvelle, mondiale celle-là, de la Somme, de la Chipotte et de son « Trou de l'enfer », des gaz asphyxiants utilisés pour la première fois par l'ennemi à Ypres et de la mitrailleuse Hotchkiss capable de faucher en une dizaine de secondes une section entière de fantassins. On était loin des fusils Chassepot et Gras ! Même la guerre n'était plus la guerre !

Regrets de la charge de cavalerie, du sabre et de la baïonnette...

Ils saluèrent leur voisine du verre levé.

Épuisée par sa journée, elle se réjouissait de rentrer chez elle, trouver enfin du repos sous les ailes de son ange gardien quand, porte du couloir poussée, elle découvrit dans la pénombre une tache claire sur le carrelage.

Une lettre !

La Maizerie,
lundi 9 août 1915

Ma fille,

Tous les mots que je pourrais écrire pour adoucir ta peine seraient inutiles, comme ils sont impuissants à apaiser la mienne.
Ton père est mort dans mes bras, vendredi 6 août à sept heures du matin. Je l'ai enterré aujourd'hui. Nous étions sept à suivre son cercueil : monsieur le comte en uniforme de général d'artillerie, en permission la semaine dernière et, pelle et bêche à l'épaule, les vieux jardiniers…

Sur son lit, dans son bleu de travail taché de vernis et de colle, puant de gaz d'échappement et de graisse de machine, terrassée, Ange…

… trop âgés pour être mobilisés, et moi avec eux, au milieu d'eux.
Ton père est mort en paix, comme entré en sommeil. Son état avait empiré très vite. « Complètement rongé par la tuberculose ! m'a dit le médecin. Le bacille a attaqué les os. On ne pouvait plus rien faire. » Ses derniers mots ont été pour toi. Il m'a pris la main, l'a serrée aussi fort qu'il le pouvait encore, a murmuré « Mon Ange », puis il a expiré. Pour toi « mon Ange », ou pour moi, je ne sais

pas. Je l'ai pris pour moi parce que, depuis ton départ, il avait l'habitude de m'appeler ainsi. J'aimais bien.

« Mon Ange... »

La jeune femme posa la lettre sur ses genoux, ferma les yeux, les rouvrit sur la silhouette de grès flammé aux ailes éployées couverte de son voile de lumière.

« *Maintenant et à l'heure de notre mort...* »

Le comte a proposé de l'enterrer dans le cimetière du domaine, « dans son domaine... » a-t-il ajouté. « Il s'en était tellement occupé et tellement bien, qu'il y était chez lui autant que moi-même ! » J'ai accepté. Il est bien là. Je le rejoindrai le moment venu. Bientôt, peut-être. Selon la volonté de Dieu.

Je n'ai pas pu te prévenir à temps. De toute façon, ça n'aurait rien changé ! C'est ainsi. Tu es si loin. Et puis, tu as ton travail qui te prend tellement. Moi, le mien continue comme quand tu étais là. Mais seule désormais. Au moins ton père aura été accompagné par un général. Ce n'est pas le cas de tous les malheureux qui se font massacrer en ce moment tout près de chez nous dans la Somme. Si un jour tu reviens à la maison, tu y trouveras ta chambre comme tu l'as laissée, toujours prête pour t'accueillir, et mes bras ouverts.

Prends soin de toi, ma fille.

Je t'embrasse.

Immobile, papier frémissant en main, regard rivé à la silhouette ailée de la cheminée, Ange se laissa emporter par les mots d'Émelie vers sa chambre d'enfant. La voix de son père lui revint : « Nous n'irons plus au bois... » Chaque soir, pour accompagner son sommeil, il lui racontait une histoire sans fin d'animaux fantastiques vivant dans une forêt qui ressemblait fort au bois du Colombier. Quand il la voyait prête à s'endormir, il fredonnait toujours la comptine effrontée de Madame de Pompadour, dont il avait punaisé au mur l'image d'Épinal et sa danse de jeunes filles en robes fleuries : « Nous n'irons plus au bois, les lauriers sont coupés. La belle que voilà ira les ramasser... » La mère l'accompagnait au refrain depuis la cuisine : « Entrez dans la danse, voyez comme on danse, sautez, dansez, embrassez qui vous voudrez ! » Pourquoi ce temps si proche encore paraissait-il déjà si lointain ? Et pourquoi ce bonheur de vivre simplement dans la chaumière de La Maizerie avait-il dû s'éteindre ainsi, dans la peine ?

La mort du père...

Gagnée par une étrange paix, terrassée par douleur et fatigue, Ange s'allongea sur son lit, en bleu de travail.

Fortuné !

« Nous n'irons plus au bois, les lauriers sont coupés... »

17

Septembre 1917

Une semaine chargée s'achevait.

Chantiers de création interrompus par la guerre, le patron avait décidé de faire effectuer à son équipe des visites techniques d'instruments récemment construits ou modifiés dans la région : Aydoilles, récemment restauré, Mazeley et sa soufflerie de nouveau modèle, Saint-Dié, dont l'orgue neuf rythmait les prières du Grand Séminaire…

Au côté de son fidèle Fanfi, guide et complice, Ange avait donc sillonné les routes du département à bord de leur camion si pétaradant que les chiens gueulaient de rage à son passage, tentaient de mordre ses pneus pleins, que les chats hérissés filaient dans les granges en feulant, que les poules en détresse caquetaient en courant se réfugier contre les ergots protecteurs de leur coq.

Dans chaque village, la découverte d'un instrument unique, différent de tous les autres, posé sur une tribune d'église à l'acoustique toujours particulière, livrait des enseignements de rare richesse, parfois des secrets qu'elle s'empressait d'enregistrer, tant dans sa tête que dans un précieux calepin qui ne la quittait pas.

Capable maintenant d'entrer en connexion intime avec l'orgue, de l'aider à connaître et reconnaître sa propre voix, à trouver sa couleur sonore, habile à régler sa mécanique, la tendre ou la détendre afin d'assouplir ses réflexes, à fabriquer et monter les soufflets de cuir pour l'expérimentation des premières commandes pneumatiques, à accorder aussi bien les tuyaux bouchés à tonalité de bourdon que ceux à calotte mobile calée au feutre, elle avait acquis la plupart des connaissances et maîtrisait l'essentiel des gestes nécessaires à sa qualification de « facteur d'orgues ».

« "Facteur d'orgues"… avait répété le secrétaire de mairie au moment de son inscription sur la liste électorale. C'est un métier d'homme, ça ! Vous voyez bien, j'ai beau chercher dans mon répertoire, "factrice d'orgues" n'existe pas ! » Elle avait souri, lui avait rétorqué à l'amiable que la volonté d'apprendre est aussi bien féminine que masculine, que le genre n'a pas sa place dans une quelconque hiérarchie sociale ou autre ; la preuve : l'orgue est masculin au singulier, féminin au pluriel ! Elle avait conclu par des exemples qui avaient cloué le bec au fonctionnaire : « L'orgue de Moriville… les grandes orgues de Notre-Dame de Paris ! »

Se souvenir de cet échange l'amusait, et lui procurait une agréable fierté.

Ce samedi matin, tordant le cou à ses habitudes de femme active, elle avait traîné chez elle, promené plumeau et balai entre ses meubles, frotté à la douce vitres et carreaux, puis fait son marché à deux pas.

Lundi prochain, mardi… toute la semaine à venir, pas de visites des orgues de Lorraine. Elle resterait à Rambervillers avec Fanfi. Ils travailleraient ensemble à la réharmonisation des jeux d'anches et au réglage du ventilateur électrique installé juste avant la guerre, opérations précédées d'un dépoussiérage à fond dans Sainte-Libaire, la fameuse église « aux cinq clochers, quatre sans cloches ! » – que, au plaisir moqueur des locaux, les étrangers entendaient « quatre cents cloches » ! Donc, travail sur place à l'église paroissiale et à l'atelier : sculpture sur bois, fonte de tuyaux, dorure… pas de camion en vue ! Bonheur !

Pour l'après-midi, elle avait prévu une promenade vers Métendal. Les douceurs de l'ancien hippodrome et la perspective sur le bois Béni vers Anglemont lui rappelaient les ondulations de son pays roumois, le parc de La Maizerie et les profondeurs du bois du Colombier. Elle s'y sentait bien. Fanfi et sa femme lui avaient proposé de partager leur table dominicale… elle avait accepté ! Demain dimanche, après la messe, elle les rejoindrait, passerait la journée avec eux, chez eux ! Bonheur !

Elle allait donc se mettre en marche vers Métendal et son loup fameux quand un moteur pétarada dans la rue du Cheval-Blanc, cala devant sa porte.

Elle avait sursauté.

Depuis l'annonce de la mort du père, elle se sentait prise d'angoisse dès le moindre imprévu. Elle avait déjà vu tellement de visites de gendarmes à pied, à cheval et en voiture, accompagnés du maire, venus annoncer à l'une ou l'autre famille la mort « au champ d'honneur » d'un fils, d'un mari, qu'elle imaginait toujours le pire. Fortuné ! Elle en était à tenter de contrôler sa respiration quand on frappa des coups à sa porte.

— Mon Dieu !

Elle jeta un coup d'œil à la silhouette de femme ailée sur la cheminée, marmonna un début de prière, courut dans le couloir, ouvrit.

— Nicol…

Face à elle, au garde-à-vous, en grand uniforme à revers de velours grenat, un officier à regard noisette.

Képi sur l'avant-bras, l'homme claqua les talons, salua d'une courte inclinaison du buste, tendit une main dégantée…

— Nicolas !

Dans une stricte attitude de revue, sur le seuil, se tenait le sous-lieutenant de Gerboncourt, médecin militaire.

Derrière lui, le profil de la Peugeot vert émeraude à filets d'or.

— Nicolas !

Elle n'avait pu que répéter son prénom, se jeta dans ses bras.

Élan incontrôlable ! Comme si, terme d'une grande détresse, tous les espoirs du monde venaient de resurgir. Submergée.

Elle resta longtemps ainsi enlacée, à répondre à l'étreinte du soldat, respirer son odeur de drap de laine, de cuir et d'espaces infinis, se réchauffer de sa chaleur, se rassurer de sa présence.

Elle se détacha enfin.

Il la libéra à regret.

— Entrez !

Prétextant qu'il n'avait pas faim – « La vision de Gerbéviller en ruine et du château de nos amis d'Arenberg réduit à l'état de monceaux de pierres m'a ruiné moi-même ! Quand on songe que ce château et sa chapelle palatine avaient été proposés au Vatican pour refuge du pape menacé d'être chassé de ses États par les convulsions de l'unité italienne en 1860… c'est dire son importance ! » –, il avait refusé de manger quoi que ce soit. « À la guerre, comme à la guerre ! » avait-il clamé dans un grand éclat de rire forcé. Elle avait maladroitement insisté, puis renoncé.

Ils étaient restés un long moment silencieux, face à face dans la cuisine, échangeant des regards rayonnants du bonheur de se revoir, mais rendus fuyants par une émotion difficile à contrôler.

Nicolas avait fière allure dans son uniforme de médecin militaire qui mettait en valeur sa silhouette de garçon rompu aux activités physiques et l'élégance de ses gestes. Impressionnant ! Son visage portait une expression de gravité qui donnait à ses yeux noisette une profondeur accrue, et sa voix veloutait une basse qui ébranlait le corps et l'âme. Sa mèche de cheveux indociles avait disparu, domestiquée par les ciseaux du barbier et le port du képi.

— Vous alliez sortir…
— Ma promenade du samedi !
— Seule ?
— Seule !
— Je vous accompagne, si vous me le permettez !
Si elle le permettait…
Elle faillit lui bondir au cou une deuxième fois.
— Je vous parlerai en chemin…

Ils marchèrent côte à côte jusqu'à la Goulotte, du même pas que lors de leur escapade à Sion, comme si temps passé et distance imposée par les circonstances n'avaient rien pu faire pour les séparer. Silencieux. Seuls les crépitis de gravillons et crissements du cuir des bottes d'officier les accompagnaient et, repris en écho par la butte des Montaux, les abois d'un chien à l'attache rendu furieux par le défilé des promeneurs.

Au loin le bois Béni annonçait déjà ses pâleurs

dorées d'automne et, de part et d'autre du ruisseau de Métendal, la prairie fleurissait déjà du bleu violine des colchiques.

Flanquées d'hommes en jaquette, pantalon de flanelle, coiffés de haut-de-forme luisant, des femmes corsetées en costume-tailleur bleu de Sèvres et chapeautées de feutre gris clair croisaient des ouvrières de manufacture tête nue en jupe de droguet, et des bourgeoises aux taffetas scintillants, épaules couvertes du traditionnel châle de cachemire rouge, en bonnet brodé orné de dentelle. Sur ce chemin de campagne, le beau monde de la veille côtoyait le commerce du jour et le peuple du lendemain.

Pourtant habitués à rencontrer des militaires dans cette ville de garnison de superbes Chasseurs, tous paraissaient surpris de voir un si bel officier du service de santé des armées en compagnie de cette jeune femme si peu connue et d'apparence ordinaire !

Au loin, très loin mais pourtant si proche, contenu par un vent du sud porteur de senteurs d'humus et de champignon, tonnait le canon.

— Temps idéal pour une promenade !

Une fois de plus, il tenta d'engager la conversation le plus simplement du monde, comme s'ils s'étaient quittés la veille. Elle se contenta d'un sourire et d'un court hochement de tête. Heureuse de savoir cet homme à son côté – elle avait tellement rêvé de ce moment de leurs retrouvailles –, et malheureuse de se sentir si heureuse tandis que son Fortuné affrontait les misères du front. Malgré des mots qui se voulaient rassurants, sa dernière carte postale autorisée par les autorités laissait entendre qu'il y subissait les pires souffrances. Heureuse et coupable à la fois.

— Pourquoi êtes-vous venu me voir ?

Elle s'était arrêtée, lui faisait face.

Autour d'eux les promeneurs allaient et venaient, des enfants poussaient le cerceau, des sent-bon de droguerie se mêlaient aux fragrances de luxe et au fraîchin des vaches couchées à l'ombre d'une haie de vernes.

— Pour vous voir… simplement !

— Me voir…

— Vous voir, vous entendre, vous dire que je pense très souvent à vous et que je souhaite ardemment votre bonheur, vous dire que mes parents pensent souvent à vous eux aussi et qu'ils m'ont chargé de toutes les affections dont ils sont capables à votre égard.

— Pourquoi ?

— Parce que c'est ainsi !

Il lui toucha le coude, l'invita à reprendre la marche.

— Ils m'ont chargé aussi de vous dire combien ils seraient heureux de vous recevoir quand et comme vous le pourrez.

Il suspendit son pas.

— Ils proposent même de vous envoyer voiture et chauffeur pour vous éviter les désagréments d'un train chaque jour plus incertain dans cette région proche des combats. Voyez… vous êtes attendue à Nancy !

— Je suis très touchée. Vous voudrez bien les remercier de ma part, mais…

Pour rejeter d'avance l'objection, il l'interrompit :

— L'incident de votre agression sur le champ de foire les a marqués. Depuis ce jour, ils étaient en souci pour vous, à cause de cet individu qui vous avait poursuivie jusqu'à notre porte.

Il rajusta son képi.

— Très inquiets pour vous, jusqu'à ce que…

Il hésita une seconde.

— … je leur apprenne que ce vaurien n'est plus de ce monde.

— Pardon ?

— Schnitzel, n'est-ce pas… Georg Schnitzel ?

Elle reçut ce nom comme un coup de poignard, acquiesça d'un hochement de tête.

— Oh… regardez !

Un ronflement de moteur lui avait fait lever le nez vers le ciel sur la butte du Camp des Suédois.

— Regardez, un SPAD, peut-être celui de René Fonck, vous savez, le Vosgien, l'as de l'aviation dont tout le monde admire les exploits, même les meilleurs pilotes allemands qu'il terrorise !

Se protégeant les yeux du soleil à l'aide de son képi, il suivit le passage à leur aplomb de l'appareil, si bas qu'on put distinguer ses cocardes tricolores, la cigogne peinte sur le fuselage et le salut de l'aviateur.

Les femmes avaient écarté l'ombrelle, repoussé le chapeau de feutre, les hommes déchaussé le haut-de-forme, les enfants laissé filer les cerceaux jusqu'au ruisseau de la prairie.

L'avion couronna la ville d'un grand cercle, revint à la verticale du chemin de Métendal, salua une dernière fois la ribambelle de promeneurs, s'éloigna, disparut derrière le bois Béni.

Un silence ébloui avait suivi sa disparition. Même les oiseaux s'étaient tus. Puis, lancés par une claque invisible, des applaudissements éclatèrent, nourris et puissants, des cris et sifflets d'admiration, tandis que se dispersaient dans les airs des senteurs aigrelettes d'huile de ricin.

La promenade reprit, de pied plus léger, d'allure plus vive, comme stimulée par l'apparition de ce symbole aérien de l'invincibilité de l'armée française. Fonck… l'enfant de Saulcy-sur-Meurthe… héros national !

— Il n'est plus de ce monde, avez-vous dit !

Nicolas chercha la main de son amie.

— Je vous le confirme : il est mort.

— Comment le savez-vous ?

— J'ai eu son dossier sous le nez à son arrivée à l'hôpital militaire de l'École normale à Amiens, là où l'on reçoit la plupart des grands blessés du front de Somme. Il s'était fait déchiqueter un bras et déchirer une jambe par un obus pendant un assaut près de la cité martyre d'Albert.

Déchiqueter un bras… Schnitzel… La Maizerie… la brûlure entre les cuisses…

— Je le croyais en prison !

— Il l'était. Mais à la déclaration de guerre, comme d'autres détenus civils en âge de porter les armes, il a été incorporé dans un BILA, vous savez, les fameux Bataillons d'infanterie légère d'Afrique…

Il fit quelques pas, muet, comme s'il fouillait ses souvenirs.

— Avec d'autres, son régiment a été envoyé en métropole pour renforcer les troupes épuisées qui faiblissaient dans le secteur d'Abbeville.

La conversation avait ralenti leur marche. Des ombrelles, frottis de satin et arabesques de sent-bon lavande, les dépassaient, les croisaient. On cherchait à les reconnaître d'un regard en coin.

— La poudre d'hydraxilithe n'a pas empêché l'infection. Trop amoché… trop peu de moyens… impossible de le sauver. La gangrène l'a emporté !

Il avait capturé la main d'Ange, la tint fermement.

— D'ailleurs, je vous le demande sincèrement, ma chère : un tel individu valait-il la peine que l'on tente tout ce que peut la médecine pour le sauver ?

Le lieutenant de Gerboncourt avait posé la question pour provoquer une réaction de son amie, entendre sa voix. La réponse, il la connaissait, de toute conscience et de tout devoir de médecin.

— Tout doit toujours être tenté pour sauver un

blessé ou un malade, quel qu'il soit, bon ou mauvais, ami ou ennemi !

Ange avait répondu d'une voix à peine audible, couverte par les cris d'enfants qui avaient retrouvé leurs cerceaux, les rires de gorge des femmes émoustillées par le spectacle aérien et les abois du chien plus énervé encore depuis le passage de l'avion.

— J'aime vous l'entendre dire ! Tel est bien le sens du serment solennel que j'ai prêté au sortir de l'École de Lyon.

Il serra très fort la main d'Ange.

— Malgré ce que je savais de lui, j'ai fait tout ce que j'ai pu pour le sauver ! Je vous l'assure.

— Je sais. Merci.

— En vain !

— Quel que soit son talent, un médecin reste un homme. La science ne le porte pas à l'égal de Dieu !

Main dans la main, comme frère et sœur, ils marchèrent en silence jusqu'à la Croix-David.

Eux ne voyaient au loin que l'imposante silhouette des tribunes du vieil hippodrome, la pointe de la chapelle construite autrefois par Maurice du Coëtlosquet pour attirer sur sa fille malade les regards bienveillants du Ciel.

Les autres ne voyaient qu'eux, lui pour son uniforme et sa fière allure d'officier du corps de santé, elle pour sa simplicité de femme que rien ne prédisposait à une telle rencontre. « Mariage de la carpe et du lapin », persiflait l'une en organdi, tandis que l'autre de satin soufflait à la vipérine dans le cou de son mari curieux de la jeune beauté en si belle compagnie : « Pour qui se prend-elle, celle-là ? Tout de même, elle ne manque pas d'air ! »

À l'approche du loup perché sur son piédestal escaladé par les gamins, Nicolas soupira...

— Cette promenade restera l'une des plus belles de ma vie !

— Pour le passage de l'avion ?

— Pour...

Il éclata d'un rire si tempétueux que les groupes voisins sursautèrent.

Elle rit avec lui de bon cœur, laissa le bonheur la submerger, au point d'en avoir des perles aux paupières.

Elle reprenait souffle, quand...

— Pardon ! Nous ne voulons pas vous importuner, seulement vous saluer !

Fanfi Dejean et sa femme, cramponnée à son bras.

Le couple les salua, lui d'un coup de chapeau mou, elle d'un sourire forcé empreint de curiosité. Tournait déjà les talons.

— Laissez-moi vous présenter...

— À demain, si vous êtes encore disponible ! lâcha son collègue en se recoiffant.

— Mais...

Ange ne put ajouter un mot. La cohorte des promeneurs avait déjà aspiré les Dejean.

— Je suis désolé ! murmura Nicolas. Ils vont s'imaginer...

— C'est mon collègue de travail, l'homme qui m'a appris le plus de la facture d'orgues. Je lui dois…

— Vraiment désolé ! Ils vont croire que…

Ange reprit sa main.

— Ils croiront ce qu'ils voudront. L'important, c'est ma conscience et la vôtre !

Elle réfléchit un instant.

— Fanfi comprendra !

Ils tournèrent autour du loup de fonte, frôlèrent la lisière du bois Béni, admirèrent un instant le panorama diaphane de la ferme en contrebas, de sa chapelle et de ses pâturages que voilaient déjà des fonds de brumes dorées, s'engagèrent sur le chemin du retour.

— Soyez prudent !

Casqué, ganté, couvert de son manteau d'officier, Nicolas venait de lancer le moteur de la Peugeot. Si tout allait bien, il serait à Nancy avant la pleine nuit. Avant de s'installer au volant, il vint une dernière fois à elle, lui prit la main, esquissa un baiser de prince à une princesse. Elle en fut bouleversée.

— Remerciez vos parents, s'il vous plaît. Dites-leur que je vais venir… souffla-t-elle.

Elle aurait voulu en dire davantage, ne le put. Se contenta de répéter :

— Soyez prudent !

Il répondit d'un signe de la main, démarra en trombe.

Le pinceau des phares disparut au virage des tanneries sur la Mortagne.

Alors une profonde angoisse la saisit. Elle se mit à grelotter de tous ses membres, comme atteinte tout à coup d'une fièvre de cheval, se sentit glacée jusqu'aux os. Murmura :

— Fortuné…

Rassembla ses forces, jeta un dernier coup d'œil à la rue, là où les phares s'étaient éteints, s'engouffra dans son couloir, bondit confier sa détresse à la silhouette aux ailes de lumière qui l'attendait sur la cheminée.

Fortuné…

Nicolas !

Ce dimanche matin, à la messe, pourtant assise dans le coin le plus sombre de l'église Sainte-Libaire, près de la pietà du dix-huitième siècle, à côté du tombeau de la bénédictine sœur Benoîte de la Passion, Élisabeth de Brens, qui enseignait aux pauvres durant la terrible guerre de Trente Ans, Ange eut la sensation que tous les regards des fidèles convergeaient vers elle. Incapable de prier, elle se laissa porter par l'orgue, se prit à chantonner avec lui, avec eux dont la rumeur se répercutait sous les voûtes. « *Gloria in excelsis Deo, Et in terra hominibus bonae voluntatis*… » Les hommes de bonne volonté… L'orgue l'apaisait. Par son harmonie parfaite des jeux d'anches qu'elle avait su lui offrir avec la complicité professionnelle du Fanfi, l'instrument rééquilibrait son harmonie intérieure, dissolvait en elle les miasmes de la guerre, le sentiment de trahison tant envers ses parents qu'envers son Fortuné, la brûlure du Schnitzel ravivée maladroitement la veille par le médecin militaire. La mort de son agresseur de La Maizerie et de la foire de Nancy suffisait-elle à faire oublier sa violence ? La question surgit, agita un instant ses pensées apaisées par l'orgue. On ne peut pas en vouloir à un mort ! On ne doit pas ! Elle se prit le visage dans les mains en coupe. Ses voisins crurent qu'elle cherchait à se dissimuler. Transportée par les mesures sacrées, elle s'était prise à méditer : Vouloir du mal à l'autre, c'est vouloir du mal à soi-même. Toujours ! Et puis… le bien n'est-il pas que l'autre face du mal ? L'un n'existe-t-il pas que par l'existence de son contraire ? « *Agnus Dei, qui tollis peccata mundi : dona nobis pacem.* » Elle avait alors prié pour la paix dans le monde et dans les cœurs, pour tous les hommes, même de mauvaise volonté, pour ce vaurien de Schnitzel rendu à l'état d'âme simple, pour son père qui était allé jusqu'au bout de sa générosité malgré la torture de voir partir sa fille, pour les vivants, Émelie sa mère, son cher Fortuné, son maître et complice Fanfi, pour… Nicolas de Gerboncourt !

Ite missa est.

Tôt le matin, elle s'était mise à son fourneau. Préparer une teurgoule de son pays en vue du repas chez le Fanfi l'avait occupée corps et âme dès le lever du soleil. Impossible de dormir ! Trop d'agitation intérieure malgré le regard de l'ange ailé ! Au premier chant du coq, elle avait allumé le feu, fait chauffer le four, pétri déjà la pâte de la fallue, brioche de vieille tradition normande et familiale, compagne indissociable de la teurgoule ; à l'Angélus du matin, avec cette fallue bien montée, elle avait mis au four le riz au lait aromatisé de cannelle dans la jatte à bec créée par Fortuné à l'usine de grès sur le modèle de Noron-la-Poterie… cinq heures de cuisson lente, de promesses de plaisir, de partage de sucreries et d'amitié. Répéter à l'identique tous les gestes de sa mère, avec la même attention et le même désir de réussir, lui avait procuré l'impression de repos que lui avait refusée la nuit. Puis elle avait pensé à elle, dégusté lentement café, pain, beurre et confiture de brimbelles[1] nouvelles, soigné son visage, arrangé sa coiffure, choisi sa jupe de taffetas rayé gris et blanc, son corsage de faille noire à plastron lilas, couvert ses épaules du châle de cachemire noir à bordure et semis de roses rouges, cadeau de Fortuné pour son dernier anniversaire. Heureuse de se sentir femme, elle qui se voyait homme en bleu toute la semaine à l'atelier ou dans le ventre d'un orgue !

1. Nom local des myrtilles sauvages.

Elle avait enfin pris le chemin de l'église au dernier rappel des cloches.

Légère comme une petite fille à l'idée du plaisir qu'elle offrirait bientôt à ses amis, Ange avait tiré la sonnette des Dejean juste comme midi tombait du clocher de Sainte-Libaire.

Elle allait tendre son panier à Toinette quand elle avait vu la brave femme se dérober, reculer dans le couloir, comme si elle avait hésité à ouvrir sa porte au large, puis libérer le passage dos au mur.

« Entrez ! »

Soudain glacée, elle était entrée… à reculons.

« Merci ! »

La femme Dejean avait pris le panier, tenté un sourire, ajouté sans y penser :

« Fallait pas !

— Si… fallait ! »

Elles avaient gagné la cuisine, sa table dressée, ses fumets rassurant de marinade, ail et oignon, pain frais, fricassée de champignons.

« Il est dehors ! avait lâché Toinette d'un coup de menton vers le jardin. Il ne décolère pas depuis hier. Mais… » Elle avait tenté un nouveau sourire, plus vrai, celui-là. « … ça lui passera avant que ça me reprenne, allez ! »

Elle avait proposé une chaise à son invitée, entrouvert la fenêtre, lancé vers la campagne :

« Alors… tu rentres ! C'est prêt. »

Tête dans les épaules, précédé par un courant

d'air de tabac gris et de fraîchin des vaches voisines, il avait surgi comme un diable, salué sa complice de chantier d'un regard noir, jeté son veston sur un dossier, pris sa place, déplié sa serviette.

« Allons-y ! J'suis là ! »

Le balancier d'horloge tranchait le temps et un air épais comme un voile de deuil.

On était arrivés à l'heure du fromage.

Malgré de louables efforts depuis le début du repas, la brave Toinette ne parvenait pas à détendre l'atmosphère entretenue par un ours renfrogné qui fumait cigarette sur cigarette sans desserrer les dents.

Le vin de noix de l'apéritif, le fromage de cochon d'entrée pourtant délicieux, puis la matelote de poissons de la Mortagne et ses carottes fondantes avaient échoué à le faire parler. La discussion entre femmes avait tourné autour de la terrible vague de froid de l'hiver passé, des neiges d'avril, des pluies diluviennes qui avaient raviné les sols et pourri les dernières récoltes, deux semaines plus tôt.

— Avec ça, les légumes sont hors de prix pour les malheureux qui n'ont pas de potager !... soupira Toinette en présentant le fromage de munster.

— C'est vrai ! Je pense beaucoup aux gens des villes, à mes amis de Nancy, les Gerboncourt...

Alors le Fanfi se déplia :

— Plaindre les bourgeois de la ville, vous avez bonne mine ! Et nos gars du front... vous y pensez ?

Par moins dix dehors l'hiver dernier, dans la merde des tranchées jusqu'au cou maintenant, avec les rats et les ordres de galonnés d'aller se faire embrocher pour un bout de terrain qui sera repris l'heure d'après… vous y pensez ? Autrement plus grave que le prix des patates !

Il avait donné du « vous » à celle qui, malgré ses connaissances et sa maîtrise du métier, était encore son apprentie, « vous » comme la veille sur le chemin de Métendal. Elle avait d'abord cru que ce « vous » s'appliquait au couple formé avec Nicolas, mais il venait de récidiver, pour elle… seule ! Jamais elle n'avait connu un Fanfi aussi remonté, agressif même ! Surprise. D'autant plus surprise que lorsqu'il avait évoqué les « galonnés » il l'avait visée d'un regard noir.

— J'espère qu'on n'en a plus pour longtemps, de cette saloperie de guerre ! Peut-être que…

Il fit jouer la molette de son briquet à essence, alluma une nouvelle cigarette.

— Fanfi… tu ne crois pas que…

Sourd à la tentative de sa femme, il poursuivit en soufflant la première bouffée vers les tulipes pâteuses du lustre :

— … que l'arrivée des Américains va tout changer ! Heureusement, parce qu'avec le lâchage des Russes, on est dans le pétrin ! Ils n'ont rien trouvé de mieux que de faire leur révolution maintenant, ceux-là ! Pouvaient pas attendre ? À cause d'eux, le Kaiser se voit déjà à Paris !

Il avait taillé une large portion de fromage, allait se l'attribuer quand il fit mine de se souvenir de la présence de leur invitée.

— Pardon ! J'allais...

Conscient tout de même de son incorrection, il lui présenta le plateau, comme à regret.

— Et votre Fortuné, vous avez des nouvelles ?

Ange reçut le coup de baïonnette en plein cœur. Elle balbutia :

— Pas... pas de récentes !

— Comment ? Le bel officier hier à votre main n'était pas venu pour vous en donner ?

— François !

— Je croyais que...

— François... tais-toi !

La femme avait accompagné son cri d'un furieux plat de la main sur la table. Sa colère trop longtemps contenue explosa :

— Va fumer dehors ! Tu nous empestes !

Il hésita quelques secondes.

— Fous-moi le camp... tu m'entends ! Fous-moi...

Elle n'eut pas le temps de répéter l'ordre.

Dehors, le fumeur !

En compétition victorieuse contre les odeurs de tabac, le munster embaumait la pièce.

— Pas d'inquiétude ! Il va revenir doux comme un agneau. Cette colère, c'est pas lui ! Je le connais bien, tu sais. Vrai qu'il parle tous les jours de tous ces jeunes gars qui se font massacrer pour ce qu'il appelle des « conneries de généraux », ceux de la manufacture et les autres de partout... ça le fait souffrir, d'autant plus qu'il a l'impression d'être planqué... ça, vois-tu, il supporte pas !

Elle poussa le plateau de fromage et le pain vers son invitée, compléta son verre d'une rasade de rouge du Montfort.

— Sers-toi... mange !

Elle attendit qu'Ange se fût servie pour reprendre :

— Mais vrai aussi qu'il me parle tous les jours de toi, qu'il me vante ton courage, ta précision au travail, ton bel esprit et... même... ta beauté ! Au point que, des fois, je me sens un peu jalouse. Un peu seulement !

Elle se tailla un beau triangle de munster, leva son verre, invita Ange à faire de même.

— Ange par ci... Ange par là... « Aujourd'hui, je l'ai initiée au nombre d'or, tu sais, pour trouver le parfait emplacement d'un instrument dans une église... demain, j'emmène Ange sur l'orgue d'Igney, tu sais, le Grossir... » Je ne sais rien de tout ça, mais il est tellement heureux de me parler de toi que je l'écoute !

Elle prit le temps de déguster son fromage en observant la jeune femme, qui semblait apaisée.

— En réalité, c'est lui qui est jaloux ! Alors, quand il t'a vue main dans la main de cet officier, il a grogné. Depuis, il fait la gueule. Pourtant, il sait que c'est lui qui t'a amenée chez Jaquot et que, par ses parents, vous êtes amis. Pas vrai ?

— Vrai ! répondit Ange d'un ton voilé qu'elle attribua à la chaleur en gorge du vin.

— Voilà, il est jaloux !

Silence.

— Alors, on complote les femmes !

Le Fanfi reprenait sa place à table.

Tabac ou grand air du jardin, il avait l'air calmé.

— À vous l'honneur !

Il avait tendu les couverts à sa jeune invitée pour le service de teurgoule et fallue.

— Tu ne pourrais pas arrêter tes simagrées ! le tança sa femme. « Vous… vous… » depuis hier, alors que tu lui as donné du « tu » dès son arrivée à la manufacture !

Le Fanfi soupira, sourit aux femmes qui le surveillaient comme le lait sur le feu, corrigea :

— À toi l'honneur !

Il avait accompagné ses mots d'un bon sourire, celui des complicités quotidiennes et des confidences professionnelles secrètes.

Ange trancha la fallue, servit d'amples portions de teurgoule, regretta simplement de n'avoir pas de cidre pour les accompagner…

— Je n'en ai pas trouvé ici. Problèmes de ravitaillement, peut-être, avec la guerre. La prochaine fois !

— La prochaine, si on en a, ce sera bien ! Si on n'en a pas, on s'en passera ! L'essentiel c'est que tu sois là, avec nous, et qu'on déguste le plaisir d'être ensemble !

Il avait parlé d'un seul trait, sans reprendre sa respiration, comme pressé de libérer enfin ses vraies pensées issues du cœur, débarrassées des scories d'un pouvoir mâle qui le révulsait depuis toujours. Du jardin, il avait tendu l'oreille à la discussion des femmes. « … jaloux… »

Il mordit dans sa tranche de fallue, goûta une cuillerée de teurgoule, découvrit ce dessert d'ailleurs.

— Mmmmm, c'est bien bon !

Il dégusta lentement, en silence, tandis que tournait dans son crâne : « C'est vrai, je suis jaloux… merde alors ! Imbécile ! »

18

Toussaint 1917

Les Gerboncourt lui avaient écrit une courte lettre, une semaine plus tôt. Nouvelles brèves, retour de Nicolas à son poste de médecin militaire, à l'hôpital de La Veuve, ouvert en avril à Châlons-sur-Marne… ce mot rapide se terminait ainsi :

Nous vous savons libre pour la Toussaint. Aussi nous obligeriez-vous d'accepter notre invitation à venir passer trois ou quatre jours à Nancy. Votre refus nous fâcherait. Nous en serions très malheureux !
Vos amis…

Retrouver sa chambre, hier, à l'étage de l'hôtel particulier Gerboncourt, place d'Alliance, l'imposante salle à manger aux boiseries d'essences précieuses et mobilier aux formes de chardons, nénuphars, grands lys, toujours embaumée d'un agréable parfum de bois fraîchement travaillé et de cire d'abeille, avait réconforté Ange.

Le dîner de ce premier soir, elle avait aimé le prolonger avec ses hôtes, sans objet précis de conversation, pour le seul plaisir de rester et de respirer avec eux une paix qui manquait tellement au-dehors. Malgré l'offre des Gerboncourt de lui envoyer voiture et chauffeur, elle était venue par le train, un convoi partagé entre civils et soldats harnachés comme des bêtes de somme, fusil Lebel à l'épaule, baïonnette « Rosalie » au côté, sac à dos bourré flanqué de gourde à pinard, couverture roulée et gamelle d'aluminium, muets, écrasés par leur retour au front ou le vacarme des roues sur les rails. Quelques-uns d'entre eux l'avaient fixée, comme s'ils avaient voulu imprimer dans leur mémoire un dernier regard de femme. Elle avait aussi reçu ce comportement comme un défi adressé à la vie incarnée en elle, tandis qu'eux roulaient vers la mort.

« Avez-vous fait bon voyage ? lui avait demandé le baron, cuillère prête à plonger dans le potage de potimarron à la crème, attentif au signal de Madame. Vous n'avez pas tenu compte de notre proposition de voiture ! Ce n'est pas bien ! Mais… » Le lustre aux tulipes de verre ocre à clématites mauves diffusait sa douce lumière dorée au miel qui jouait avec les reflets lactés et argentés des faïences de Lunéville. Un bon feu crépitait dans l'âtre sous le manteau orné de motifs floraux. Tout, y compris les convives à table, paraissait participer d'un ordre immuable, hors des atteintes du temps et des convulsions extérieures. Jusqu'à la bonne

Jeanne, dans sa tenue éternelle, à sa place de service, toujours prête à intervenir à la moindre sollicitation de Madame. « … mais pour votre retour, vous l'accepterez, n'est-ce pas ? » La baronne avait réagi aussitôt : « Comment, mon cher ami, notre chère Ange vient seulement d'arriver et tu parles déjà de son retour ! Elle est là pour trois jours, grâce à Dieu ! Laisse-la donc s'installer ! » Elle avait joué l'indignation : « Tu es proche de l'incorrection, vois-tu ! D'ordinaire, tu es plus délicat ! », adressé un discret clin d'œil à Ange, qui avait apprécié ce signe d'affectueuse complicité. « Je vous ferais bien une autre proposition… reprit le baron en admirant les tulipes de son fond d'assiette, l'hôtel de ville ouvre ses portes pour des visites du musée des Beaux-Arts. L'accepter me ferait le plus grand plaisir : je voudrais vous y faire voir une œuvre d'un peintre lorrain de nos relations que j'aime beaucoup ! Émile Friant. *La Toussaint*, grande œuvre acquise par l'État en 1888, confiée en dépôt à notre ville. Seriez-vous intéressée ? »

La bienveillante insistance du baron touchait Ange, qui y voyait l'expression d'un bon sentiment paternel. Le père… Garin… avant sa maladie de langueur qui l'avait emporté… Elle chassa des images surgies à l'improviste d'une blessure toujours vive, se concentra sur la proposition qui venait de lui être faite. Émile Friant… elle ne connaissait ce peintre que de réputation, n'avait jamais rien vu de lui. Alphonse Cytère, patron de la manufacture de grès, en avait parlé à Fortuné, comme de Majorelle, Gallé, Gruber, Daum, tous créateurs lumineux de l'Art nouveau. « J'aimerais voir un jour ses peintures ! » lui avait avoué son mari ce jour-là, comme on avoue un désir de caprice. C'était au temps où il travaillait en secret à la création de l'ange ailé de la chambre… « Avant guerre ! »

Impressionnants, les colonnes du vestibule et l'escalier d'honneur de l'hôtel de ville, ses marbres et ferronneries !

— Signées Jean Lamour, comme les ferronneries de la place Stan ! précisa un Yacinthe de Gerboncourt fier de promener à son bras une si jolie jeune femme couverte d'un grand collet de drap beige doublé de taffetas blanc à volant sur jupe en foulard bleu indien prêtés par la baronne. « Vous n'allez pas sortir comme vous avez voyagé, vêtue en homme ! Moi, ça ne me dérange pas, mais en compagnie de mon mari… » Comme autrefois pour les voyages en automobile d'« avant-guerre ! », touchée que son amie lui offrît ainsi ses vêtements, comme en sorte de maternel adoubement, Ange avait accepté.

Impressionnantes, les fresques du plafond…

— … peintes par Girardet, peintre lorrain devenu français suite à l'annexion de notre pays par les Bourbons en 1766 !

Impressionnantes, l'atmosphère de ces lieux chargés d'histoire, et les harmonies du Salon carré…

— … siège historique de l'Académie de Stanislas, que j'ai évoquée autrefois lors du dîner avec le professeur René Nicklès, docteur en géologie, l'un de ses membres prestigieux. Peut-être vous en souvenez-vous ?

Elle s'en souvenait, bien sûr, de ce dîner durant son premier séjour chez ses hôtes, des discussions autour de l'École de Nancy, de Sigmund Freud en visite chez Bernheim, du minerai de fer au doux nom de petite chatte, « Minette », de sa gêne à la grande table si élégamment décorée, elle qui n'avait connu que la table rustique des communs à La Maizerie… elle se souvenait surtout des regards furtifs échangés ce soir-là avec Nicolas !

Des dizaines, des centaines de toiles à cadre doré ou de bois cérusé, grandes et petites, anciennes et récentes, pendaient aux cimaises de tous les salons de l'hôtel de ville devenu musée ; les parquets à points de Hongrie jouaient avec la lumière ; des banquettes de velours cramoisi recevaient les conversations de bavards cernés par de bonnes odeurs de térébenthine, d'huile de lin et de vernis mêlées au patchouli des dames.

— Allons tout de suite vers Friant, puis nous irons déjeuner chez Walter !

La Toussaint occupait tout un pan de mur. Œuvre tellement fascinante que les visiteurs se tenaient à distance, comme sidérés par tant de réalisme en même temps que de puissance d'interprétation des sentiments. Scène d'une humanité telle qu'une profonde émotion saisit Ange. Elle resta un instant immobile loin devant le portail du cimetière, son mendiant assis, adossé à un pilier, encapuchonné, emmitouflé, ganté, couverture à rayures sur les jambes, cadre vide sur la poitrine, sébile protégée, dissimulée presque par les mains jointes... la famille bourgeoise en grand deuil en marche vers ses sépultures, bras chargés de chrysanthèmes, et, en tête, la petite fille au chapeau noir qui tend son aumône au pauvre. En arrière-plan, derrière une grille aérienne, l'allée principale de ce cimetière, des groupes de silhouettes, une perspective floue d'arbres décharnés et les tombes sous la neige.

— Le cimetière de Préville... souffla le baron à sa jeune compagne. Tout près d'ici, à un petit tiers de lieue.

Ange s'approcha, pas à pas, détailla un à un les visages, émacié à courte barbe sauvage du clochard, ingénu et timide de la petite fille, éplorés des femmes, empressé de l'homme en chapeau haut de forme, et l'air douloureusement frigorifié de la jeune qui peine sous le poids d'un grand pot de chrysanthèmes, fouilla ces attitudes qui éveillaient en elle une rare émotion.

Derrière elle, monsieur de Gerboncourt, immobile, regard sur Ange, puis sur la peinture, puis sur Ange... remué lui-même par l'émotion de sa jeune amie.

— Voyez, là, maintenant... au diable la tragédie... cette joie de vivre !

Il l'avait entraînée devant *Les Canotiers de la Meurthe*, une bonne douzaine de gars et filles à une table d'auberge un jour d'été, sourires, bonne humeur, le groupe prêt à déguster une volaille rôtie tout juste servie, tandis qu'au premier plan un barbu à casquette tranche sur sa cuisse une énorme miche de bon pain...

— Et là, cette belle complicité...

Devant eux, un couple accoudé au parapet métallique d'une passerelle, lui chapeau mou en tête, cigarette aux doigts, regarde de côté une jeune fille au visage de porcelaine qui semble l'écouter, l'œil fuyant plutôt vers le paysage de rivière que vers son voisin.

— *Les Amoureux* ! D'aucuns prétendent qu'ils viennent de se retrouver et s'apprêtent à vivre une belle histoire, d'autres qu'ils se séparent au contraire. Qu'en dites-vous, chère Ange : retrouvailles ou rupture ?

— Mystère !

Le baron se montra satisfait de la réponse.

Ils prirent le temps de détailler la *Jeune Nancéienne dans un paysage de neige* dont elle remarqua le minois énigmatique sous le chapeau à plumes, de voguer sur *La Petite Barque* et sa promesse de douce promenade amoureuse. Ils abordaient *Devant la psyché*, dont la peinture fraîche encore embaumait la térébenthine, nu féminin si érotique que les hommes s'agglutinaient devant l'œuvre, ajustaient leur pince-nez, faisaient mine d'étudier sa composition, quand monsieur de Gerboncourt tira sa montre…

— Diable, j'ai dit à mon épouse que nous serions devant chez Walter à midi sonnant ! Dans quatre minutes nous serons en retard ! Elle ne supporterait pas de faire le pied de grue sur le trottoir, fût-il l'un des mieux fréquentés de notre ville. Allons !

Sur la place Stanislas, Monsieur respira. Madame n'aurait pas à les attendre ; elle venait d'apparaître au coin de la préfecture.

Ils arrivèrent ensemble au lieu de rendez-vous !

Le patron en personne les accueillit, monsieur Julien Walter, sorte de colosse à moustache d'une élégance rare, front haut et puissant, regard d'ébène perché sur un col de celluloïd à cravate de satin gris perle. D'origine alsacienne, l'homme avait refusé de vivre sous la botte prussienne, quitté son pays en 1871. Après un passage à Paris dans les cuisines du Grand Hôtel du boulevard des Capucines, il avait repris une affaire en déshérence de la place Stanislas, l'avait baptisée de son nom, lui avait donné une réputation qui faisait de ce restaurant l'un des plus fameux de France, fréquenté par les têtes couronnées d'Europe, présidents et ministres de tout poil, militaires de très hauts grades et de toutes armes, artistes des plus en vue.

— Choisissez ce qui vous tente et vous fera plaisir !

Sans surprendre Ange, qui connaissait depuis

des années déjà la bienveillance de ses amis Gerboncourt, l'empressement du baron depuis son arrivée la veille avait quelque chose d'insistant. Du moins le trouvait-elle. Au point que son épouse lui adressait parfois des coups d'œil en douce à la fois inquiets et réprobateurs. Inhabituel entre eux qui, d'ordinaire, en sa présence se comportaient de franc jeu.

Elle avait suivi la recommandation du maître de salle : *Potage brunoise*, *Truite saumonée Cambacérès*, *Parfait aux fraises*, accompagnés d'un vin de Ribeauvillé 1895 « dont vous me direz grand bien, j'en suis certain ! ». Ses papilles ayant oublié les saveurs du cidre normand, elle appréciait désormais les vins de l'Est : blancs de Moselle, rouges et gris de Toul, Vin bleu du Montfort…

La salle bruissait ; des volutes bleutées de cigares échappées du fumoir épousaient les parfums vanillés des femmes ; des personnages d'allure importante saluaient au passage les Gerboncourt sans déranger l'ordre du repas.

— Peut-être aurez-vous la chance de croiser le regard de notre peintre Émile Friant, habitué de cette maison, d'être saluée par le général Lyautey, dont on dit qu'il devrait recevoir bientôt son bâton de maréchal, ou par l'écrivain académicien Maurice Barrès… dont les idées me troublent de plus en plus, mais…

La truite avait fait son entrée sous cloche.

Le vin de Ribeauvillé perlait dans les verres.

Ils dégustèrent en silence, comme si chacun réservait ses mots pour la fin du repas.

On présenta le *Parfait aux fraises*. Un régal.

Jamais Ange n'avait partagé un tel plaisir de table !

C'est au moment des café et liqueurs que Yacinthe de Gerboncourt se tamponna les lèvres, se racla discrètement la gorge…

— Ma chère amie…

La baronne avait rentré la tête dans les épaules, regardait fixement sa tasse, les gaufrettes et friandises.

— Ma chère amie… vous êtes courageuse, je le sais. Il va vous falloir…

Ange se raidit.

— … l'être encore… davantage même !

Fortuné… Il se battait sur un front dont elle ignorait tout. Sa dernière carte remontait à…

— Fortuné ?

Elle avait lâché son prénom d'une voix étranglée.

— Pas Fortuné, Dieu merci !

— Nicolas ?

Elle l'avait à peine murmuré tant ses forces l'avaient lâchée d'un coup.

— Pas Nicolas… Dieu merci !

— Qui alors ?

Elle noua ses doigts sur la nappe pour en conjurer le tremblement.

— Qui ?

La baronne donna un discret coup de menton vers son mari, comme pour l'encourager à…

— Émelie Levral, votre mère !

— Mam… non ! Pas vrai… maman…

Elle se prit le visage à deux mains.

— Nooon !

Râle de bête blessée à mort.

Les tables voisines se tournèrent vers eux, surpris.

Le maître d'hôtel s'approcha, que le baron contint d'un court geste.

— Notre cher Alibert de La Maizerie nous a téléphoné la semaine dernière, nous a priés de vous prévenir. Il connaît notre affection réciproque. Il a pensé que nous saurions trouver les mots…

En apnée, Ange ne voyait, n'entendait, ne ressentait plus rien.

— On l'a trouvée chez elle, morte depuis plusieurs jours. Pardon de…

La baronne s'était redressée. Très pâle, narines pincées, elle respirait court, torturait sa serviette.

Gorge nouée, incapable d'aller plus loin, le baron chercha un second souffle.

— Notre ami, votre patron Ernest-Théodore Jaquot, le sait, lui aussi. Très touché, il a préféré nous laisser vous parler.

Mains jointes, regard fixe sur le tambour d'entrée, visage exsangue, Ange paraissait tellement sidérée que, craignant un malaise, monsieur de Gerboncourt se leva, allait se pencher vers elle quand elle bondit, jeta sa serviette sur la table, courut vers les toilettes, y disparut.

Debout, bras ballants, comme foudroyé par la réaction de la jeune femme, il paraissait avoir vieilli de dix ans en trois secondes.

— Monsieur, voulez-vous que…

— Merci… glissa-t-il au maître d'hôtel.

Il reprit sa place à table.

Alors la baronne tamponna discrètement à ses paupières des perles de cristal qui menaçaient sa poudre de riz.

Ange ne reparut pas de la soirée.

Ni le lendemain, jour des morts.

Elle resta enfermée dans sa chambre des combles. Seule la baronne eut droit à quelques mots à travers la porte close : « Pas d'inquiétude… ça ira. Merci pour tout ! »

La bonne Jeanne lui avait monté des pommes Templine cuites au four, luisantes de beurre fondu, des œufs durs, confitures et pain frais accompagné de viennoiseries, miel et biscuits des Sœurs Macarons. Elle n'y avait pas touché.

Le mardi matin, elle quitta sa chambre, posa son sac de voyage dans le vestibule. Mine défaite. Chevelure en vrac. Regard transparent.

— Je vais en Normandie. Je serai de retour pour la fin de semaine. Voulez-vous avoir l'amabilité de prévenir monsieur Jaquot que je serai au travail lundi prochain ?

— Il le sait déjà. Nous avions l'intention de vous garder avec nous toute cette semaine. Êtes-vous certaine de…

La retenir. Elle ne paraissait pas en état d'entreprendre un tel voyage dans de telles conditions. Monsieur de Gerboncourt voulut faire une nouvelle tentative. Elle l'interrompit :

— Il faut que j'aille là-bas. Mes parents m'y attendent. Je dois aller les voir !

— Alors je vais prévenir de votre visite mon ami de La Maizerie. Je vous accompagne à la gare pour connaître et lui transmettre l'horaire probable de votre arrivée à Rouen.

— Si vous voulez. Merci !

En permission sanitaire – une vilaine pneumonie rapportée du front de la Somme l'avait écarté pour un temps de son commandement –, le colonel de La Maizerie disparut dans le panache de vapeur et fumée du train entrant en gare.

Au loin, la silhouette de la fille Levral lui apparut. Il l'aurait reconnue entre mille.

Ange avança vers lui comme une automate.

Il lui ouvrit les bras.

Elle y tomba en larmes.

Le soir même, logée au château, elle poussa la porte des communs de son enfance. Le maître des lieux avait proposé de l'accompagner. Elle avait refusé. Seule ! Dès le premier pas, elle reconnut l'odeur familière de son passé, feu de bois, cire d'abeille, tabac du père, thym-souci-bourrache-mélisse et laurier que sa mère semait dans les armoires en petits sacs de batiste… de cendres froides aussi, de moisissure déjà. Elle fit le tour de la cuisine : sa caisse à bois pleine encore, sans le chat, la suspension à pétrole aveugle, la pendule arrêtée… visita chaque pièce : la chambre de ses parents au lit défait, la sienne, d'ordre parfait, en attente de son retour, la belle pièce sur le devant… chaise d'Émelie devant la fenêtre, tambour de brodeuse encore tendu d'un bouquet inachevé, sa loupe d'eau…

La nuit couvrait déjà le domaine quand elle referma la porte de sa maison d'enfance devenue lieu de mort de ceux dont elle souffrait l'absence. Impression de fuir un tombeau mêlée au sentiment d'avoir accompli un pèlerinage nécessaire, apaisée et douloureuse à la fois.

Elle regagna sa chambre au château, attendit l'invitation du colonel pour le souper.

Il avait guetté son retour, la fit appeler.

Lui malade, elle épuisée, tous deux l'estomac noué… ils partagèrent un tête-à-tête étrange sous la galerie des portraits d'ancêtres.

Étrange et silencieux.

Malgré leur qualité, les plats défilèrent pour… rien !

Le lendemain matin, seule toujours, visite au cimetière du domaine.

Entre deux ifs élancés, elle s'engagea dans l'allée centrale.

Elle le connaissait, cet endroit, pour y avoir joué autrefois, sauté d'une pierre tombale à l'autre, s'y être cachée derrière les croix et massifs de buis retournés à l'état sauvage pendant la longue période d'abandon par la famille et que son père n'avait pas voulu tailler… – il les trouvait plus beaux ainsi ! –, y avoir observé les geais, tourterelles, merles, nuages de moineaux et mésanges qu'elle nourrissait de graines, des chevreuils parfois, venus à sa rencontre du bois du Colombier. Au fond, le caveau familial, sa croix de fer forgé, le blason dont son père aimait répéter la formule héraldique comme un mantra, « De gueules au lion rampant d'or », et, rongés par la mousse, les noms qu'elle déchiffrait en creusant chaque lettre de l'index. De part et d'autre de l'allée, des sépultures plus modestes, de domestiques appréciés ou de parents lointains échoués là au terme de leur ultime voyage de vie. À main droite, deux croix de bois verni, chacune sa plaque de laiton gravé : *Garin LEVRAL… Émelie LEVRAL*, et, à même la terre encore boursouflée, des chrysanthèmes, les mêmes que ceux du tableau de Friant dans les bras des gens de Préville.

Immobile dans l'allée, un rameau de houx et des brins de bruyère tenus sur la poitrine comme tirés de son cœur, cueillis en chemin dans le parc… pensait-elle à lui, qui avait souffert de son départ au point de perdre la raison, à elle, tellement meurtrie par la mort du père et l'absence de sa fille ? Priait-elle ?

Elle demeura longtemps ainsi, insensible au froid et à l'humidité du vent de mer.

Puis elle s'accroupit, déposa son humble bouquet entre les chrysanthèmes, murmura le poème de Victor Hugo appris à l'école pour son certificat d'études…

— « Demain, dès l'aube, à l'heure où blanchit la campagne… »

Des larmes perlèrent à ses paupières, qu'elle laissa suivre leur chemin sur ses joues.

— « Vois-tu, je sais que tu m'attends… »

Quelque part, en lisière de forêt proche, un aboi de chevreuil, comme autrefois, puis un autre…

— « … un bouquet de houx vert et de bruyère en fleur. »

Jeudi.

Au petit matin argenté de givre, en voiture avec chauffeur mise à disposition par le colonel, Ange avait pris le départ pour Boscherville. Aller-retour prévu dans la journée.

Elle avait d'abord pensé aller jusqu'à Saint-Wandrille, se rendre compte de ce qu'était devenue l'abbaye après sa profanation et sa transformation en salle de spectacle, mais avait renoncé à ce projet, choisi de revenir dans ce pays une fois la guerre finie, avec Fortuné. Avec Fortuné ! Elle voulait l'inviter à découvrir ces lieux si chers au cœur de son père, rencontrer peut-être de lointains parents, lui offrir des racines à partager. Plus tard !

L'apparition dans les vallonnements roumois de l'abbaye Saint-Georges, dont la silhouette, au loin, et la majestueuse tour-lanterne en belle pierre blanche de Saint-Leu dominaient les pentes couvertes de vignes, raviva l'émotion de son premier voyage. Elle demanda au chauffeur le détour par le petit cimetière de Quevillon, y salua les mânes de ses anciens devant le massif de buis taillé à la sauvage veillé par le Jésus couvert de mousse dressé contre le mur de la vieille église. Elle s'y dégourdit les jambes et s'emplit la poitrine de senteurs d'humus et de vapeurs fluviales, comme autrefois avec ses parents.

Devant le portail de Saint-Georges, elle hésita. Inviter le passé dans un présent poignant ne relève-t-il pas de la fuite plutôt que de la marche courageuse vers l'objectif de vie ? Elle poussa le vantail. Entra.

Dès les premiers pas dans le sanctuaire inondé de lumière lui revinrent en mémoire les mots de Victor

Hugo dans *Notre-Dame de Paris*, roman lu avec passion au temps de sa possible entrée en instruction publique, se les offrit à mi-voix, comme un hommage au monument et au poète : « La charmante salle capitulaire demi-gothique de Bocherville, à laquelle la couche romane vient jusqu'à mi-corps[1] ». L'éclair de ce souvenir d'un temps et de projets maîtrisés encore par son père la porta sous la tribune de l'orgue. Elle leva les yeux, redécouvrit l'instrument cause de tous ses bonheurs et malheurs mêlés, ses décors du buffet à feuillages et fruits, dorures des trois tourelles, volutes et consolettes, écoinçons à fleurs de lys sous l'infinie perspective des voûtes d'albâtre ; elle entendit la voix du petit bonhomme mal fagoté qui leur avait tout dit de cet orgue créé par le magicien Guillaume Lesselier, tout présenté de sa mécanique complexe et simple à la fois, du vent porteur miraculeux de musique ; elle entendit avec lui les voix multiples engendrées par les épousailles secrètes de l'air, des bois sculptés et de l'étain.

Miracle sans cesse renouvelé d'un souffle capable d'élever l'esprit au niveau de l'indicible.

Le souffle de Boscherville !

---

1. Victor Hugo, *Notre-Dame de Paris*, Éd. Furne et Cie, 1840, tome 1, p. 177.

19

Novembre 1922

Le monde se remettait tout juste de la mort du pape Benoît XV, fin janvier, et de l'élection de son successeur Achille Ratti, bibliothécaire et montagnard, premier conquérant de sommets alpins réputés inviolables devenu souverain pontife sous le nom de Pie XI, qu'il apprenait, le 1er avril, les décès de Charles Ier, infortuné empereur d'Autriche et roi de Hongrie en exil au Portugal, puis de l'ancien locataire de l'Élysée Paul Deschanel, tombé en dépression et en pyjama du train présidentiel le 28 avril, suivis de celui, fin juin, du prince voyageur et humaniste Albert Ier de Monaco.

Une météo convulsive torturait les vivants depuis des mois, comme si les conséquences de la grippe espagnole n'avaient pas suffi à plonger femmes et hommes de tous les milieux dans un bain d'angoisse dont ils tentaient de s'extraire en s'abandonnant aux plaisirs les plus débridés.

Tandis que Berthe Delny chantait à la Gaîté-

Lyrique la volupté des « Nuits de Chine », que Georgel ruminait à l'Alhambra contre « La garçonne », fatiguée d'être prise pour une serpillière par ces messieurs, canicule et sécheresse s'abattaient sur un printemps d'opérette, et un froid de Sibérie glaçait au plein cœur de l'été des campagnes étonnées déjà par de rudes perspectives hivernales. Cette année aussi folle que les emballements bourgeois ignorerait l'automne et ses récoltes de survie !

Partout, en canotier ou voile de mousseline, on voulait oublier les effets conjoints de la maladie, de la guerre et de ses saignées, de l'économie bousculée par les prétentions des États-Unis à devenir les banquiers exclusifs d'une Europe exsangue et soumise. On chantait sur scène, on dansait en guinguette, on canotait sur toutes les rivières, on badinait et fumait des blondes, défilait derrière des fanfares, s'enivrait de bulles, se persuadait que le monde était enfin devenu un paradis, que le vrai ressort d'une humanité heureuse venait enfin de se révéler : l'aspiration au bonheur !

Pourtant…

Quelque part, porté par des mouvements politiques revanchards nés des humiliants traités de Versailles, Saint-Germain et Trianon, naissait en silence un nouveau monde sur les ruines de la Grande Guerre. En Italie, un certain Mussolini offrait des chemises noires à ses partisans et infligeait ses premiers coups de menton à des foules acquises d'avance à ses désirs de conquête ; en

Allemagne, un dénommé Hitler, artiste peintre refoulé par les académies, réunissait ses partisans dans des brasseries munichoises où se rotaient avec des reflux de bière des discours et chants si violents qu'il venait de purger une courte peine de prison à Stadelheim ; et chez les Soviets, profitant de la faiblesse d'un Lénine frappé d'hémiplégie consécutive à un accident vasculaire cérébral, un certain Staline venait d'être porté à la tête du Comité central du Parti communiste, d'où il allait pouvoir surveiller tous les « ennemis du peuple ».

Précipitation d'une lente agonie de la société européenne, ou accouchement laborieux d'un ordre politique et social nouveau porteur de tous les espoirs de paix et d'harmonie ? Nul n'aurait osé répondre à cette question, voulu se la poser même, surtout pas les Camelots du roi, relais d'une Action française menée de main monarchiste par un certain Charles Maurras décidé à rendre à la France son lustre d'antan.

Agonie ou renaissance ?

Foin des tragédies du passé récent, l'avenir serait ce qu'il serait, selon le bon vouloir des faiseurs de rêves ou de cauchemars !

Pour l'heure, on oubliait les tranchées du Hartmannswillerkopf, les exécutions sommaires de « mutins » à Vingré et Craonne, les hécatombes du Chemin des Dames et de la Somme, les cimetières militaires… on tâchait de vivre au présent, on passait sans transition des larmes au rire, on riait aux larmes, on buvait, on s'aimait, on faisait la fête partout, sauf dans les familles paysannes et ouvrières, disloquées, déchirées, amputées, ruinées… les plus nombreuses, car elles étaient la chair du pays !

— Je pars demain pour trois jours. Pas loin, je vais à Clefcy, une douzaine de lieues d'ici.

Le nez dans son assiette, Fortuné aspirait à grand bruit ses cuillerées de soupe. Entendait-il sa femme ? Dieu, qu'il avait changé depuis sa libération et son retour au pays ! Lui si actif autrefois, incapable désormais de prendre la moindre décision, même celles de son ordinaire de vie, si sûr de lui avant la guerre, chargé maintenant de toutes les angoisses de la terre, si sobre… devenu un pochetron insatiable !

— Je pars avec le Fanfi remonter dans l'église Sainte-Agathe de ce village l'orgue démonté par nos équipes à Villers-lès-Nancy. Un gros travail, une quarantaine d'heures d'ouvrier ! Pas le temps de rentrer ce soir. On logera sur place. Tu te rends compte ?

Aucune réaction. Entre deux lampées de soupe, un verre de vin… habitude prise dans les tranchées. Surtout avant l'assaut ! Baïonnette au clair, cartouchières et bidon pleins jusqu'à la gueule, de plomb pour les boches et de pinard pour le courage du soldat. Sans pinard, pas d'assaut possible ! Ils le savaient, les généraux qui le faisaient distribuer à débit de fleuve sur tous les fronts. Quatre ans d'ivresse contre la trouille, d'anesthésie contre la souffrance ! Pinard et tabac en mélange : le carburant du poilu !

— Tu te rends compte ? Un gros boulot, mais passionnant. Un orgue signé Didier-Van Caster, tout jeune, des années 1900. Mais on va devoir tout de même changer les languettes et les rigoles de la trompette...

« Languettes... rigoles de la trompette... » Les mots glissaient sur lui comme l'eau sur les plumes d'un canard. Pareil au travail : goulot toujours à portée de lèvres, le geste gauche, le pas hésitant... et des colères soudaines qui, attisées par des réactions de collègues aussi amochés comme lui, déclenchaient des bagarres toujours plus violentes. Au point que monsieur Cytère, patron de la manufacture de grès, avait prévenu Ange : « J'espère pouvoir le garder encore, mais c'est de plus en plus difficile ! C'est que... il devient dangereux, au four comme dans les entrepôts, tant pour lui-même que pour les autres. » Pas surprise ! Elle savait bien que la Nation lui avait emprunté un homme courageux, bosseur, entreprenant et sobre, qu'elle lui avait rendu une loque, héroïque certes, mais une loque ! Le soir même, à son retour, elle avait pris le risque de lui parler des inquiétudes d'Alphonse Cytère, à mots pourtant mesurés et empreints d'une sincère affection à défaut d'amour. Il avait pâli, cherché son litre de pinard entamé sous la pierre à eau, l'avait vidé en trois goulées, fracassé sur la pompe dont le corps de fonte portait désormais les marques de sa force. Puis, d'un seul élan, il avait bondi dans la chambre, empoigné la silhouette ailée, l'ange de lumière, l'avait jeté sur le pavé de la cuisine… fracassé lui aussi… débris de grès émaillé mêlé aux éclats de verre. Puis la nuit l'avait repris. Le coup de tonnerre de la porte claquée avait longuement résonné dans la maison de la rue du Cheval-Blanc.

— Je me suis arrangée avec madame Dejean, tu sais, Toinette, la femme de Fanfi. Tu pourras dîner chez elle, et tu emporteras le souper qu'elle t'aura préparé.

Il avait levé vers elle des yeux ahuris, paru chercher de quoi contrer ce qu'il avait pris pour une offense…

— C'est elle qui l'a proposé ! Je n'y suis pour rien. Je n'aurais pas osé ! Elle l'a fait de manière spontanée, tu sais. Ce sont des gens…

Il serra les poings, comme pour cogner.

Sur son avant-bras, la cicatrice du Schnitzel, coup de couteau du champ de foire.

Grogna :

— Pas besoin ! Je me démerderai tout seul !

— Elle l'a fait de bon cœur, tu sais !

— Pas le savoir… m'en fous ! Tu peux foutre le camp avec ce type, m'en fous j'te dis ! Aller baiser avec lui si tu veux !

Il donna un violent coup sur la table.

— Comme tu l'as fait avec ton aristocrate de

merde, pendant que j'crevais dans ma tranchée ! Dis pas qu'c'est pas vrai... on vous a vus !

Nouveau coup sur la table.

— Et pis... faites chier... tous ! J'demande rien à personne, moi. Foutez-moi la paix, nom de Dieu !

D'une maigreur bouffie par l'alcool, joues creusées, narines pincées, blanc comme un linge, il défia sa femme du regard.

— Tu m'entends, bordel ! Foutez-moi la paix.

Il repoussa son assiette, finit son verre, se leva en toussant comme un poitrinaire, sortit en claquant la porte. Une fois de plus.

Ange l'entendit cracher ses gaz de combat sur le trottoir.

Silence.

« Ton aristocrate... on vous a vus ! »

Seule, même en sa présence !

À sa démobilisation, trois semaines après le coup de clairon d'armistice et un séjour à l'hôpital militaire, retour à la maison, il avait étreint sa femme en sanglotant, lui avait murmuré à l'oreille d'une voix hachée : « Je t'avais dit que je reviendrais ! » Il puait le camphre et l'embrocation, le vieux cuir et le chien mouillé. Mais il sentait bon la paix et le bonheur attendu !

Ce soir-là, sous le regard bienveillant de l'ange de Lumière, il aurait voulu l'aimer. Malgré les caresses, mots chuchotés sur l'oreiller et baisers, il était resté inerte, ruisselant de transpiration, les yeux grands ouverts sur un abîme de ténèbres. Il avait fini la nuit par terre, sur le plancher, recroquevillé dans un coin, tremblant, pareil à une bête traquée, comme dans la tranchée avant l'assaut. Elle avait tenté de le relever. En vain.

Seule, même en sa présence !

Compagnonnage réglé comme du papier à musique, remontage de l'instrument en bonne voie, l'église Sainte-Agathe de Clefcy se découvrirait bientôt sous les doigts de son organiste de nouveaux élans vers l'Esprit. Il restait encore bien du travail pour une autre équipe : pose des tuyaux, installation de la soufflerie, réglages de la mécanique avant l'inauguration, où ils seraient tous conviés : patrons, ébénistes, mécaniciens, métalliers, ouvriers et leurs familles, paroissiens et leurs pasteurs.

Épuisée, mais heureuse de rentrer chez elle, Ange ressentit une pointe d'angoisse dans la rue du Cheval-Blanc à mesure qu'elle approchait de la maison.

Elle poussa la porte entrouverte, pénétra dans le couloir.

Oppressée, comme au moment de son entrée dans les communs de La Maizerie le jour de son retour en Normandie après la mort de sa mère. Gagna la cuisine… vide, la chambre… vide ! Dans l'ordre laissé à son départ. Rien n'avait bougé, pas même l'assiette et les couverts disposés sur la table pour le souper de son Fortuné. Pas même la réserve de vin sous la pierre à eau ! Sur la cheminée, à la place de l'ange ailé fracassé dont elle avait offert les débris aux truites de la Mortagne, les outils de son père rapportés de là-bas : décamètre, niveau à perpendicule qu'il appelait sa « libellule » – « du latin populaire *libella*, qui signifie "niveau" », lui avait-il expliqué –, compas et équerre disposés selon le symbolisme de la maîtrise comme il le lui avait enseigné : pointes d'acier sur le chêne patiné, le tambour de sa mère encore tendu de son bouquet inachevé, et le tableau de leur mariage, pastel d'un artiste du dimanche, maladroit mais tellement émouvant !

Rien n'avait bougé !

D'un bond, elle fut dehors, vareuse bleu de travail ouverte au vent, haletante, se précipita tout courant vers la demeure des Dejean, arriva chez eux en apnée.

— Fortuné !

— Quoi, Fortuné ?

— Où…

Le souffle lui manquait.

Toinette avait compris.

— Sais pas ! Je l'ai attendu. Pas vu !

Elle dévisagea son amie.

— Il n'est pas chez vous ?

Elle avait deviné la réponse, désigna d'un geste la potée dans son plat sous un linge au garde-manger, le pot-de-camp de soupe prêt à être emporté, en attente depuis le premier soir.

— J'avais tout préparé pour lui… tu vois, j'avais

prévu du bon et chaud, et du solide, que ça lui fasse du bien ! Il n'aurait manqué de rien.

Elle ouvrit les mains comme le prêtre en prière, offerte et désarmée.

— Mais… il est jamais venu !

De son coin, mégot éteint à la lippe, en chemise molletonnée à carreaux col ouvert, le Fanfi avait suivi l'échange, curieux et inquiet.

— Il n'a pas pu… osa-t-il.

— Il n'a pas pu… quoi ?

— Je ne sais pas, moi, disparaître comme ça, sans…

— Tu ne sais pas… Tu causes pour ne rien dire ! Quand on ne sait pas, on se tait ! le coupa Toinette. Si tu étais passé par où il est passé, tu saurais peut-être.

Blessé par ce renvoi à sa dispense de guerre pour privilège de l'âge, il se renfrogna, ralluma son mégot.

Consciente de la violence et de l'iniquité de son propos en même temps qu'elle le proférait, la femme se calma d'un coup.

— J'y vais… lâcha Ange.

— Où ça ?

— À la maison.

— Tu ne veux pas manger un mor…

— Je rentre !

La neige s'était mise à tomber. Neige de novembre, collante et grasse.

Trop tôt !

Les journaux affichaient à la une la tempête qui avait emporté la gare maritime de Cherbourg, provoqué la catastrophe ferroviaire de Châtelaudren, enseveli nombre de villages de Normandie. La Normandie ! Ange avait lu tous les articles dans sa chambre d'auberge de Clefcy, le soir, avant de chercher un sommeil introuvable. Le monde était vraiment devenu fou ! Le ciel même !

Pour l'heure, aveuglée par les flocons qui tombaient dru, le col de sa vareuse resserré, elle dérapait dans la gadoue, grelottait…

Couverte encore de son bleu de travail trempé, elle se jeta sur son lit, s'enfouit la tête sous l'oreiller de Fortuné lourd de ses odeurs de tabac, sueur, charbon de la manufacture, aurait voulu y étouffer ses sanglots, s'y étouffer elle-même… disparaître elle aussi, comme lui… disparaître !

Alphonse Cytère avait vu pour la dernière fois son ouvrier de four le mardi en fin de matinée. Pas vu le mercredi, le jeudi, encore moins la veille !

— Je lui ai demandé comment ça allait. Il m'a répondu d'un sourire forcé que j'ai pris pour un « Ça va à peu près »… Il avait l'air à jeun !

Il bascula d'un pied sur l'autre, se lissa la moustache d'un revers d'index.

— Il n'est pas chez vous ? Je pensais qu'il était indisposé, qu'il allait revenir…

Il réfléchit un instant, ajouta :

— Après ce qu'il a subi... comme tous les autres... pauvre diable !

— Je vais prévenir les gendarmes ! conclut Ange d'une voix éteinte.

— Tenez-moi au cour...

Elle avait déjà quitté son bureau.

Le dimanche matin suivant, un terrassier découvrit dans la nécropole en chantier du maudit col de la Chipotte un cadavre gelé, couvert d'une fine croûte de neige, roulé dans un drapeau tricolore. Pelle et pioche à l'épaule, l'ouvrier allait ouvrir de nouvelles fosses destinées à recevoir les restes de poilus disparus en 1914 durant les terribles combats de la Mortagne, exhumés des sépultures provisoires d'Autrey, de Sainte-Barbe, de la forêt de Chaumont et du bois de la Pêche. Au fond d'un trou déjà ouvert, ce corps d'homme, en bleu de travail, en partie déchiqueté par des chiens errants, ou un loup. Les jambes avaient été attaquées jusqu'à l'os. De la pointe de sa pioche, il écarta le drapeau, dégagea un buste intact, un visage aux yeux clos comme d'un enfant endormi.

Les gendarmes constatèrent que l'individu ne portait aucune blessure capable d'entraîner la mort, conclurent à un accident cardiaque, ou qu'il s'était laissé mourir, d'épuisement sans doute, de froid peut-être, après avoir décroché le drapeau de son mât pour s'en couvrir.

Le reconnaître dans la baraque où des cercueils maculés de terre attendaient leur dernière inhumation fut une torture.

Fortuné…

Dévoré par un loup !

Sa voix rouillée par le tabac et l'alcool : « … ton aristocrate de merde, pendant que j'crevais dans ma tranchée… on vous a vus ! »

Ange frémit…

Le loup de Métendal !

20
Mai 1928

Depuis la mort de son Fortuné, Ange s'étourdissait dans le travail.

Retour chez elle, alourdie de bonne fatigue, elle relisait à la manière d'un roman des passages entiers de sa bible professionnelle qu'elle connaissait pourtant par cœur. Elle en éprouvait le besoin. *L'Art du facteur d'orgues* de Dom Bédos de Celles la maintenait dans l'esprit de découverte qui l'avait tellement enthousiasmée autrefois.

Pour les nouvelles politiques et locales, elle alternait cette lecture avec *Le Télégramme des Vosges.* Ce soir-là, entre l'accueil du sultan du Maroc à Agadir, la Conférence économique de Genève destinée à intensifier la production agricole et le départ du dirigeable *Italia* pour le pôle Nord, elle était tombée sur cette annonce :

Nous sommes heureux de pouvoir porter à la connaissance de nos lecteurs que la direction du Trianon Palace, désirant donner le jour de l'Ascension un spectacle digne de cette fête, projettera ce soir mercredi et demain jeudi, en matinée et soirée, le film qui a obtenu un si énorme succès dans toutes les salles où il est passé. Nous voulons dire La Rose effeuillée. *C'est toute la vie de la si populaire petite sainte Thérèse de l'Enfant Jésus qui est mise à l'écran. L'action est des plus poignantes d'une partie à l'autre. Et ce film se termine en beauté par la vision de la petite sainte surplombant le monde et faisant tomber sur lui une pluie de roses…*

Six ans qu'elle n'avait pas vu un film, mis les pieds dans un restaurant, sauf les auberges de chantier, respiré un autre air que celui des ateliers, des tribunes d'églises, et de ses trois pièces de la rue du Cheval-Blanc ! Aller au cinéma… pourquoi pas ? Surtout que ce film serait l'occasion de revoir son pays normand, de découvrir Lisieux, qu'elle ne connaissait pas encore, pourtant proche de La Maizerie, son projet de construction de basilique décidée par le pape sur les lieux de bienheureuses souffrances de la petite Thérèse Martin, sa possible perspective de création d'un orgue… Comment imaginer un tel sanctuaire sans un instrument capable de porter les voix célestes de la plus harmonieuse des manières ?

Salle de cinéma pleine à craquer.

Film muet en noir et blanc. Projection balbutiante interrompue à plusieurs reprises par des problèmes techniques. Histoire d'une naïveté désespérante : aimé d'un amour interdit par la fille de son patron, un jeune ingénieur se voit contraint à l'exil. L'amoureuse part alors se refaire un équilibre affectif à Lisieux, où la procession de sainte Thérèse l'impressionne au point d'influer sur le cours de sa vie. Mais, miracle de sainte Thérèse, le bel ingénieur revient…

Agacée, Ange prit le chemin du retour en pestant contre cette envie de cinéma qui lui avait fait perdre une soirée de repos, de paisible réflexion sur son devenir de femme seule convoitée par des mâles en chasse. Elle avait pris goût à la solitude, l'avait apprivoisée sous la plume d'Alfred de Musset, les quatre derniers vers de « La nuit de décembre », répétés tel un mantra après la mort de son Fortuné :

Viens à moi sans inquiétude.
Je te suivrai sur le chemin ;
Mais je ne puis toucher ta main,
Ami, je suis la Solitude.

Cette solitude synonyme pour elle, désormais, de liberté chèrement payée, certes, mais… liberté !

Il pleuvait à verse à la sortie du cinéma. Elle remonta le col de son manteau récemment acheté à la Femme élégante, le grand magasin réputé de la rue Léopold-Bourg à Épinal, après une visite de la basilique Saint-Maurice, contrôle de son grand orgue, un Jean-Baptiste Gavot construit en 1828 et revu par Jaquot en fin de siècle. Chaud, ce manteau de drap de laine prune légèrement cintré, à large col qu'elle pouvait relever et boutonner sous le menton... une folie ! Ce jour-là, seule à Épinal en visite technique, elle s'était dit, en ravalant une pointe d'amertume : À quarante ans, pas de mari, pas d'enfant... je peux bien me faire plaisir ! Se faire plaisir ! Elle venait de découvrir que, hors celui des voix d'instruments nés de son art, elle ne s'était jamais accordé ce privilège du plaisir, qu'il était peut-être temps de penser à soi, pas à soi seulement, mais à soi aussi ! Un tour des vitrines du centre-ville, deux ou trois essayages... achat ! Elle était rentrée à Rambervillers encombrée de cartons et sacs, heureuse de se sentir légère, décidée à assumer son profil de femme après tout... désirable !, à se faire couper les cheveux. Elle s'était même payé un chapeau de feutre, prune lui aussi, cloche avec une rose gris souris sur l'oreille droite, « à la garçonne » ! Au travail, je suis bien en tenue d'homme depuis vingt ans ! Il n'y a pas de raison ! Nouvelle tenue... nouvelle vie ! s'était-elle dit, avec la ferme détermination de tenir cette promesse.

Normandie de carton-pâte... sentiments désuets... elle oublierait vite *La Rose effeuillée*, l'avait déjà oubliée. Lessivée par la pluie, elle n'avait qu'une hâte, se reposer et retrouver ses lectures.

En alternance avec son inséparable Dom Bédos, elle venait de se lancer dans l'aventure épique de *Salammbô*, vivait par procuration l'amour brut pour le Libyen Mâtho, héros de Flaubert, dont la violence de guerrier oriental n'avait d'égale que la passion généreuse.

Ce soir, cernées par les mercenaires, les troupes d'Hamilcar construisaient tours et courtines pour se défendre…

Elle lut trois pages, tomba de fatigue sur le livre, s'endormit.

Ernest-Théodore avait rassemblé son personnel dans l'atelier de menuiserie. Devant un établi chargé d'une colonne de façade en cours d'assemblage, épouse Madeleine côté gauche, fils côté droit, il faisait l'annonce à laquelle tous s'attendaient :

— J'ai cinquante-deux ans, vous le savez. Certes, j'ai encore la force suffisante pour diriger notre entreprise, lui trouver de nouveaux chantiers, de nouveaux beaux instruments à concevoir et construire, donc vous donner du bel et bon travail, mais je songe à la relève car, le temps passant, tout peut arriver, même à un homme en bonne santé apparente. Nul n'est éternel !

Il lissa sa moustache, rajusta son gilet, poursuivit :

— J'ai donc décidé d'associer Pierre à la direction de notre entreprise. Vous le connaissez. Il a vingt-sept ans ; il déborde d'énergie ; il a des idées nouvelles qui permettront de donner un coup de jeune à notre maison. Il envisage par exemple d'acquérir de nouveaux outils de travail du bois, plus performants, qui vous permettront d'exprimer davantage encore votre talent, et d'adopter la traction électrique déjà utilisée pour de grandes orgues par nos concurrents Cavaillé-Coll à Paris.

Détendu, Pierre promenait son regard sur les ouvriers flattés d'être ainsi reconnus et associés à la réflexion patronale, informés en avant-première des projets dont serait nourri leur quotidien. Il les sentait unis dans un bel esprit de complicité qui lui convenait bien.

— Et puis, je peux bien vous le confier aujourd'hui, mais vous garderez le secret, bien entendu…

Il appuya sa confidence d'un clin d'œil à la ronde.

— … nous sommes en négociation avec nos excellents confrères et amis Didier, installés depuis longtemps rue du Général-Duroc à Vandœuvre. Nous avons le projet de reprendre l'activité de cette belle maison qui jouit d'une excellente réputation. Comme vous pouvez vous en rendre compte, nous avons donc du bon pain sur la planche !

Au premier rang, Ange appréciait les perspectives ouvertes par le patron qui l'avait accueillie à bras ouverts quinze ans plus tôt, et les promesses d'innovation comme d'évolution technique et de développement de l'entreprise incarnées par ce fils Pierre dont l'élégance et les qualités professionnelles étaient reconnues et saluées.

Neuf ans plus tôt, déjà, peu de temps après le renvoi de Fortuné à la vie civile et son retour douloureux à la manufacture de grès, la publication d'une annonce par *Le Télégramme des Vosges* l'avait frappée. Comme une pierre blanche sur son chemin de vie, elle l'avait découpée, gardée dans une grande enveloppe, avec les lettres de sa mère, celles de Fortuné timbrées aux armées et ses rares photos de soldat au repos, la relisait de temps en temps avec ses reliques, sans regrets, pour se souvenir de ce qu'avait été son printemps de femme et ses intentions de jeune facteur d'orgues, l'avait relue la veille au soir, le temps que sèchent ses cheveux après le retour de *La Rose effeuillée* et avant ses trois pages de *Salammbô* :

Étude de Me Caniaux et Me Houillon
notaires à Mirecourt

Vente sur licitation d'un Atelier de facteur d'orgues
Sis à Mirecourt, au 5 faubourg Saint-Vincent
Dépendant des communautés et succession Noël

Mise à prix pour la maison : 8 500 francs
Et pour l'atelier : 3 500 francs

12 000 francs ! À ce moment-là, elle avait bien envisagé de quitter les établissements Jaquot pour se lancer elle-même dans la grande aventure de l'entreprise et voler de ses propres ailes. Mais l'état de délabrement physique et mental de son mari et son manque de moyens financiers l'en avaient

dissuadée, et malgré sa passion, son courage et son attention à toutes les phases de l'apprentissage qui en quelques années avaient fait d'elle une véritable experte, elle s'était ravisée. Construire des orgues était un métier, une passion, une vocation même, qui l'habitaient tout entière ! Mais diriger une affaire dans les dédales commerciaux et bancaires de l'après-guerre était un tout autre métier ! Tailler, sculpter des bois, former des tuyaux d'étain, ajuster une mécanique, harmoniser un instrument, vêtir de lumière ses sculptures à l'or et lui donner le souffle qui révélera sa voix… elle savait faire ! Mais négocier des contrats avec les clients, justifier son activité auprès d'une administration pinailleuse et gérer du personnel… elle n'en avait aucune expérience ! Au reste, elle avait ressenti une réelle aversion pour ces tâches qu'elle jugeait parasites. Si encore elle avait pu s'appuyer sur un mari solide ! Mais la guerre le lui avait rendu massacré corps et âme. Et puis, au final, quitter les Jaquot aurait été au-dessus de ses forces ; un tel comportement aurait pu être perçu par eux davantage que comme un abandon, une trahison ! Ne lui avaient-ils pas confié tous les tours de main du métier, révélé tous les mystères de la transmutation du vent en musique, transmis leur vision du passage des matériaux ordinaires et profanes à l'expression du sacré ? Trahison ! Même si eux ne l'avaient pas perçu ainsi, elle, en son for intérieur, l'aurait vécu comme tel. Sur la recommandation, et avec le soutien des Gerboncourt, ses patrons lui avaient tellement fait confiance ! Déterminée à être plutôt bonne et fidèle ouvrière que mauvaise patronne, elle avait décidé de rester à sa place, celle que lui avait indiquée le chant de chêne, d'épicéa et d'étain par les harmonies de Jean-Sébastien Bach, sous les doigts du petit homme mal fagoté apparu dans la nef lumineuse de Saint-Georges de Boscherville.

Alors que le ciel d'orient virait déjà au mauve derrière les cinq clochers de l'église Sainte-Libaire, elle rentra chez elle en chantonnant l'air braillé par un poste de TSF du Grand Bazar, entendu deux ou trois jours plus tôt : « Elle s'était fait couper les ch'veux, comme une petite fille gentille… »

La journée à l'atelier avait été longue, mais… légère !

Nancy,
jeudi 17 mai, jour de l'Ascension

Chère Ange,

L'État-major vient de m'affecter à l'hôpital militaire Sédillot de Nancy. Me voilà donc revenu à mes racines qui comptent tellement pour moi, vous le savez. J'y ai pris mes fonctions de médecin-chef de service en février dernier avec le grade de commandant. Mission importante et passionnante dans un établissement de près de six cents lits répartis dans une quinzaine de pavillons sur six hectares, très bien conçu et si vaste qu'il faut y circuler à cheval ou à bicyclette !

Si je ne vous ai pas donné de nouvelles depuis longtemps, c'est parce que je craignais de vous importuner par mon insistance à maintenir une relation entre nous ; c'est aussi parce que je ne voulais pas ajouter à vos peines un tourment supplémentaire !
La santé de mes parents s'est dégradée au point qu'ils ont dû renoncer à vivre à Nancy, dans notre maison que vous connaissez bien. La vie trépidante de la ville, et les nombreux escaliers que compte cette maison ont eu raison de leurs forces et articulations. Ils ont choisi de se retirer dans notre campagne, une petite propriété familiale oubliée jusque-là, située au pied de la colline de Sion, à Chaouilley, à un petit kilomètre du château de Thorey, où réside le maréchal Lyautey qu'ils visitent de temps en temps. Une femme de ce village les assiste au quotidien, dont le mari entretient le jardin. Je réside donc maintenant seul place d'Alliance. Pas tout à fait seul car notre chère Jeanne est restée avec moi. Malgré son attachement à mes parents, elle n'a pas pu se résoudre à quitter Nancy, où demeurent quelques-uns de ses neveux et nièces.
Serais-je inconvenant en vous disant que je sais tout de vous, de votre talent, de votre engagement professionnel, des douleurs qui vous ont été infligées par le temps et l'histoire ? Sans trahir de secrets ni violer votre intimité, mes amis Jaquot me donnent parfois des nouvelles vous concernant.
Si je vous écris cette longue lettre – trop longue peut-être à votre goût – c'est pour vous faire part de mon souhait de vous rencontrer bientôt. J'ai besoin de revoir l'amie dont le souvenir occupe toujours mes pensées, et de rencontrer la facteur d'orgues seule capable de réaliser l'un de mes rêves d'héritier privilégié.

Vous vous souvenez de notre salon, de son espace...
Que diriez-vous de concevoir un instrument adapté à ses volume et acoustique, de l'y construire puis, le moment venu, d'y partager avec moi et de fidèles amis le plaisir d'y recevoir de bons interprètes et compositeurs de notre pays ?
Mon idée vous paraîtra peut-être un peu folle mais, après avoir vécu les pires tragédies du front et tenté d'apaiser les plus insupportables souffrances de nos poilus, je sais désormais que c'est la folie qui donne tout son sens à la vie !
Qu'en dites-vous, chère Ange ?
Comme le naufragé sur son île, je lance cette bouteille à la mer avec l'espoir qu'elle trouvera sa farouche destinataire.
Vous dire que j'attends votre réponse avec impatience est un euphémisme, car lire votre accord sera pour moi l'un de mes plus intenses moments de bonheur.
Je vous souhaite le meilleur du meilleur, avec ou sans moi, aujourd'hui, demain, toujours !
Soyez heureuse.

Nicolas

Ange avait lu la lettre d'une traite, sans respirer.

Assise sur un coin de son lit, face à la cheminée, outils du père et tambour de la mère, elle ferma les yeux. « C'est la folie qui donne tout son sens à la vie... lire votre accord sera pour moi l'un de mes plus intenses moments de bonheur... partager le plaisir d'y recevoir... avec ou sans moi... »

Que penser de cette lettre ?

Les images, espoirs, craintes les plus contradictoires se bousculaient dans son crâne. Son cœur battait à se rompre. Elle observa son image reflétée par la bonnetière à glace achetée récemment dans une vente à l'encan, se trouva belle encore en uniforme bleu de travailleuse et de femme libre de ses choix, de ses pensées et de ses actes. Illusion ou réalité ? Coup d'œil vers la cheminée, au tambour de sa mère et à son bouquet inachevé, qu'elle vit comme un objet de musée, étranger à tout ce qui avait fait d'elle ce qu'elle était devenue ! Que de chemin parcouru depuis ce temps de la broderie à la fenêtre de la belle pièce, aiguille guidée par la lumière de la loupe d'eau, face à la mère muette, concentrée sur sa tâche, incapable de projets autres que la prochaine commande à réaliser au point de croix dans un voile de soie, et la teurgoule du dimanche à goût de cannelle !

Elle se dressa, ouvrit sa vareuse tachée de graisse de machine, raidie de vernis et de colle, observa sa silhouette offerte par le miroir, se tourna, présenta son profil, se sourit. Malgré l'épaisseur de la chemise à carreaux et l'ampleur de son pantalon taillé à la charpentier, elle se découvrit jeune femme encore malgré sa quarantaine, et… désirable ; comprit tout à coup le sens des regards posés sur elle par les hommes, dans les ateliers de la manufacture et dans la rue, ou sur le chemin de Métendal aux beaux jours ; celui des autres femmes aussi, même de Toinette Dejean, alourdie par l'âge et l'habitude, femme confinée à la maison, soudée à sa table de lunévilleuse à broder de perles, pour la maison Vuillaume de Diarville, les sacs du soir des princesses et cocottes internationales.

Cœur battant, elle décida de répondre sur-le-champ à la lettre de Nicolas de Gerboncourt.

Pour le bonheur de créer un orgue de salon à lui destiné… ou pour celui de le revoir ?

Pour répondre à son désir de retrouvailles… ou satisfaire le sien, de femme… libre ?

L'avenir le dirait.

Ce vendredi 15 juin, par un froid de canard, un cabriolet Renault blanc ivoire à filets d'ébène franchissait le pont des tanneries sur la Mortagne. À son bord, un conducteur casqué, lunetté, vêtu et ganté de cuir, et sa passagère emmitouflée dans un grand manteau de laine prune à large col relevé, couverte sur cheveux coupés à la garçonne d'un chapeau cloche de feutre prune lui aussi, orné d'une rose gris souris sur l'oreille droite et tenu par un foulard noué sous le menton, gantée de basane prune.

Soulevant des nuages de poussière en rase campagne et des volées de poules dans les villages, le bolide parcourut en moins d'un tour de cadran la quinzaine de lieues qui séparaient la rue du Cheval-Blanc et la place d'Alliance.

Du premier étage de l'hôtel Gerboncourt, la bonne Jeanne avait entendu le bruit du moteur. Elle accueillit le couple dans le vestibule, Ange de son bon sourire, comme si elle l'avait quittée la veille. Puis elle l'aida à déposer ses accessoires de voyage, son manteau, la précéda vers le salon.

Fauteuils à haut dossier de clématites, consoles à décor de fougère, table à jeux à damier marqueté dans un rinceau de trèfles et motifs floraux, portraits d'ancêtres entre les baies tendues de leurs stores encadrés de damas de soie groseille… tout était à sa place dans cette pièce, jusqu'au parfum de la baronne exhalé par les tapisseries et mêlé aux miel de la cire et arabesques des tabacs de Havane.

— C'est là, voyez-vous, que j'envisage l'installation de l'orgue dont je vous ai écrit quelques mots dans ma lettre.

Nicolas désignait l'espace meublé pour l'heure d'une grande vitrine de noyer aux étagères garnies de vases taillés et millefiori de Baccarat, ces boules de cristal capables de contenir un univers infini de merveilles colorées.

— Ce meuble pourra être déplacé à cet endroit… entre les deux fenêtres côté rue. J'ai mesuré… parfait !

Elle l'écoutait, l'observait, avait remarqué qu'il lui parlait sans regarder les objets ou endroits désignés, qu'il ne voyait qu'elle, elle seule, rien qu'elle ! Flattée et gênée ! Première fois qu'elle vivait cette émotion née d'un retour dans un passé proche en même temps que lointain, et d'un regard d'homme sur son corps, son visage, son esprit de femme.

— Qu'en dites-vous… possible ?

— Possible !

Elle avait répondu en pensant à l'orgue, bien sûr, mais aussi à…

— Je vous laisse vous installer dans votre chambre, puis je vous emmène au restaurant. Vous permettez ?

— Je permets !

Quand, à son côté, elle s'engagea sur la place Stanislas, elle comprit où il l'emmenait.

Quand, sous l'index du duc tendu vers la Pologne, il lui prit la main, elle sut ce qu'il ressentait.

Quand elle traversa la terrasse encombrée de la Maison Walter, où elle n'avait pas remis les pieds depuis le fameux dimanche de Toussaint, elle se demanda s'il savait combien elle y avait souffert, dix ans plus tôt.

Quand, d'une caresse de paume à l'épaule, il l'engagea dans le tambour du restaurant, l'y accompagnant d'un regard fondant, elle sut qu'il ne savait pas !

Il choisit pour elle un *Suprême de Sole à la Stanislas*, des *Asperges de Lauris sauce Mousseline* et, « pour marier dans l'assiette et le cœur Normandie et Lorraine ! », murmura-t-il en lui effleurant le dos de la main, un *Caneton rouennais à la Téméraire.* Pour lui, « même chose ! » appuya-t-il d'un coup de menton au maître d'hôtel. Elle eut beau protester que jamais elle ne viendrait à bout d'un tel programme gastronomique, il confirma la commande, lui donnant le choix pour dessert entre la *Glace Amphitrite*, « du nom de la fontaine voisine », et la *Macédoine de Fruits refroidis au Grand-Marnier*. Quant au vin, il en souffla le nom au sommelier, concluant d'un « Champagne Louis Roederer ! ».

Du salon Héré s'évadaient, assourdis, des airs américains débarqués en France avec les combattants de 1917, accents de saxophone et crépitements de caisse claire... on dansait, à côté.

— Black Cat Jazz ! précisa Nicolas à son invitée.

Décelant une pointe d'inquiétude dans son regard, il s'empressa d'ajouter :

— Rassurez-vous, je ne vous entraînerai pas de ce côté, car j'ai la danse en horreur... surtout celle-là ! Sauf si...

— Merci, Nicolas.

La lumière électrique soulignait l'architecture royale de la place et multipliait en branches d'étoile l'ombre de Stanislas sur les pavés quand ils regagnèrent la demeure Gerboncourt. Elle à son bras, en agréable apesanteur. Lui en chevalier servant, protecteur et empressé.

La bonne Jeanne était allée se reposer.

C'est lui qui aida Ange à ôter son manteau.

Puis il lui ouvrit les bras.

Elle s'y abandonna.

Il l'étreignit longuement, si fort qu'elle gémit de bonheur, effleura ses lèvres d'un délicat baiser, la guida vers sa chambre, referma la porte sur leur mystère.

Quelque part en vieille ville ou ville neuve, un clocher – basilique Saint-Epvre ou église Saint-Léon – épelait onze heures, tandis que, échappés des salons Walter, les échos de saxos et trompettes du Black Cat Jazz bondissaient sur les bassins rocaille de la fontaine Neptune.

21
Mai 1932

— C'est notre visite de l'Exposition coloniale, l'an dernier, à Paris qui vous a mis cette idée en tête ?

Dans le salon, Ange venait de finir l'installation de l'orgue à la place occupée autrefois par la grande vitrine de noyer, ses vases de cristal taillé et gravé, ses millefiori de Baccarat. Elle en lustrait au chiffon de laine fine le buffet de châtaignier, ses ornements dorés à la feuille, ses pupitre et banc de chêne teinté au brou de noix.

L'annonce du commandant de Gerboncourt de sa décision d'aller servir le pays dans l'une ou l'autre de ses colonies avait suspendu son geste. Frappée !

Elle s'était tournée vers lui, qui rentrait de l'hôpital Sédillot, où il avait passé la journée en gestion de dossiers administratifs plutôt que visites de malades, comme d'habitude.

— « Qui *vous* a mis cette idée… » la reprit-il sur un ton d'affectueux reproche. Si nous quittions ce

« vous » ? Il impose entre nous une distance que j'ai du mal à supporter !

Ange soupira. Agacée, triste ou inquiète ? Impossible à son compagnon en uniforme à revers de velours incarnat d'interpréter sa réaction.

— Ne changez pas de sujet, s'il vous plaît ! Le moment n'est pas au badinage. Avec ce que je viens d'entendre…

Elle jeta son chiffon sur le clavier, s'assit sur le banc, planta son regard dans celui noisette de l'officier.

— Êtes-vous sérieux quand vous me dites vouloir vous faire envoyer au bout du monde, ou bien me baladez-vous pour tester mes sentiments à votre égard ?

— Je n'ai jamais été aussi sérieux qu'en ce moment !

Ange encaissa. Une gifle, même simulée, ne lui aurait pas fait plus mal. Elle serra les dents.

— N'y a-t-il pas d'autres médecins militaires disponibles, plus aventuriers et…

— … plus jeunes ?

— Je ne pensais pas à ça. L'âge n'altère pas la passion. Il la nourrit !

Elle laissa passer une respiration.

Puisqu'il semblait disposé à jouer au chat et à la souris, elle tenta la provocation :

— Mais, puisque c'est vous qui avez mis le doigt sur ce… détail… si vous voulez… plus jeunes ! Je pensais plutôt à…

Elle fit mine de réfléchir, se souvenant d'une conversation avec la baronne, de son inquiétude quant à l'avenir : « Nicolas est le dernier Gerboncourt. Après lui, le nom s'éteint, et le titre disparaît. Sauf si… » La maîtresse de maison avait balayé des yeux les portraits armoriés des ancêtres, laissé ses pensées en suspens.

— … à la pérennité de votre nom, et à votre devoir envers l'histoire familiale.

Il éclata d'un rire sonore.

— Vous voudriez que je fasse des enfants, maintenant ! Avec qui, grands dieux ? Avec v…

Il trébucha sur ce « vous » butor qui refusa de franchir la barrière de ses lèvres. Murmura :

— Trop tard !

Il choisit un cigare dans le coffret d'acajou, le coupa rituellement, le chauffa à la flamme d'une allumette, prit le temps d'en déguster une première bouffée, puis une autre.

— J'ai quarante-six ans, ma chère amie ! C'est maintenant ou jamais ! Ce projet n'est pas pour un vieillard cacochyme mais pour un officier encore en pleine possession de ses moyens physiques et intellectuels !

Ce disant, il s'était redressé, avait joué de l'air taquin qui lui allait si bien, mis en évidence épaulettes et galons à la manière d'un animal de foire.

Nouvelle bouffée de son cigare.

Son œil redevint sérieux, son geste sobre.

— J'en ai assez de jouer les secrétaires galonnés

pour un ministre comptable qui voit dans ses dossiers des colonnes de chiffres plutôt que des souffrances de malades ou de blessés. C'est dans les ruines humaines de catastrophes comme celles du tremblement de terre de Lambesc, ou les épouvantables tranchées du Chemin des Dames, que ma vie a pris son sens ; c'est dans la lutte contre les maladies tropicales qu'elle le confirmera… pas dans un bureau !

Le bon parfum de havane se diffusait dans le salon.

Elle appréciait.

Il le savait.

— Mon métier, mon engagement de santard, devrais-je plutôt dire, c'est de soigner, parfois dans des conditions extrêmes, parfois en prenant des risques, pas de jouer les gratte-papier pour une administration désincarnée.

Il tira une nouvelle bouffée de son cigare, prit le temps de la rouler en bouche comme un bon vin.

— Je ne veux pas me comparer, encore moins me mesurer au docteur Schweitzer. J'admire trop son courage de serviteur de l'humanité au fin fond de la jungle gabonaise et ses idées d'hôpital familial qui soigne autant par l'affection des proches présents autour du malade que par la chimie ou le scalpel, davantage même… pour vouloir l'imiter !

L'évocation du médecin alsacien qu'elle connaissait pour son talent d'organiste spécialiste de Jean-Sébastien Bach plutôt que pour ses prouesses médicales avait semé des pépites d'or dans les yeux d'Ange. Bach ! Saint-Martin et Saint-Georges de Boscherville…

Elle se ressaisit. Connaissant bien désormais son officier de santé militaire, elle savait qu'il lui serait impossible de le faire revenir sur sa décision, tenta tout de même :

— Je veux bien que nous passions au « tu », mais à une condition : que vous renonciez à cette lubie d'expédition au bout du monde !

— As-tu renoncé, toi, à ta « lubie » d'offrir ta vie à la passion de facture d'orgues ? Dis-moi : as-tu cédé à qui que ce soit, pour quelque raison que ce soit ? Tu as tenu bon, malgré l'obligation de quitter ton pays et la détresse que ton départ a provoquée chez tes parents ! Souviens-toi, tu me l'as confié quand tu es arrivée dans ma famille…

Elle pivota sur le banc, lui tourna le dos, reprit son chiffon, en caressa l'ivoire des touches. La détresse de ses parents… Surgit dans sa mémoire le dernier échange avec sa mère, angoisse et reproche : « Tout dépend de toi seule ! — Quoi… tout ? L'état de santé de papa, ta lassitude… ? »

Il avait confié son cigare au cendrier, s'était levé, posa une main sur l'épaule d'une Ange immobile à présent, comme hypnotisée par les jeux de lumière sur l'ivoire des touches.

— Pardon, mon Ange ! Je ne voulais pas te rendre malheureuse. Mais…

Tout à coup, elle lui fit face, très pâle, le provoqua du regard.

— « Vous » ou « tu » ?

Il s'assit à son côté sur le banc, actionna l'interrupteur, effleura le clavier de l'index.

Alors dans ce salon des Gerboncourt s'éleva pour elle la voix de l'instrument qu'elle avait créé... pour lui.

— Que diriez-vous d'aller demain saluer mes parents à Chaouilley ? Je suis certain qu'ils seraient heureux de vous revoir, peut-être même de vous embrasser !

Fenêtres du salon ouvertes sur les chants d'oiseaux du jardin.

Une brise tiède à parfum de lilas caressait les houppiers argentés des tilleuls, s'infiltrait dans la maison, accompagnait le soleil venu flatter l'orgue, révéler le pain d'épices ambré de son buffet de châtaignier.

Bien calé dans le fauteuil du père devenu le sien, Nicolas s'était plongé dans les nouvelles du jour. *Figaro* sur la table, *L'Est républicain* sur les genoux, il s'inquiétait des convulsions engendrées par l'assassinat du président de la République Paul Doumer huit jours plus tôt. Incarcéré à la prison de la Santé, le meurtrier, Pavel Timofeïevitch Gorgulov, Russe blanc de bonne famille fidèle à la « Sainte Russie » qui reprochait à la France ses sympathies pour les bolcheviks, attendait son jugement et sa conclusion logique, la guillotine. Attisées par les factions monarchistes et les courants issus d'Allemagne et d'Italie, les pires rancœurs travaillaient le pays.

— Ce n'est pas l'élection d'Albert Lebrun et son courage de Lorrain qui suffiront à apaiser les tensions chez nous, en France, tant s'en faut ! Nous allons connaître des lendemains difficiles, chère Ange, très difficiles, je le crains ! Alors profitons du temps présent… *Carpe diem !*

Il avait soupiré, replia le journal.

— Que dites-vous de ma proposition ?

— Je serai heureuse, moi aussi, de les revoir ! Ils comptent tellement pour moi !

Elle prit son air malicieux.

— Et que diriez-vous de m'emmener un jour prochain en Normandie ? J'aimerais voir comment revit notre abbaye de Saint-Wandrille. Parce que… le savez-vous ? Ses religieux sont rentrés l'an dernier de leur exil belge. Sans Dom Pothier, mort là-bas voilà dix ans déjà !

Pour toute réponse, il récupéra son cigare encore vif.

— Mmmm… pourquoi pas ?

Malgré les protestations de Nicolas, Ange avait passé la nuit dans sa chambre des combles, comme autrefois. À la grande déception de la bonne Jeanne, qui avait avoué les trouver « si bien ensemble ». Elle y avait cherché un sommeil rebelle, compté les heures à tous les clochers de la ville, revécu âge par âge sa jeunesse normande, les bonnes heures partagées avec ses parents à La Maizerie, la table familiale, revu le parc du château, ses allées tirées au cordeau par les équipes de son Garin de père, ses massifs de buis… chassé la brûlure du Schnitzel entre les cuisses, aperçu derrière ses paupières closes les frondaisons du bois du Colombier… repris la route de Saint-Wandrille au cul du cheval dans la calèche du comte Alibert, dont la voix chaude lui était revenue : « *Dum volumus possumus !* » Elle s'était levée, aspergé d'eau le visage, avait pris une grande bolée d'air frais à sa fenêtre, lancé à la nuit par-dessus les toits de Nancy : « Qui veut peut ! »

Apaisée, elle s'était recouchée, assoupie sur le matin, aux premières lueurs de l'aube.

— Alors nous irons demain à Chaouilley. La station météo de la Pépinière nous prédit plusieurs journées de beau temps. Profitons-en ! Je vais les prévenir par téléphone.

— Alors, commandant, si la météo est favorable, pourrons-nous faire un autre voyage avant votre exil sous les tropiques ?

Surpris, Nicolas eut un haut-le-corps. « Commandant… exil… » ! Où voulait-elle en venir ?

— Je souhaiterais aller dans un village des Vosges qui compte pour moi, bien que je ne l'aie jamais visité.

Elle s'approcha de l'orgue, actionna l'interrupteur,

toucha l'ivoire du clavier, libéra quelques notes du buffet de châtaignier.

— Si vous ne m'emmenez pas en Normandie, je voudrais que vous me conduisiez à Bouzemont, près de la petite ville de Dompaire. C'est là qu'est né Joseph Pothier, devenu par la volonté du pape Léon XIII Dom Joseph Pothier. Cet homme a rénové le chant grégorien, rendu à la musique – donc à l'orgue – toute sa place dans la liturgie catholique ; c'est lui qui a fait renaître l'abbaye de Saint-Wandrille dans le pays cauchois de mes parents. Souvenez-vous, je vous en ai déjà parlé ! C'est par lui que tout est arrivé pour moi, que je suis ici aujourd'hui, avec vous, que cet instrument existe...

Nouvelles notes, épousées par les chants d'oiseaux en noces quelque part dans les lilas du jardin.

— Si mon père n'avait pas tenu à aller rencontrer Dom Pothier et constater par lui-même la renaissance de cette abbaye, je serais peut-être maîtresse d'école à Neuville, ou secrétaire de mairie quelque part en Normandie ou ailleurs, ou les deux à la fois ! Je ne serais pas malheureuse, car j'aurais tout ignoré, de la voix de l'orgue et de...

Sa gorge se noua.

— ... de vous-même !

Elle inspira profondément.

— On ne peut pas manquer de ce dont on ne soupçonne même pas l'existence... n'est-ce pas ?

Elle avait actionné le jeu Bourdon.

Un souffle profond et velouté portait ses mots.

— Mais, maintenant que votre existence m'a été révélée par Dom Pothier, je peux connaître ce manque… je le connaîtrai !

Elle activa la Voix humaine de l'instrument et Tremblant. Un timbre doux et corsé accentua son émotion à fleur de peau.

— Sauf si vous renoncez à votre projet !

Elle fit taire l'orgue. Planta son regard dans celui de Nicolas.

— Mais je n'ai pas le droit de vous influencer davantage. Vous avez raison de me rappeler ma décision d'autrefois.

Elle lui offrit un sourire douloureux, qui le transperça.

— Pensons à l'avenir immédiat ! Demain, visite à vos parents !

Il acquiesça d'un imperceptible coup de menton.

— Et après-demain à Bouzemont ?

— Après-demain… Bouzemont !

Nicolas se leva, marcha vers la fenêtre, encadra sa silhouette dans le rectangle de lumière.

— Et aujourd'hui, je te propose d'aller en promenade pour déguster des gaufres au chocolat à la Pépinière, puis de passer à Saint-Léon entendre un jeune organiste qui vient d'y arriver, un jeune Vosgien au talent immense à ce que l'on dit. Il est aveugle, un certain Gaston Litaize…

Elle se leva à son tour, bondit vers son médecin militaire, lui prit la main.

— J'adore les gaufres et le chocolat !

Prévenus par téléphone, les parents Gerboncourt attendaient leurs visiteurs, certes. Mais la rencontre fut de courte durée.

Le baron paraissait si fatigué que son épouse lui interdit de quitter le fauteuil où elle l'avait calé de coussins et oreillers.

Nicolas voulut examiner son père, qui refusa avec son élégance coutumière mais fermeté.

— Sache, mon fils, qu'un médecin soigne toujours très mal sa propre famille ! Nous sommes trop proches pour que mes affections puissent t'apparaître en toute clarté. Il faut du recul, n'est-ce pas, pour bien percevoir et relier tous les éléments d'une situation ! Regarde de très près une toile de Georges Seurat, tu ne vois que des points ; élargis ton champ de vision, tu découvres *Le Cirque* et son numéro d'écuyère acrobatique sur la croupe d'un cheval fou…

Il fit son œil taquin et goguenard qui lui allait si bien.

— Entends-moi bien : je parle des affections capables de ruiner la santé, pas de l'affection que tu me portes. Celle-là, au contraire, la proximité l'entretient ! C'est pour cela que je vous remercie d'être venus jusqu'à nous.

Il s'abandonna à un sourire radieux qui laissa la baronne de marbre. Maigre, traits émaciés, dos voûté, la femme autrefois si chaleureuse, si vive de corps et d'esprit, paraissait éteinte, d'une froideur inquiétante.

— Et puis, je ne suis pas malade ! Juste un peu las d'une vie qui n'en finit pas de finir après avoir été d'une richesse exceptionnelle !

Il joignit les mains.

— Je parle de la richesse de l'âme, même si l'autre, celle habituellement convoitée, ne m'a pas manqué ! Je fais partie des privilégiés…

Il se recueillit un long moment, corrigea :

— … nous faisons partie des privilégiés, de ceux qui n'ont jamais eu à penser à leur survie matérielle… n'est-ce pas ? Des héritiers, des nantis, de ceux qui sont nés…

Il chercha ses mots.

— … une cuillère d'argent dans la bouche, selon l'expression consacrée. Merci à qui ? Aux ancêtres, aux circonstances, à la Providence ? Bien malin qui pourrait répondre ! Mais quand je vois l'agitation du monde autour de nous, je me dis que, de quelque four qu'il ait été tiré, le pain blanc est mangé, que les beaux jours sont derrière nous, et qu'il va falloir bien du courage pour affronter l'avenir. Tant pour nous que pour les moins favorisés. Pour eux, surtout ! Et là, voyez-vous, je ne suis pas certain d'être encore à la hauteur de la situation !

Il considéra Ange, puis Nicolas… Ange, de nouveau.

— Vous le serez, vous, parce que vous êtes courageux ! Vous l'êtes déjà !

Il s'accrocha aux accotoirs du fauteuil.

— À chacun son tour !

Souffle court et superficiel, il ferma les yeux, comme s'il s'abîmait dans une intense méditation. Murmura :

— Je vous souhaite le meilleur du meilleur, mes enfants. Vous le méritez.

Ils dînèrent d'un pâté lorrain, d'un fromage blanc aux herbes…

— Notre chique ! précisa le baron, transporté à table dans son fauteuil.

… d'une tarte aux fraises nouvelles qui leur flatta les papilles.

Repas sans grande conversation, pas même à propos de la situation politique pourtant évoquée dès leur arrivée. Sauf quand Yacinthe – « Merci de m'appeler par mon prénom ! avait-il demandé en passant en salle à manger, surtout à l'adresse d'Ange. Je me sentirai ainsi davantage avec vous, pas encore dans… l'autre monde ! » – raconta la visite au maréchal Lyautey. Très attaché à la terre, à l'histoire et aux traditions de sa Lorraine natale, l'ancien résident général de France au Maroc leur avait fait adresser une invitation qu'ils avaient honorée avec empressement. C'était cette même année, en janvier. Froid, ciel d'acier sur des lignes infinies de mirabelliers immobiles poudrés de givre… spectacle inoubliable ! Visite en voisins. Leur dernière sortie. Ils avaient été émerveillés par la pièce marocaine du « château de Thorey-Lyautey », véritable musée oriental tout entier consacré à la culture de ce pays porte de l'Afrique, transportés par les anecdotes exotiques du maréchal et son regard d'humaniste sur les populations du monde, lui, l'opposant farouche à toute colonisation de peuplement.

— Quel souvenir ! N'est-ce pas, ma bonne amie ?

La baronne confirma d'un sourire douloureux, comme contrainte de nourrir sa vie désormais du seul passé.

Ils reprirent la route après le café, sans les cigares traditionnels, sans un mot. Ces quelques heures partagées dans la demeure de Chaouilley avec des parents réduits à la maigre présence de leur ombre les avaient bouleversés.

Le lendemain, comme il l'avait promis, Nicolas fit préparer la voiture.

Ils roulèrent vers le soleil, traversèrent Tantonville, déjà très active autour de ses brasseries fréquentées jadis par le grand Pasteur pour ses travaux sur la fermentation des bières produites par les frères Prosper et Jules Tourtel, prirent le temps de s'attarder à Mirecourt, ville du fameux luthier Jean-Baptiste Vuillaume, semée de dizaines d'ateliers où naissaient les plus beaux violons du monde… et quelques orgues ! Firent étape restauration sur la grand-place de Dompaire, à la table réputée du Commerce, avant de découvrir dans l'église Saint-Nicolas le curieux instrument construit par un autre

Jean-Baptiste, Jeanpierre celui-là, facteur honorable du dix-neuvième siècle. Ange en examina tous les détails du buffet au style très classique, la mécanique historique du tirage des jeux, réussit à lui faire donner de la voix... Elle s'y serait volontiers attardée, mais il lui pressait de prendre la route de Bouzemont, le village natal de Dom Joseph Pothier.

Malgré ses quinze chevaux développés, le cabriolet Renault blanc ivoire à filets d'ébène toussa, sua, se cabra dans la côte du village perché pour atteindre les premières maisons construites en balcon sur la plaine.

— J'ai l'impression d'être en Provence, avec cet habitat de promontoire découvert juste après le tremblement de terre de Lambesc. Étonnant !

La force et la beauté du panorama offert à leurs regards leur avaient coupé le souffle.

Il rangea la voiture contre le mur du cimetière ruisselant de linaire violine et de lamier mauve.

— Fou ce que ce village me renvoie à des souvenirs d'Ansouis, Mirabeau, Rognes, La Roque-d'Anthéron... toutes proportions gardées, bien sûr ! La Provence en Lorraine !

Ils firent le tour de l'église, lentement, s'intéressant aux épitaphes, lui pour d'éventuelles références à l'histoire, elle en recherche du nom Pothier... Pothier... Pothier...

Puis ils poussèrent le vantail du sanctuaire.

Leur apparurent alors la nef sur croisée d'ogives,

élégante, ses vitraux aériens, et le bas-côté voûté de plein cintre, comme destiné à révéler par sa sombre clarté le mariage presque parfait des architectures millénaires.

Ange s'assit au premier rang des vieux bancs, ferma les yeux, s'abandonna au silence assourdissant de ce lieu si important pour elle. C'était donc là qu'avait été porté sur les fonts baptismaux le restaurateur de Saint-Wandrille !

Une heure plus tard, alors que le cabriolet allait s'engager dans la descente, Nicolas dut freiner sur un signe de sa passagère, s'arrêter.

— Regarde ces maisons, si simples, ouvertes au plein soleil sur la plaine… la paix ! Tu vois… c'est là que j'aimerais me retirer, le moment venu.

Il la regarda, très ému, prit sa main, y déposa un baiser de libellule.

Elle venait de lui dire… « tu » !

22

1938

Ange se souviendrait longtemps de ces derniers moments de bonheur partagés avec son bel officier de santé : visite aux parents Gerboncourt, à Chaouilley, découverte de Bouzemont, village natal de Dom Joseph Pothier, et de son église si remarquable. Puis, le lendemain, en la neuve église Saint-Léon voulue par l'évêque Menjaud pour fixer dans la pierre sacrée la mémoire du saint évêque de Toul au onzième siècle devenu pape sous le nom de Léon IX, rencontre avec le jeune organiste vosgien Gaston Litaize. « Un artiste prometteur qui s'est imposé au concours avec *Prélude et fugue en mi majeur*, pièce difficile de Marcel Dupré ! lui avait soufflé Nicolas alors qu'ils marchaient vers lui dans l'allée centrale... interprète très doué, improvisateur et compositeur exceptionnel... c'est dire ! »

Elle n'oublierait pas l'allure très vieille France de ce musicien élégant dans son costume croisé noir à fines rayures, son visage souriant de garçon prêt à sortir la blague du jour, sa chevelure de corbeau tirée en arrière de part et d'autre d'une raie médiane tracée à la sauvage, et ses petites lunettes rondes à verres noirs plaquées sur d'inaccessibles yeux morts. Aveugle, mais rayonnant d'enthousiasme et de joie de vivre !

Comme elle n'oublierait jamais la voix de l'orgue de Cavaillé-Coll née du partage d'un *Magnificat* par l'artiste. Bouleversée, d'une émotion qui l'avait renvoyée à celle vécue à Saint-Georges de Boscherville trente ans plus tôt.

Ce matin, par *L'Est républicain*, entre la création d'un Parti socialiste ouvrier et paysan, le refus des États réunis en la Conférence d'Évian d'accueillir les réfugiés juifs d'Allemagne et les conséquences de la terrible tempête de juin qui avait ravagé sa Normandie, elle venait d'apprendre que cet organiste aveugle avait décroché le Grand Prix de Rome, récompense suprême pour son œuvre *L'Anneau du roi*, une cantate pour soli, chœurs et orchestre composée en concours au château de Fontainebleau, prix qui lui donnait accès à la mythique Villa Médicis, à Rome, pour un séjour de plusieurs mois ! S'en réjouit autant que si elle avait reçu elle-même cette distinction !

Depuis le départ de Nicolas, elle s'était abîmée dans le travail. Son demi-siècle de vie porté comme une seconde adolescence, elle passait ses journées dans les ateliers de la manufacture qui, sous l'impulsion de René Lavergne, jeune professionnel initié chez le prestigieux facteur parisien Cavaillé-Coll, avait opté pour la traction électrique. Par la souplesse offerte aux instruments, cette technique accordait une plus grande liberté d'expression aux interprètes et, par la suppression des bruits parasites de ses commandes, faisait toute sa place à la musique. Intéressant, certes, mais remise en question de la conception d'instruments, de la philosophie même de la facture d'orgues ! Pas facile à assimiler, comme de travailler avec ce nouveau venu au caractère bien trempé, persuadé d'incarner l'avenir du métier ! Des frottements avec le patron s'étaient produits dès l'embauche tant à propos de la nécessaire évolution technique qu'au commercial. Lavergne n'avait-il pas en tête de « démocratiser » la pratique de la musique en mettant sur le marché des instruments construits en série sous la marque Unit ? Une révolution dans un monde attaché à la tradition, fidèle aux pratiques initiées par les grands artisans du passé.

Hésitations évacuées, éclipsés les frottements patronaux, accepté le nouvel esprit né des élans du Front populaire et entrevu les réelles perspectives d'adaptation à un monde qui souffrait encore de la récente crise économique, Lavergne s'était vu proposer par Ernest-Théodore Jaquot, en mai 1936, de devenir son associé. L'homme avait accepté d'enthousiasme. La chance de l'entreprise, il en était persuadé, et celle de… sa vie !

Un tel bouleversement des pratiques professionnelles, des gestes du métier et de l'esprit d'artiste privilégié jusque-là dans l'entreprise avait entraîné le départ de quelques anciens, réfractaires à l'évolution imposée. Le Fanfi était de ceux-là, qui avait fait valoir des faiblesses physiques pour prendre le large et envisager une dernière étape à vivre de chercheur de champignons dans le bois du Marquis ou de pêcheur à la ligne sur les bords de la Mortagne. Ses articulations le faisaient souffrir, l'empêchaient de se contorsionner dans le ventre des instruments pour accéder à la mécanique ou aux tuyaux d'accès difficile, et ses yeux rendaient hasardeuse la conduite du camion, surtout le soir, avec la fatigue du chantier, entre chien et loup. « Et puis, avait-il ajouté à qui voulait l'entendre, on n'a jamais fait de folies, Toinette et moi ! Alors on a deux ou trois économies pour finir nos jours à l'abri du besoin, et elle gagne encore quelques sous avec ses broderies de perles pour les Vuillaume de Diarville : ça nous suffira ! Faut profiter tant qu'il est encore temps ! » Ernest-Théodore avait compris, admis, accordé une prime de départ à la hauteur de l'estime qu'il vouait à son fidèle salarié.

Ange maîtrisait à la perfection toutes les étapes essentielles de la facture d'instruments. Mais elle voulait aller encore plus loin, en savoir davantage sur tous les aspects mécaniques et réfléchir à un moyen de corriger la sécheresse d'ouverture électromécanique des soupapes dont commençaient à se plaindre nombre de musiciens privés de relation physique directe avec leur instrument. Ceux-là trouvaient leur jeu privé de l'aspect personnel voire intime qui leur était cher. « Sur orgue traditionnel, certes on entend le bruit des commandes, mais un même morceau joué par Durand sera différent s'il est donné par Dupont parce que chacun, aux clavier et pédalier, aura sa manière d'actionner la mécanique. Or cette sensibilité est interdite par la traction électrique ! »

Elle relisait son Dom Bédos, en fouillait tous les détails, s'était procuré le traité d'Aristide Cavaillé-Coll, *De l'orgue et de son architecture*, dont elle méditait souvent l'introduction : *L'orgue, comme l'a dit un savant physicien, est une composition immense, qui n'a souvent d'autres limites que la capacité de l'emplacement qu'on lui destine ou la dépense qu'exige sa construction.* L'orgue… et ses infinis vertigineux ! Elle digérait chaque soir plusieurs pages de ce traité, en sorte qu'elle était devenue l'une des références de la manufacture. Parfois, elle se disait qu'elle aurait pu réussir à la tête de son entreprise si elle avait acheté en son temps l'atelier vendu à Mirecourt dix ans plus tôt, mais sans regret… elle ne regrettait jamais rien !

De La Bresse à Neufchâteau, et de Mattaincourt la canoniale à l'église Saint-Maur de Bouxurulles, où elle venait de procéder à un relevage de l'orgue construit par Jean-Félix Grossir juste avant sa mort des suites d'une morsure de chien enragé, elle connaissait nombre d'instruments du pays, leur histoire, leurs défauts et qualités, les organistes de campagne, curés et maires souvent complices dans la volonté de sauver leur patrimoine après la grande lessive de séparation de l'Église et de l'État engendrée par la loi de décembre 1905.

Mais le village perché de Bouzemont restait entre tous le lieu qui l'avait le plus profondément impressionnée en Lorraine. Sa proximité avec le ciel, sa forme de balcon sur une plaine infinie qui lui rappelait le panorama admiré depuis le promontoire de Sion, son église millénaire et la paix qui en émanait, la lumière révélée par ses vitraux, l'impression de vivre en prise directe avec l'histoire de son illustre enfant Dom Joseph Pothier et dans la permanence de son esprit… tout cela l'avait bouleversée. S'installer là, y fouler le sol foulé autrefois par celui qui relèverait de ses ruines l'abbaye de Saint-Wandrille, y respirer l'air qu'il y respirait gamin, se laisser gagner par l'impression de plénitude qui émanait de ses rues paysannes et de son petit cimetière l'obsédait désormais. Et puis… c'était là que, pour la première fois, elle avait donné du « tu » à Nicolas, quelques jours avant son départ pour les colonies. Car, malgré ce « tu », il était parti !

Dans ce village de Bouzemont, sur la rue principale, elle avait repéré une maison aux volets clos, disponible peut-être, proche de celle des Pothier…

Le souffle d'Ange

En Afrique-Occidentale française,
le 20 septembre 1938

Chère Ange,

Je ne sais si cette lettre te parviendra, ni dans quel état elle pourra t'être remise. Je t'écris depuis la Côte-d'Ivoire, quelque part en pleine savane, au nord d'Abidjan, en pays Baoulé, où le détachement sanitaire que je commande vient d'être envoyé en mission.
Depuis notre débarquement à Abidjan, je n'ai pas eu le temps de respirer. Agir pour notre pays, se tenir à son service en permanence m'est familier, tu le sais, mais le représenter ici n'est pas une sinécure. Le climat, qui à lui seul est capable d'épuiser les plus résistants, les parasites présents dans les airs, les eaux, la terre… qui menacent sans cesse d'infester tout organisme vivant, les ordres et contrordres de la hiérarchie, partagée entre les convulsions nationales et les initiatives locales qui fatiguent au moins autant que l'action elle-même… tout cela rend la mission de notre armée très difficile. Mais la santé des populations indigènes est une exigence telle que, même épuisés, nous trouvons en nous l'énergie nécessaire pour défier tous les dangers et surmonter tous les obstacles. Si je t'écris cela, c'est afin de te prier d'accepter mes excuses pour le retard à te donner des nouvelles de l'officier baroudeur que je suis devenu.
Ma première période de repos est pour toi.
Car… toutes mes pensées libres des obligations de mission et préoccupations sanitaires vont vers toi.
Chaque nuit, sous ma tente, alors que des rires d'hippopotames animent les marigots aux alentours et les rives

du proche lac Kossou, je pense à toi, j'entends la voix de notre orgue dans le salon de la place d'Alliance, je revois ton regard pervenche, ton visage rayonnant dans la lumière de Sion et de Bouzemont. Et je me sens bien. Même à des milliers de kilomètres de toi, je me sens bien parce que je me sais accompagné par tes pensées comme, je l'espère, tu sens combien les miennes t'accompagnent.
Notre travail dans ce pays, comme partout dans les colonies, est délicat, toujours en équilibre instable entre la culture locale de soins portée par les guérisseurs et notre action scientifique. Un succès médical dans le giron d'un chef traditionnel rallie une région entière à notre démarche ; un échec nous met en difficulté, voire en péril. Nous jouons un rôle essentiel dans la lutte contre les maladies tropicales nombreuses et souvent cruelles, comme dans le maintien dans ces pays d'un équilibre social et politique toujours précaire. Je répète souvent à mes médecins et infirmiers cette affirmation de notre regretté ami de famille, le maréchal Lyautey, au gouvernement de son temps : « Donnez-moi quatre médecins, je vous rends quatre compagnies ! »
Nos ennemis permanents ici sont la lèpre, le terrifiant ulcère de Buruli, la maladie du sommeil transmise par la mouche tsé-tsé, l'éléphantiasis provoqué par une piqûre de moustique… Notre combat est permanent et, résultat de nos efforts, la victoire parfois au rendez-vous !
Mais je parle de moi, alors que je voudrais t'entendre me parler de toi ! J'aimerais tellement te lire à défaut de t'entendre. Quant à te revoir… j'en rêve nuit et jour ! Peut-être pourrai-je te donner bientôt une adresse fixe, car nous sommes dirigés vers Bouaké, ville de la vallée du Bandama, dans l'hôpital du camp militaire créé en 1898. Notre tâche sera de soulager les populations locales

de leurs maux et de nous occuper de la santé de plusieurs centaines d'ouvriers de l'usine textile Gonfreville, créée par un Normand (comme c'est curieux !) en 1921, devenue la plus importante d'Afrique. Tâche délicate là comme ailleurs dans ce pays, parce que les Baoulés, impressionnants pour leurs qualités artistiques – il faut voir leurs sculptures et masques ! –, s'ils sont gens pacifiques et bienveillants, sont aussi un peuple turbulent farouchement attaché à son indépendance. Je t'en écrirai davantage dans un prochain courrier, et quand nous nous reverrons, car j'attends avec impatience le bonheur de te retrouver.
Puis-je me permettre de te demander un service ?
Je suis très inquiet de n'avoir aucune nouvelle de mes parents. Pourrais-tu t'en procurer, par quelque moyen que ce soit ? Je n'ose te proposer de leur faire une visite. Mais, si tu pouvais passer par Chaouilley à l'occasion de l'un de tes déplacements professionnels, je serais touché et… rassuré.
Je t'adresserai un nouveau courrier dès que je serai installé à Bouaké, le plus tôt possible, mais pas avant plusieurs semaines. Ne sois pas impatiente.
Prends grand soin de toi et, si tu me permets de te le dire… n'oublie pas que je t'aime.

Nicolas

Ce soir-là, avant de rentrer, malgré la fatigue d'une journée bien chargée, Ange avait fait le détour du cimetière. Elle allait de temps en temps confier à Fortuné ses espoirs, ses angoisses, ses détresses de femme seule, lui parler de son métier comme elle l'aurait fait s'il avait encore été là, bien vivant, à son côté, dans la maison de la rue du Cheval-Blanc. Lui demander conseil aussi. Ce soir, elle lui avait parlé de ce village de Bouzemont, de Dom Joseph Pothier, de son désir de se retirer là-bas le moment venu. Quand ? Elle n'en savait rien encore, mais sentait bien que le temps approchait de la prise de distance avec une entreprise qui lui était chère, dont elle supportait mal l'évolution, que René Lavergne avait rebaptisée « Société vosgienne d'ébénisterie d'art ». La seule suppression dans cette raison sociale de l'honorable mention de « facture d'orgues » l'avait choquée, voire blessée. « Ébénisterie d'art… » Bien sûr qu'on y travaillait le bois, mais pour le faire chanter par le souffle vital ! Oui, choquée, parce que tellement important, ce qui avait été rayé de la raison sociale : « Facture d'orgues » ! Essentiel ! Ernest-Théodore lui-même, ce patron qui lui avait accordé toute sa confiance, à qui elle devait l'épanouissement de sa passion professionnelle, s'écartait de plus en plus de la direction de sa propre affaire, déléguant la plupart des décisions à l'associé. Quant à Pierre, son fils, s'il était toujours présent dans les ateliers, les bureaux et sur les chantiers, il donnait de plus en plus l'impression de jouer l'enthousiasme plutôt que de le vivre. « Cinquante-quatre ans, avait-elle confié à son Fortuné, bientôt cinquante-cinq… c'est peut-être le moment de décrocher… qu'en penses-tu ? Pas pour ne rien faire, mais pour faire la même chose autrement, à ma façon ! J'ai de quoi survivre avec ce que j'ai mis de côté et le peu que m'ont laissé mes parents, alors... pourquoi pas ? » Elle avait attendu en vain sa réponse.

Arrivée à la maison, elle avait trouvé la lettre timbrée de masques d'ébène, postée aux armées, venue tout droit de l'un de ces « pays chauds » qui l'intriguaient tellement à l'école, de ces pays où, l'automne venu, se retiraient les hirondelles : l'Afrique !

Elle l'avait lue en tremblant, une fois, deux fois, trois fois, chaque mot serti comme un diamant dans sa tête, gravé dans son cœur. « Chère Ange... toutes mes pensées vont vers toi... je revois ton regard pervenche... n'oublie pas que je t'aime... » Et puis... Gonfreville... un Normand, sa trace industrielle dans ce pays du bout du monde où servait maintenant Nicolas ! Au-delà de la surprise, elle reçut cette information avec une émotion vécue comme signe de la Providence, permanence de ses liens avec sa terre d'origine, avec la mémoire de sa jeunesse à une portée de voix d'orgue de Saint-Georges de Boscherville, avec son... officier de santé Nicolas de Gerboncourt.

« Si tu pouvais passer par Chaouilley... »

Bien sûr qu'elle irait dans ce village du Saintois, au pied de la colline de Sion où se nichaient pour elle d'autres souvenirs, à la rencontre de ceux qu'elle considérait, davantage que comme ses bienfaiteurs, comme ses parents de substitution.

Pour ses expéditions pêche et champignons, le Fanfi venait de racheter, à un médecin qui avait décidé de la bazarder après l'avoir épuisée sur les routes de campagne, une guimbarde d'occasion de presque vingt ans d'âge, une Quadrilette Peugeot à cul pointu, grinçante et trépidante, capable selon la réclame de parcourir plus de deux cents kilomètres avec cinq litres d'essence. Il l'entretenait lui-même chaque jour, astiquant les chromes de calandre et verres de phares matin, midi et soir, surveillant comme la prunelle de ses yeux le niveau d'huile moteur plus fréquemment que l'état de fatigue de sa femme sur son métier de lunévilleuse.

Il sera très heureux de redevenir mon chauffeur, s'était dit Ange, comme hier au temps de notre complicité professionnelle. Toinette pourra même nous accompagner ; ça la sortira de ses perles, sacs et sacoches pour princesses et cocottes. On pourra même partager un repas à côté de la basilique de Sion, à l'auberge de la Colline tenue par les pères oblats, de bonne réputation. Dès demain, je passerai voir les Dejean ; je leur proposerai cette journée de balade. J'espère qu'ils accepteront ! Quoi qu'il en soit, à pied, à cheval ou en voiture, j'irai à Chaouilley ! Parole de… Normande !

Elle relut une fois encore la lettre africaine, la fin surtout : « N'oublie pas que je t'aime… » Soupira.

— À mon âge…

Se corrigea aussitôt :

— À notre âge !

Il avait tout vérifié, le Fanfi, plutôt dix fois qu'une. Éclat des chromes de calandre et des réflecteurs, propreté des verres de phares et de pare-brise, pression d'air dans les pneus y compris de la roue de secours sanglée sur le marchepied gauche, à côté du volant, niveau d'huile du moteur, souplesse du siège passagère au cuir du même vert émeraude que le capot et les portières vernis : tout y était passé. Au point que Toinette avait surgi sur le perron : « Tu vas finir par l'user, cette automobile, à force de la frotter ! »

Prêts, le Fanfi et sa voiture, mais seul ! Conçue pour deux passagers seulement – dont le chauffeur –, la Quadrilette ne permettait pas d'embarquer Toinette, qui, un sourire goguenard en coin, les regarda partir en murmurant : « Bon débarras ! » Elle répétait à qui voulait bien l'entendre, au lavoir de la Mortagne comme à la boulangerie, que depuis qu'il n'allait plus à la manufacture il la fatiguait, « à être toujours dans mes jambes ! »... Elle prenait bien garde à ne pas dire « entre mes jambes ! ».

Oui... « Bon débarras ! »

Surprise à l'arrivée au pied de la colline de Sion : bouclée, la demeure de Chaouilley, fenêtres aveugles, volets clos, parc en défaut d'entretien, portail condamné par chaîne et cadenas ! Impossible d'entrer.

Ange fit tinter la cloche, à tout hasard.

Un curé à barrette et rabats immaculés sur soutane à reflets plume de corbeau passait par là. C'est lui qui les interpella.

— Nos amis Gerboncourt sont partis ! Il n'y a plus personne dans cette maison.

De leur confier avec force détails que les propriétaires avaient fait leurs bagages en douce depuis plusieurs mois. Il était seul dans la confidence de leur décision, à connaître leur nouvelle résidence, dont il accepta de donner à Ange le nom et l'adresse.

— Ils sont chez sœur Manne à Nancy, avenue de Strasbourg, dans la maison des sœurs de Saint-Charles, qui accueille des enfants à la dérive et des vieillards devenus dépendants ou trop fragiles pour rester seuls chez eux.

Il fit un point d'interrogation de son sourcil gauche.

— Mais vous, si je puis me permettre… qui êtes-vous, et que leur voulez-vous ?

Ange fit une présentation rapide, évoqua son travail chez Jacquot-Lavergne, puis la lettre du médecin-commandant Nicolas de Gerboncourt en mission en Afrique-Occidentale, son inquiétude à propos de ses parents.

— Belle entreprise de facture d'orgues ! Félicitations ! s'exclama le prêtre.

Il décolla la barrette de son crâne lustré, avant de poursuivre :

— Comme ils sont encore valides, monsieur le baron et madame la baronne participent à l'éducation des malheureux enfants confiés à cet établissement, les aident à grandir, jouent pour eux le rôle des grands-parents qu'ils n'ont jamais eus.

Il rajusta sa barrette, tourna le dos au vent qui agaçait ses rabats immaculés.

— Ils m'avaient toujours dit vouloir rester utiles, selon leurs forces, jusqu'à leur dernier souffle. Ainsi font-ils !

Il leva les yeux au ciel.

— Dieu leur vienne en aide !

Il allait les quitter quand, se ravisant :

— Vous m'avez parlé d'un fils… Nicolas, c'est ça ? Ils ne s'en sont jamais ouverts à moi. Officier de santé en Afrique… c'est ça ?

Il parut réfléchir un instant.

— Voilà bien qui aurait plu à notre regretté illustre voisin, le maréchal Lyautey. C'est à se demander s'il n'y aurait pas, dans l'esprit lorrain, cette propension à se mettre au service de l'autre, dans les pays les plus souffrants, comme une volonté secrète de révéler aux humains le lien tendu partout entre terre et ciel. Pierre Fourier dans notre duché… Charles de Foucauld en Algérie… Alix Le Clerc au pays de l'ignorance… Jean-Martin Moyë en Chine…

Il égrena ces noms comme une litanie en s'éloignant, d'autres encore. Alors qu'il allait franchir le portail de son presbytère voisin, il leur lança :

— Le jour de leur départ, le baron et la baronne m'ont confié qu'ils souhaiteraient ne plus voir personne ! Soyez discrets ! Dieu vous bénisse !

Il esquissa un signe de la main vers eux, disparut dans son jardin.

Heureux de conduire sa voiture sur la route des trente-deux côtes, de profiter de ses longues lignes droites, de ses montées-descentes vertigineuses qui avaient fait donner au moteur toute sa puissance, le Fanfi fonçait avec une ardeur digne de la compétition sur une étape du rallye de Monte-Carlo, dont il suivait les péripéties dans le journal *L'Auto* entre deux lignes survolées de sa rubrique d'informations générales « Savoir vite ». Pied sur le champignon écrasé, cramponné au volant, tête dans le pare-brise, il semblait avoir oublié sa passagère rivée de la main gauche à son siège, de la droite à la portière. À Moriville, puis à Moyemont, on vit surgir puis disparaître un bolide ronflant et trépidant, rentra volailles et enfants de crainte d'en voir surgir d'autres. Franchi le Haut de la Brûlée, la Quadrilette dévala la Grande Rue de Romont, dépassa le portail rouillé du vieux château et le lavoir claquant de coups de battoirs, négocia de justesse le premier tournant du village, escamota l'escalier et son perron de la maîtresse demeure au carrefour, effleura la terrasse vide du bistro, fonça droit dans la rue du Château, s'encastra dans un généreux tas de fumier garni de ses coq, poules et poulettes affolés, flanqué de la niche d'un chien noir rageant. Quelques secondes de perte de contrôle de la machine pour un arrêt brutal et puant dans la merde d'un généreux troupeau et ses jus gras !

De larges volutes d'une vapeur parfumée au lisier s'échappaient en sifflant du capot enfoui comme d'un piston de locomotive.

Sonné, hagard, le Fanfi cramponnait toujours le volant. Inerte. Ange le crut mort. Le pilote de course finit par reprendre ses esprits sous le regard d'un paysan qui, seau en main, s'apprêtait à la traite du soir.

Une troupe de gamins en culotte tournait autour du cul pointu.

Le spectacle les avait rendus fous.

— Blessée ?

— Crois pas.

— Et toi ?

— Non plus.

Il essuya d'un revers de main un filet de sang sur sa joue qui sourçait à l'arcade sourcilière ouverte. Il avait donné du front contre le pare-brise.

Quelques seaux d'eau passés sur le capot et le train avant, et la tournée de mirabelle à la ferme pour dissiper le malaise, les voyageurs remontèrent à bord. C'est attelée à un puissant ardennais que, zébrée de coulasses aux couleurs de campagne et décorée ici et là de bouquets de paille crottée, la Quadrilette fit son entrée en ville.

La pluie s'était mise de la partie, fine mais persistante.

Peu de monde dans les rues à cette heure tardive. Heureusement !

La tête dans les épaules, le Fanfi subissait l'une des pires humiliations de sa vie.

À l'approche de la chapelle qui jouxtait sa maison, il murmura à l'adresse de sa passagère transie, trempée et puante :

— Les freins qui ont lâché, ou bien…

Il lui adressa un regard de grande détresse.

— Une bielle de direction qui a cassé !

Il paraissait pitoyable.

— C'est ça… ça ne peut être que ça !

Les sabots du cheval sonnaient sur le pavé.

— Tu… tu ne crois pas ? bredouilla-t-il sur le ton de l'excuse en se tamponnant la blessure à petits coups de mouchoir, comme s'il préparait déjà sa défense face à la Toinette.

Ange ne croyait rien.

Hâte de rentrer, de retirer ses vêtements englués, de se laver à grande eau, de respirer enfin un air débarrassé des émanations fumières et du fraîchin des vaches, d'évacuer le sentiment de responsabilité qui la rongeait. C'est moi qui l'ai entraîné sur cette route… se disait-elle. Sans moi…

Elle s'aspergea longuement dans le tub, passa ses cheveux au Shampoo, se frotta au savon de Marseille, se délassa dans son fauteuil à côté du poste de TSF acheté d'occasion trois semaines plus tôt, pour suivre de plus près la vie des troupes françaises en Afrique.

Elle tourna le bouton.

Rien n'allait plus dans le monde !

Le président du Conseil Édouard Daladier venait de rentrer de Munich où, avec l'Anglais Chamberlain, il avait rencontré Hitler et Mussolini. Au prétexte de sauver la paix, France et Angleterre venaient d'abandonner à l'Allemagne nazie le territoire des Sudètes.

Les journalistes avaient salué la sagesse diplomatique de Daladier à sa descente d'avion au Bourget ; la foule enthousiaste l'avait applaudi.

Les mauvaises langues dirent que, recueillant malgré lui un déferlement de félicitations, il avait murmuré : « Les cons ! S'ils savaient ! »

23
Septembre 1944

La pointerolle attaquait la pierre du linteau.

Sur son échafaudage de fortune, deux vieux tonneaux trouvés dans sa cave et un volet à lumière en forme de croix de Lorraine, Ange Levral, facteur d'orgues en retraite, s'appliquait à sculpter dans le grès de Bleurville les deux léopards d'or « passants, gardants » hérités des Plantagenêts, son étendard normand. Le moment venu, elle les encadrerait de la devise de son pays, *Diex Aïe*, que les érudits traduisaient par « Que Dieu me vienne en aide », et de celle de la Lorraine, « Qui s'y frotte s'y pique », mise en garde du duc René II à ses ennemis après sa victoire de 1477 sur Charles le Téméraire venu assiéger Nancy, dont le cadavre dévoré par les loups avait été retrouvé dans les marécages de l'étang Saint-Jean.

Dès son installation à Bouzemont dans une maison proche du lieu de naissance de Joseph Pothier, elle avait résolu de faire sienne l'histoire de ce duché autrefois prospère massacré par ses royaux voisins français, de s'approprier sa culture du partage des connaissances voulue par les souverains éclairés de l'illustre Maison de Lorraine. Surprise quand elle avait découvert que cet État libre, souverain et indépendant jusqu'à son annexion par les sbires de Louis XV en 1766, était le seul d'Europe dont les femmes étaient capables de signer le contrat de mariage de leur nom, tandis que partout ailleurs elles le faisaient d'une croix ! Elle avait découvert avec délices l'esprit de liberté qui, malgré le rouleau compresseur des guerres effroyables subies, animait encore ce peuple, celui de ses femmes surtout. Des plus ardentes résistantes contre la ruine imposée par la France de la cité de La Mothe, devenue royaume des seuls renards, à celui de Louise Michel, militante de la fraternité, en passant par le courage de Julie-Victoire Daubié, qui, malgré l'opposition des hommes de la Sorbonne, était devenue la première bachelière de France en août 1861, et qui l'avait payé cher ! Cet esprit lui convenait bien, si bien qu'elle s'était sentie aussitôt chez elle dans ses quatre vieux murs bouzemontois retapés avec soin et respect de leur âge, comme dans son jardin perché ouvert sur une plaine grandiose aux perspectives infinies. Heureuse aussi que la musique, sa passion pour l'orgue et le chant grégorien réveillé par Joseph Pothier, soit devenue le trait d'union entre ses léopards normands et les chardons lorrains.

Elle en était à polir la pierre autour de ses fameux léopards, surveillée par ses cinq chats, traîne-gouttières devenus compagnons de vie, de peine et de bonheurs, quand surgit le grand Albert. L'homme sauta de son vélo qu'il jeta contre la façade, bondit vers l'échafaudage de fortune et son ouvrière perchée.

— Vite…

Il peinait à reprendre souffle. Sa taille – il devait se casser la nuque pour franchir le seuil de toutes les maisons du village ! – lui valait depuis ses plus jeunes années l'adjectif « grand » ; sa débrouillardise légendaire aussi ! Comme un magicien, il trouvait toujours les solutions à tous les problèmes, tant domestiques que professionnels. Sauf de cœur ! Sa femme avait profité des convulsions de guerre naissante, en 1939, et de son absence pour cause de service militaire pour prendre la poudre d'escampette et la route de l'exode avec un voyageur de commerce au catalogue de douceurs très garni. Sans laisser d'adresse ! Pendant qu'elle réalisait son rêve de soleil et de vie légère, lui était fait prisonnier dans le massif des Vosges avec tout son régiment, le fameux 3e hussards, après s'être battu à l'héroïsme dans les rues d'Épinal face aux Panzer allemands en juin 1940. L'épouse envolée n'était jamais revenue. Le soldat évadé avait regagné le village au terme d'une aventure de passe-muraille dont il avait juré de raconter tous les détails une fois les boches renvoyés chez eux. « Grand Albert », comme le livre de magie et sorcellerie du dix-septième siècle vendu autrefois par colportage, utilisé dans les campagnes malgré son interdiction pour ses recettes de santé et de vie éternelle, ses moyens infaillibles de s'attacher l'amour de l'être désiré, ou de jeter de terribles sorts à l'infidèle ! Magie !

— Vite !

Ange sauta de ses tonneaux.

— Entre !

— Ils arrivent… ils seront bientôt là ! Il faut prévenir les amis !

— Qui… ils arrivent ?

— Les chars de Leclerc !

Décharge électrique !

Depuis le temps qu'on attendait cette nouvelle… depuis le débarquement des Alliés, le 6 juin, et le retour du général de Gaulle en France à bord du torpilleur *La Combattante*[1] ! On savait que la 2e division blindée du général Leclerc venait de libérer Paris avec ses républicains espagnols de la fameuse compagnie Nueve, mais on avait beau écouter en planque la radio, faire circuler les informations des réseaux, on ignorait où en étaient ces vaillants soldats qui avaient juré à Koufra de ne déposer les armes qu'après avoir fait flotter le dra-

1. Voir, du même auteur, chez le même éditeur, *La Fiancée anglaise* (2019).

peau tricolore sur la flèche de la cathédrale de Strasbourg…

— Les chars de Leclerc ! Demain, après-demain, dans une semaine au plus ils seront là !

Ange crut que sa poitrine allait exploser de bonheur.

— Mais fais gaffe, hein, les boches sont très nerveux, enragés ! Ils tirent sur tout ce qui bouge, même pire que ça ! Pire que jamais ! Il faut…

Elle avait compris !

Prêts, les tuyaux d'orgue ! Prêt, le vélo ! Prête à partir, Ange, à pédaler comme une folle sur la route vers Bouxurulles, comme à chaque urgence de la Résistance !

— Oui… faire gaffe ! Suite aux sabotages du train à Langley et de l'usine de Junkers, ils viennent de raser Charmes, les salauds ! Ils ont arrêté cent soixante hommes… direction Dachau. Le maire Henri Breton est parti avec les otages. C'est lui qui a voulu ! Pas les abandonner entre leurs pattes. Sacré courage !

Il reprend souffle.

— Alors il faut…

Elle connaissait la suite.

Dès 1941, elle s'était mise à la disposition du maquis de Charmes naissant et du Groupe Lorraine 42, une armée de patriotes qui n'avaient pas froid aux yeux. Agent de liaison, elle passait les messages à des relais furtifs situés dans la vieille chapelle templière de Rugney ou à la tribune de l'église de Bouxurulles. Dans ce village, elle avait démonté en partie l'orgue Grossir pour se donner le prétexte de venir y travailler souvent en restauration, au nez et à la barbe des vert-de-gris. Comme elle avait participé à son relevage avec le Fanfi déjà presque retraité en 1937, elle connaissait bien ce petit instrument, vrai bijou au buffet décoré d'un médaillon avec trophée sculpté de cors, trompettes et hautbois, surmonté d'une lyre, encadré de tourelles chapitées à l'antique ; elle en était même tombée amoureuse ! Elle avait maintenant dans le souffle et les mollets la route de Bouzemont à Bouxurulles, parcourue à vélo, tuyaux d'orgue roulés dans une toile de jute, ficelés au cadre, caisse à outils sur le porte-bagages, sa lente glissade entre le Haut de Justice et le Haut Montot vers Bazegney, où elle saluait toujours en secret la mémoire de Julie-Victoire Daubié – la militante de l'université pour tous et du respect des femmes y avait étudié les humanités auprès de son frère, curé du lieu –, l'épuisante grimpée sous les Razeux jusqu'à Jorxey, puis la douce enfilade de la Rulles aux truites et gardons taquinés par des pêcheurs en culotte courte. Paysages d'une grandiose simplicité dont elle n'avait pas le temps d'apprécier les charmes. Il fallait pédaler, ne pas traîner, éviter les mauvaises rencontres d'occupants traînards maintenant à la dérive. Dans ses tuyaux d'orgue trafiqués par le Fanfi – il en avait doublé la paroi si parfaitement que même un professionnel n'y aurait rien vu ! –, elle transportait des messages de la plus haute importance pour les maquis de la région : annonces de parachutages, mouvements de troupes alliées en progression vers la Lorraine et l'Alsace, appui nécessaire de la Résistance... Souvent elle avait été contrôlée par des miliciens acharnés qui n'avaient rien pu détecter ! De plus en plus soupçonneux et d'une méchante fébrilité, ils démontaient le phare du vélo, fouillaient le cadre sous la selle, les tubes du guidon, déballaient à la brutale les tuyaux d'étain, en examinaient le corps, les faisaient sonner d'un coup de crosse de pistolet sur le métal, harcelaient la cycliste de questions à propos de ses travaux sur l'orgue auxquels ils ne comprenaient rien mais qui les intriguaient... les intriguaient d'autant plus qu'ils n'y comprenaient rien !

Le grand Albert lui tendit un pli.

— Quand ?

— Maintenant... tout de suite !

— C'est plus crédible quand je pars le matin, comme si j'allais travailler là-bas toute la journée...

— Je sais, mais ce coup-ci, ça ne peut pas attendre. Je file. Je vais essayer d'aller jusqu'à Grandrupt. Mais ça chauffe là-bas ! La Gestapo de Lyon en débâcle est enragée. Elle vient d'arrêter Noirtin et Rozot. Enragée, je te dis ! Faire gaffe.

— J'y vais !

Elle glissa le pli dans la double paroi d'un tuyau

à bouche, noua un foulard à son cou, jeta une pèlerine sur ses épaules, enfourcha le vélo…

Le ciel d'orient avait déjà viré au bleu de Prusse quand, épuisée, elle attaqua la montée du Moranval. Elle souffla dans la courte descente, donna le dernier coup de reins vers l'église, planqua le vélo derrière une pile de fagots – les Allemands en fuite volaient tous les véhicules, même les landaus, pour évacuer leur fourniment ! –, se jeta sur son lit sans même avoir retiré sa pèlerine. Mission accomplie. Derrière le médaillon au trophée sculpté de cors, trompettes et hautbois, sous la lyre, le message attendait son destinataire. Elle avait pédalé comme une folle sur tout le parcours. N'avait rencontré personne… ni arrière-garde nazie enragée, ni avant-garde alliée, ni miliciens… personne !

Demain, elle finirait le polissage de ses léopards comme si de rien n'était, commencerait la taille dans la pierre des deux devises, celle de son pays de naissance, *Diex Aïe*, et celle de son pays d'adoption devenu de cœur, *Qui s'y frotte s'y pique*.

Ses protégés à poils blottis sous le plumon, tout contre elle, Ange, messagère clandestine, s'endormit comme une masse.

Le jour n'avait pas encore dessiné les croix de Lorraine dans ses volets quand la première détonation ébranla les murs, fit craquer la charpente, secoua les vitres et sonner les tuyaux d'orgue entreposés dans le grenier. Bientôt suivie d'une deuxième, plus lointaine… d'une troisième, proche celle-là, déflagration qui précipita les chats sous le lit en feulant.

Ange bondit, se jeta à la fenêtre, claqua les volets contre le mur, découvrit… le champ d'acier, de poudre et de mitraille !

La bataille de Dompaire venait de commencer. Elle allait durer trois jours.

L'affrontement de blindés le plus meurtrier de la Seconde Guerre mondiale, décisif !

D'un côté, près d'une centaine de Panther et de Panzer IV du général von Manteuffel accompagnés de leur infanterie, dernière unité encore en état de combattre pour le Reich. De l'autre, les chars Sherman et M10 Wolverine de la 2e division blindée du général Leclerc.

Trois jours d'une bataille effroyable entre des monstres d'acier qui labouraient les terres de leurs chenilles, éventraient les maisons de leur proue blindée, couchaient les mirabelliers dans les vergers comme ils l'avaient fait des pommiers trois mois plus tôt dans le bocage normand, asphyxiaient bêtes et gens de leurs échappements. L'enfer sur terre !

De son jardin balcon, étourdie par le vacarme, Ange observait les déplacements de troupes, priait à chaque explosion pour les hommes souffrants et les morts, d'un côté comme de l'autre, suivait les piqués d'avions Thunderbold et le pointillé de leurs mitraillages sur les chemins, les routes et les toitures de fermes.

Le bocage normand... L'enfer de la bataille qui se livrait sous ses yeux avait renvoyé Ange dans ce pays qu'elle avait quitté pour venir vivre sa passion en Lorraine, quitté mais jamais oublié.

Qu'était devenu le domaine de La Maizerie ? Et le cimetière où dormaient ses parents ? Leurs tombes, éventrées par les bombes ? Et Saint-Georges de Boscherville, son orgue de Guillaume Lesselier, les voûtes aériennes de sa nef, l'élégance millénaire de son enclos capitulaire ? Et Saint-Wandrille...

Le spectacle du coucher de soleil sur le Grand Bois, devant la crête embrasée de Rancourt, s'offrait en vain à un monde devenu fou quand, alors qu'elle faisait cuire des patates nouvelles dans sa cuisine, Ange entendit des coups répétés contre sa porte. Allemands ? Français ? Elle grimpa quatre à quatre les marches du grenier, jeta un coup d'œil par l'œil-de-bœuf... Devant la maison, une voiture de guerre au capot étoilé, moteur ronflant, attelée d'une remorque pleine de bidons à poignée, un chien noir et blanc à poils longs dressé sur le siège arrière, et des soldats crottés, cigarette à bout doré au bec, tête nue, qui n'avaient ni l'allure ni l'uniforme d'occupants ou de miliciens. Elle descendit, prit le temps de rajuster sur sa poitrine son tablier à bavette et de domestiquer une mèche folle qui lui barrait le front, entrouvrit sa porte.

Ils étaient deux, souriants malgré une fatigue évidente qui leur ravageait le visage, l'un petit, râblé, barbe mitée de plusieurs jours, échevelé, l'autre sorte d'athlète nordique, rasé de près, chevelure ambrée et drue, au sourire lumineux, tous deux fagotés dans une sorte de toile d'un vert kaki pleine de poches à soufflet, ceinturés et brelagés de vieux cuir. Ils puaient le fauve, l'essence et le chien mouillé.

— Pardon ! dit le plus grand, taillé comme les dieux antiques dont elle avait aperçu l'anatomie au musée des Beaux-Arts de Nancy en compagnie des parents Gerboncourt. Armée Leclerc... on profite d'un coup de fatigue des Allemands pour une tournée d'approvisionnement. La roulante ne suit pas !

— On avance trop vite depuis le débarquement ! blagua le deuxième, pouces calés dans le ceinturon.

— Auriez-vous des conserves, des fruits, des œufs ? osa l'athlète.

Son regard, d'un bleu transparent... son sourire... sa voix... sa voix surtout !

— Et du vin ! compléta l'autre. Ou de la bière... ou tout ce qui se boit et qui donne du cœur à la bataille.

Déserte, la rue. Mauve du couchant, la tour de l'église. Puante, la voiture de ferraille et de toile dont le moteur hoquetait des nuages noirs...

Ange réfléchit au quart de tour.

Elle avait fait des confitures, de fraises et de

cerises, des conserves de haricots, mis des mirabelles en bouteille, rentré des patates…

— Je… je vais voir… bredouilla-t-elle, sous le charme.

Longtemps qu'elle n'avait pas été troublée à ce point par un homme. Mais celui-là… une telle beauté dans toute cette violence de guerre…

— Je vais bien vous trouver quelque…

De son siège de la jeep marquée à la peinture blanche *Célimène*, le chien suivait la scène sans bouger d'un poil, n'en perdait pas un geste.

— Je m'occupe du ravitaillement des chars en essence. Alors, en même temps que l'essence, si on peut trouver de quoi améliorer l'ordinaire…

— Il faut que je descende à la cave. Une minute…

— Je peux vous accompagner !

— Non… non ! fit-elle en pensant Oui… oui…

— On s'est arrêtés chez vous, dit le dieu grec au regard bleu transparent, parce que j'ai repéré sur votre linteau les léopards sculptés. Première fois que j'en vois ailleurs que dans mon pays. Croyez-moi, ça fait du bien !

— Vous êtes sculpteur ?

Il se laissa aller à un rire sonore qui tira de la gorge du chien un couinement d'aise.

— Non… je suis comédien ! Et Normand ! Alors, vous savez, pour moi, les léopards…

« Normand ! »

Elle faillit se jeter à son cou.

Le chien avait sauté de son siège, rejoint son

maître, s'était mis à tourner autour de l'inconnue, à lui flairer les mollets.

— Je vous présente Moulouk, mon plus fidèle ami depuis que j'ai quitté Paris pour m'engager dans la 2e DB. On l'a trouvé abandonné dans une forêt, attaché à un arbre. Personne n'osait l'approcher parce qu'il montrait les crocs. J'y suis allé. Je l'ai détaché. Il m'a suivi, ne me quitte jamais, même au plus épais de la mêlée. Peur de rien, comme moi. Plus fidèle désormais que mon ombre.

Il se baissa, prit l'animal dans ses bras.

— On s'aime, tous les deux ! Hein, mon Moulouk !

— Moulouk ?

— Moulouk ! C'est son nom. Il paraît que ça veut dire « Ange », en arabe.

Ange ! Normand !

De plus en plus stupéfaite.

— C'est voir des soldats de près qui vous impressionne à ce point ?

Voir un soldat de près… Nicolas…

Fulgurante, l'image de son médecin d'Afrique lui traversa la tête. Aucune nouvelle depuis plus de deux ans ! Ses dernières lignes étaient venues de quelque part aux confins du Sahara. Son unité remontait vers le nord… Algérie… Libye… sans précisions. Moulouk tendait le museau vers elle, l'implorait d'un bon regard. Elle osa le toucher. Il apprécia la caresse.

— Je suis normande, moi aussi. C'est pour ça, les léopards…

Pressentant un long bavardage, le petit râblé à la barbe mitée s'était assis sur le pare-chocs de la jeep. Il grillait une nouvelle cigarette à bout doré. Moulouk avait regagné son siège.

— Gaffe, quand même, ta clope… je te rappelle qu'on a de l'essence au derrière !

— Qu'on saute ici et maintenant, ou ailleurs et plus tard… tu peux me dire la différence ?

— La différence ? C'est madame, sa maison et son village, qui pour l'instant ont échappé aux obus !

— Pas « madame »… corrigea Ange. Moi c'est… Ange ! Ange Levral, de La Maizerie près de Neubourg, en pays roumois.

— Moi c'est Jean… Jean Marais, de Cherbourg, département de la Manche.

— Facteur d'orgues !

— Comédien !

— J'ai travaillé pour une manufacture vosgienne, l'une des meilleures du pays…

— Je viens de la Comédie-Française, et je joue dans des films pour le cinéma.

Le cinéma… *La Rose effeuillée*… Thérèse Martin, de Lisieux… toujours la Normandie !

Elle en était à se dire que le hasard est un mot vide de sens, qu'il n'existe que des rencontres écrites par une main mystérieuse, quand lui revint en mémoire une lecture récente de *L'Est républicain* à propos de l'armée Leclerc. L'article détaillait l'histoire de cette unité, depuis les Forces françaises libres du Tchad mobilisées par le général de Gaulle jusqu'à la libération de Paris sous l'œil de l'État-major allié furieux d'avoir été doublé, en passant par Koufra, en Libye, première victoire française depuis la débâcle de 1940, et le fameux serment prêté par ses hommes à l'invitation de leur chef : « Jurez de ne déposer les armes que le jour où nos couleurs – nos belles couleurs – flotteront sur la cathédrale de Strasbourg. » Ils avaient tous juré !

Armée d'Afrique… Tchad… Libye…

Va-t-elle oser ?

Elle ose :

— Avez-vous entendu parler d'un médecin militaire, le commandant Nicolas de Gerboncourt ?

Stupéfaction ! Le comédien-soldat Marais s'apprêtait à donner quelques détails de sa jeune carrière d'acteur de cinéma…

— Si on en a entendu parler ?! On le voit tous les jours ou presque ! C'est notre officier de santé ! Pourquoi ?

— Il est… ici… avec vous ?

— Bien sûr ! Débordé par le boulot, toujours au plus épais de la mêlée avec les blessés. Il a passé plusieurs jours, la semaine dernière, à examiner les détenus du camp de détention de Vittel qu'on venait de libérer, à les soigner sans prendre une heure de repos. Tu entends ?

Il s'était tourné vers l'autre, qui se rapprocha.

— Tu entends ? Madame connaît Gerboncourt !

— Ça alors ! cracha le gars avec sa dernière bouffée tout en écrasant son mégot sur le pare-chocs de la jeep.

— Vous pourriez…

Elle ne put en dire davantage. L'émotion lui prenait la gorge.

— … lui dire que je vous ai vue ? Que…

— S'il vous plaît ! Oh, oui… s'il…

Elle leva les yeux vers la tour carrée de l'église peinte de clair au pochoir sur le crépuscule, tant pour remercier le ciel que pour dissimuler aux soldats les larmes qui affleuraient ses paupières.

Quelque part, en bas, le long de la Gitte, ronflements soudains de blindés, cliquetis de chenilles, rumeur de troupe en mouvement…

— Merde… on dirait que ça bouge ! On y va !

— Attendez… juste une minute !

Ange fit volte-face, bondit dans le couloir.

Une trappe grinça, cogna contre le mur.

Bruit de pas dans un escalier.

— Une minute… j'arrive ! hurla une voix d'outre-tombe.

Ils avaient déjà lancé le moteur de la jeep quand elle reparut, un panier à chaque bras.

— Emportez ça ! Confitures de cerises et mirabelles, terrines en conserve, haricots, pommes de terre… ma réserve d'hiver… pour vous !

Elle cala un panier sur le siège arrière, à côté de Moulouk, l'autre entre les cuisses du petit râblé.

— Allez, maintenant… prenez garde à vous, et…

À bout de souffle, belle et rayonnante comme une amoureuse à son premier rendez-vous, elle se cramponna à la capote.

— N'oubliez pas… Nicolas de Gerboncourt !

— Au nom des léopards… ! hurla le soldat Marais en écrasant le champignon.

— Merciiiii !

Célimène ronflait dans la descente de la Grande Rue sur le Rovion.

Ange s'appuya de l'épaule contre le mur.

Laissa déferler ses sanglots.

Nuit blanche.

Rumeurs de ferrailles malmenées, grincements de machines, grondements de moteurs à l'assaut de la colline comme des vociférations d'effrayants acteurs d'une scène de théâtre antique à l'assaut des hautes places d'un terrible amphithéâtre.

À peine s'assoupissait-elle qu'elle sursautait, tendait l'oreille, se dressait dans la lueur blafarde d'un indécent clair de lune, se surprenait à répéter « Nicolas… Nicolas… ».

Elle avait passé la matinée à tourner en rond, de sa cuisine au jardin, du jardin à la cuisine, en coups d'œil nerveux vers la vallée devenue pour elle le centre du monde. Parce qu'un rideau de coudriers lui masquait l'amont de la Gitte, elle avait même soulevé trois tuiles de son toit pour y voir plus large sur un champ de bataille dévoré par des explosions, des incendies, des nuages de cendres et de débris. À ses pieds, cœur et faubourgs de Dompaire semblaient en feu, promis à la ruine comme Châtel-sur-Moselle sous les bombardements de juin 1940[1]. Avec le Fanfi, elle était allée dans cette ville martyre constater les blessures de la magnifique église médiévale, sa tour de gothique flamboyant abattue, ses cloches à terre, ses voûtes ébranlées, et la destruction totale de son orgue né en 1718, bel instrument à deux claviers de six et quatre jeux qu'ils avaient restauré ensemble pour la Maison Jaquot une dizaine d'années avant la guerre.

Le soleil avait décidé de percer les nuages et de projeter une lumière trop crue sur les mouvements des monstres d'acier quand avaient surgi d'un coin du ciel une première vague de chasseurs-bombardiers Thunderbolt, puis une deuxième, qui avaient embrasé le front. « Mon Dieu… mon Dieu… avait soupiré Ange depuis son toit ouvert. Mon Dieu… Nicolas… »

Deux jours… deux jours et deux nuits de cette tourmente de fer et de feu qui avait déchiré, écartelé le pays… deux jours et deux nuits qui avaient crucifié Ange, du toit au jardin, et du jardin au toit, d'observation et de prières comme autrefois, devant

1. Voir *La Fiancée anglaise*.

Notre-Dame d'Igney, après le travail sur l'orgue Grossir. « Je vous salue, Marie… maintenant et à l'heure de notre mort… »

On était le 15 septembre.

Deuxième nuit d'insomnie.

De rares oiseaux tentaient un retour dans le jardin. Un merle, quelque part, osait ses vocalises. Un rossignol quelques trilles. Leurs chants, timides, en pointillé sur l'étrange silence de l'aube, jetèrent Ange vers sa lucarne de fortune.

Tapis comme à l'affût dans le fond de vallée et les faubourgs de la ville, blindés et véhicules, immobiles, semblaient attendre la naissance du jour pour allumer un nouveau feu d'enfer.

Tranchante, la bise s'était levée, avait nettoyé le ciel ; elle peignait les vergers de mirabelliers et les vernes de la Gitte à rebrousse-poil, hululait dans les abat-sons de l'église.

Cheveux au vent, Ange frissonnait. Insomnie. Fatigue. Nerfs plus tendus que cordes à violon, elle scrutait le panorama à la recherche du moindre indice qui pût lui indiquer une infirmerie, un hôpital de campagne, une ambulance. Nulle part de croix rouge !

Silence.

Chants plus hardis du rossignol et du merle de son jardin, auquel répondait un autre merle, du côté de Girefontaine, que soulignait un chien réveillé pour la traite. Trois jours que les vaches n'étaient pas sorties, qu'elles vivaient déjà sur les réserves de foin et de regain prévus pour l'hiver !

Au loin… un chien… Moulouk ?

Ange quitta son poste d'observation, descendit dans sa cuisine, tourna autour de sa table en ruminant des mots de colère contre son impuissance à faire autre chose qu'attendre.

Qu'allait-elle faire de cette nouvelle journée vécue pour rien ? Attendre… quoi… qui ? Nicolas…

Qu'allait-elle faire de tous les jours à venir ? Demain… après-demain… après…

L'idée d'enfourcher son vélo, de dévaler la pente, de passer le pont sur le Rovion, de rejoindre les troupes terrées à Madonne-et-Lamerey qu'elle avait aperçues depuis son grenier la traversa. Rejoindre cette armée, partir avec elle, combattre dans ses rangs, avec Nicolas, devenir son infirmière de campagne, son ombre de santé, sa compagne d'engagement ! Mais ne serait-elle pas davantage une charge supplémentaire au milieu de ces combattants pour la liberté qui n'avaient pas baissé les bras depuis l'Afrique, qui venaient de libérer Paris et la moitié de la France, qui avaient juré d'aller dénicher l'aigle malfaisant et fou, Hitler, dans son repaire tyrolien de Berchtesgaden… elle qui ignorait tout des soins, tout juste bonne à coller un morceau de sparadrap sur une coupure de cuisine, et encore… tout juste bonne à tailler et assembler des bouts de bois et des tuyaux de métal pour en faire des orgues ?

Elle se fit un café. Passa ses nerfs à coups de

paume sur le filtre de la cafetière pour activer la percolation, comme le faisait sa mère autrefois. Même bruit mat sur l'aluminium, autres temps !

Café avalé… deuxième…

Elle bondit vers sa cuisinière, alluma un feu ronflant, fit chauffer le four, tira du placard sa réserve de farine, le sucre et les œufs des poules voisines, des graines de vanille conservées comme des diamants. Elle ferait un bon gâteau. Pour le bien accueillir s'il venait à frapper à sa porte. Levure… levure… merde… pas de levure ! Qu'à cela ne tienne ! Des blancs d'œufs montés en neige la remplaceront !

De quoi s'occuper un moment déjà !

Entre deux observations à la lucarne.

Meubler l'attente, en espérant…

De la Gitte au Rovion… toujours un lourd silence, remué de temps en temps par un ronflement de moteur.

Toute la maison embaumait la vanille et la bonne pâtisserie.

Ange avait planté son couteau dans le gâteau à demi tiré du four pour en vérifier la cuisson, en examinait la lame impeccable avec d'infimes adhérences qui témoignaient du moelleux à cœur quand, soudain, des coups sourds résonnèrent dans le couloir.

Elle sursauta, lâcha le couteau qui se ficha tout droit dans le plancher à trois doigts de son pied.

— Nicolas…

Murmure, plainte de cauchemar qui refuse de franchir la barrière des dents…

— Nicolas !

Explosion de joie soudaine, violente…

Elle se jeta comme une folle dans le couloir.

— Nico…

24

Avril 1947

— Mon ambition n'a jamais été de chausser un jour un képi à étoiles ! Tu le sais. Général... les bureaux de l'État-major... faire mon travail de médecin militaire dans un ministère, sans jamais voir un seul patient... très peu pour moi ! Mes supérieurs ont fait de moi, malgré moi, un commandant... c'était leur affaire, pas la mienne ! Je n'ai toujours voulu commander qu'à la misère, la souffrance, combattre les ennemis de la santé physique et mentale. Mon premier galon de sous-lieutenant m'aurait suffi pour accomplir mon devoir de citoyen dans l'armée de notre pays.

Nicolas de Gerboncourt alluma une cigarette à bout doré, une Camel au tabac turc et *American blend*, habitude prise au contact des Alliés durant l'épopée de libération de la France. Il en appréciait l'âcre douceur et le goût de miel exotique qui lui rappelaient les camps militaires d'Afrique. Avec le whisky allongé d'eau gazeuse, boisson nationale de brousse réputée efficace contre les amibes bouffeuses d'intestin et de foie toujours présentes dans les eaux stagnantes des puits et marigots. Son retour à la vie civile, s'il en avait réduit la consommation, n'avait pas éradiqué cette habitude.

— Tu le sais ! Quand je dis « devoir de citoyen », je devrais plutôt dire « devoir d'humain » tout simplement. J'ai voulu être médecin pour soigner des malades et blessés, partout où il s'en trouvait et où j'étais en mission, pas pour parader sur le cours Léopold à Nancy derrière une fanfare alignée au cordeau. Soigner civils ou militaires, sans distinction d'origine, de couleur ou de religion. J'ai même sauvé des Allemands, ici, sous tes murs, pendant la bataille qui m'a rapproché de toi. Tu te souviens ?

Si elle se souvenait…

La lucarne dans le toit, l'enfer des hordes blindées, l'irruption du Normand Jean Marais revu, au cinéma cette fois, dans le film d'Henri Calef *Les Chouans*, où il tenait le rôle du marquis Jean de Montauran. Ils étaient allés voir ce film ensemble, à Épinal, dès sa sortie en salle, quelques semaines plus tôt, en étaient sortis très émus, tant par la qualité de l'œuvre adaptée du roman de Balzac que par la présence de l'acteur principal dont ils avaient croisé le chemin dans les coulisses de la guerre. Marais, héros malgré lui ! Ange avait lu dans un journal que sous le bombardement de sa colonne à Marckolsheim, en février 1945, il avait été le seul à exécuter l'ordre de rester au volant de son véhicule afin d'être prêt à reprendre le chemin d'une Strasbourg encore occupée qu'ils avaient juré de libérer. « En réalité, avait-il confié de son lumineux sourire, il faisait un froid de canard, et j'étais resté dans ma *Célimène* pour déguster au chaud des confitures de cerises offertes en Lorraine ![1] » Les confitures de cerises de Bouzemont... ses confitures !

— Maintenant que je suis en retraite, toi aussi...

— Je ne supporte pas ce mot ! Je ne serai en retraite, en retrait de la vie plutôt, qu'une fois endormie dans cet enclos, là-bas, définitivement, pas avant !

Elle l'avait interrompu brutalement, désigné d'un coup de menton les croix penchées sur les pierres ruisselantes de linaire violine et de lamier mauve, dans l'ombre de l'église.

Il en avait été surpris. Avait reboutonné sa veste croisée du costume de tweed qui lui donnait une allure d'homme d'action en même temps que de mannequin sportif des *Trois Suisses*. Elle le préférait ainsi, civil classe et libre plutôt qu'engoncé dans son uniforme à revers grenat.

— Je voulais dire : maintenant que nous sommes disponibles l'un à l'autre, et l'autre à l'un...

Il s'interrompit le temps d'une aspiration de miel exotique, d'un coup d'œil interrogateur à la femme en bustier de coton prune qui épousait délicatement

1. Anecdote authentique.

sa poitrine, pantalon ample à pinces ceinturé de cuir fauve à la taille, qui pour le recevoir avait laissé couler aux épaules ses longs cheveux argentés. Le temps d'un doux émoi aussi.

Malgré sa soixantaine dépassée et son travail souvent dur, Ange était restée d'une élégance naturelle, d'une souplesse de liane et d'une grâce de silhouette solide héritée des travaux en ateliers et sur chantiers qui la faisaient remarquer partout où elle apparaissait. Depuis qu'il l'avait retrouvée après sa démobilisation, chaque regard sur elle réveillait en lui les troubles d'autrefois, ceux des clins d'œil furtifs durant les repas et dans le salon de l'hôtel particulier de Nancy, de leur découverte réciproque sur le quai de la gare Saint-Lazare, à Paris, de leurs escapades vers Sion-Vaudémont à bord de la Peugeot vert émeraude à filets d'or, vers Rambervillers… Bouzemont ! Tout aujourd'hui comme hier, plus sage peut-être, mais tout aussi fort, plus fort même parce que trempé par les épreuves.

— … nous pouvons penser davantage à nous.

Il prit une grande inspiration.

— Voici ce que j'ai imaginé…

— Attends, veux-tu !

Inquiète, ou impatiente et désireuse de faire durer le plaisir, elle avait contenu ses paroles d'une courte opposition de main, se leva, glissa vers la cuisine. Il avait observé son déplacement, de plus en plus troublé… Dieu, qu'elle est belle ! Il se sentait bien dans cette maison de campagne tellement différente de la demeure familiale de Nancy, mieux que là-bas !

Bruit de vaisselle, d'eau mise à chauffer sur la cuisinière à gaz toute neuve, coups de paume sur le filtre de la cafetière pour activer la percolation, froissements de papier et cascade de sucres dans la faïence...

Dieu, qu'elle est belle !

Il en avait connu, des femmes, au hasard de ses garnisons, en métropole, en Afrique et ailleurs, vécu des accouplements de circonstance toujours dictés par les nécessités du bas-ventre, jamais par le cœur, parfois aussi par le besoin de se sentir en sécurité dans les bras et entre les cuisses d'une protectrice, de circonstance elle aussi. Toujours il s'était efforcé de rendre à sa manière ce qu'il avait reçu de tendresse d'occasion et d'impression même fugace de vivre dans les pires moments et lieux de maladie et de mort. Plaisir et respect partagés. Il n'avait jamais eu à rougir de ses comportements amoureux, encore moins à les regretter ! Elles le lui avaient dit ou fait comprendre. Il les avait crues, les croyait toujours.

Mais là, dans cette maison basse d'un village perché de campagne lorraine, en présence de cette femme dont le souvenir ne l'avait jamais lâché, dont les rares lettres passées entre mailles de censure et barrages de guerre l'avaient soutenu, tout était tellement différent !

Qu'elle est belle ! Et que je...

Ange venait de reparaître.

Elle fit plusieurs allers-retours de la petite salle à manger à la cuisine, autant pour éviter la casse de vaisselle que pour jouer à se montrer telle qu'en elle-même à cet homme enfin là, tellement attendu.

Le café coula dans les tasses.

— Voici ce que j'ai imaginé…

Il s'était levé, planté devant la fenêtre ouverte sur la vallée de la Gitte, ses frissonnements de mirabelliers en fleur et ses vols en escadrille de pigeons fermiers.

En bas, sur la scène grandiose de ce théâtre antique toussait un tracteur, piaillaient des enfants dans une cour d'école, caquetaient des poules, gueulait un chien qu'agaçaient les cris d'autres enfants qui coursaient un autre chien gueulant. Moulouk…

— Toi ici, moi à Nancy… pas jouable ! Je dois même dire : pas supportable ! Alors nous devons prendre une décision ! Ou tu viens vivre avec moi là-bas, ou je viens m'installer avec toi ici.

Silence.

Cris d'enfants gendarmes et voleurs dans la cour d'école, gueulées de chiens à l'attache, toux de tracteur.

— J'ai besoin de connaître ton intention. Puis, en fonction de ta réponse, je mettrai nos affaires en ordre.

Il parlait, dos tourné à son interlocutrice, au café fumant, à la tarte d'or, face à l'infini vosgien d'un nouveau printemps.

— « Nos affaires »…

Ange alignait les morceaux de sucre sur la table, en composait un cercle, une croix, une étoile... Première fois qu'elle l'entendait parler ainsi : « Nos affaires... » Jusque-là, elle avait toujours mené sa vie seule, pris toutes les décisions seule, sans en référer à personne. Vertige. Impression qu'un grand vide s'ouvrait en elle, l'aspirait, l'entraînait dans une spirale d'autre monde.

— Mais avant d'envisager quoi que ce soit, j'ai aussi besoin de connaître ta réponse à cette question...

Silence.

— Même parti au bout du monde, engagé dans une armée de libération qui aurait pu m'envoyer avant mon heure dans le caveau de famille au cimetière de Préville ou dans une tombe anonyme de pays étranger, je n'ai jamais cessé de penser à toi, jamais pu imaginer ma vie sans toi. Maintenant moins que jamais. Alors...

Nicolas fit une brusque volte-face.

Il était d'une pâleur qu'accentuait le contre-jour. Mains dans les poches pour en conjurer le tremblement, d'une voix altérée par l'émotion, l'inquiétude, et la crainte d'une réponse inattendue et trop blessante, décomposant ses mots, syllabe après syllabe, il dit :

— Ma chère Ange, mon amour... acceptes-tu de devenir ma femme ?

Des larmes perlaient à ses paupières. Sa lèvre inférieure frémissait.

Une éternité d'attente le crucifia.

Hésitait-elle, ou bien faisait-elle durer le plaisir de la torture ?

— Une vieille femme comme moi ?

— Un vieux bonhomme comme moi !

Elle se mordit les lèvres, joignit les mains, lança un regard aux outils de son père et reliques de sa mère, comme pour associer la mémoire familiale à son émotion du jour, puis au chevelu des mirabelliers en cascades argentées sur la Basse des Hièr.

— À mon âge ?

— À notre âge !

Silence.

Nicolas allait reprendre la parole quand, tout à coup, Ange balaya d'un revers de main les cercles, croix, étoiles de sucre qui se dispersèrent sur le plancher, bondit vers lui, se jeta dans ses bras.

Le tracteur avait fini de tousser dans les fonds de la Gitte, les enfants relisaient leur dictée…

Quand la chèvre blanche arriva dans la montagne, ce fut un ravissement général…[1]

… épuisé, le chien s'était endormi.

Joues vernies par l'émotion et les larmes, ils se séparèrent.

Leur étreinte avait duré tout le temps qu'ils

1. « La chèvre de monsieur Seguin », Alphonse Daudet, in *Lettres de mon moulin.*

auraient dû vivre ensemble depuis leur première rencontre.

— Je veux te confier mon dernier projet professionnel.

Ange avait repris sa place, dégustait son café froid, sans sucre.

Toujours debout devant la fenêtre, immobile, face à elle, soulagé, prêt à tout puisqu'il venait d'obtenir l'essentiel, Nicolas attendait la suite.

— Après, je serai libre comme l'air, pour toi, pour moi, pour nous.

— Je t'écoute.

— Voilà dix ans, j'ai assisté ici, à Bouzemont, à la cérémonie organisée à la mémoire de Dom Joseph Pothier, tu sais ce spécialiste de musique sacrée, restaurateur du chant grégorien et de la liturgie catholique, né dans une maison voisine, devenu premier abbé régulier de Saint-Wandrille depuis la Révolution, chez moi en Normandie. Cérémonie émouvante, simple de la profonde simplicité des gens de ce pays. Les paysans avaient nettoyé leur usoir, taillé au carré les tas de fumier, rentré coqs et poules, changé les brise-bise aux fenêtres, attaché les chiens fous, sorti les habits du dimanche. Partout ça sentait la bonne campagne, le crottin de cheval et la naphtaline des habits du dimanche. Tout le monde, de la ville et des environs, était là, dans et autour de l'église : clergé et son prince, parlementaires et élus, musiciens, curieux… des dizaines de personnes se bousculaient dans mon petit village perché. Messe, chants grégoriens, pose d'une plaque sur sa maison natale, discours, coups d'encensoir et de vin de pays, pâté lorrain, tarte aux mirabelles… tout y était, de bon ton et de belle intention ! Rien n'y manquait… sauf…

Elle avala une gorgée de café.

— Sauf un orgue !

Nicolas quitta sa fenêtre, vint s'asseoir à son côté. Elle lui proposa une part de tarte, qu'il accepta.

— Sauf un orgue…

Il avait répété lentement, comme occupé à mettre de l'ordre dans un imprévu déferlement de pensées.

— Sauf un orgue…

— Sauf un orgue ! Pourtant il aurait eu toute sa place dans cet hommage à Pothier, qui était autant compositeur que théoricien du grégorien. Et puis, grégorien et orgue… ça se marie très bien !

— Aussi bien que nous ?

— Comme nous ! J'aurais bien vu Gaston Litaize à l'œuvre.

Elle avala une nouvelle gorgée de café.

— Tu te souviens de ce musicien aveugle à Saint-Léon ? Il est maintenant titulaire de l'orgue de Saint-François-Xavier, à Paris, depuis mai dernier. À l'époque, il venait de décrocher le Prix Rossini. Mais il serait venu, j'en suis certaine.

Elle poussa vers lui la part de tarte qu'il n'avait pas encore touchée.

— Ce soir-là, je me suis dit que je corrigerais ça, tu vois, et que, le jour venu, je construirais un petit orgue à offrir à cette petite église, ce trésor de l'art roman, que j'aime de tout mon cœur !

— Autant que moi ?

Ils éclatèrent d'un même rire.

— Ce jour est venu ! C'est maintenant ou jamais ! Dom Pothier aura son orgue dans l'église de son baptême. Je lui dois tellement ! C'est grâce à lui si je suis ici aujourd'hui, si j'ai exercé un métier de passion, si…

Elle baissa d'un ton, murmura :

— … si je t'ai rencontré, pour le pire de la trop longue séparation, et le meilleur à venir !

Il lui prit la main, y déposa un baiser sucré à la mirabelle.

— Tu as déjà commencé ?

— Pas vraiment ! Mais j'ai bien repéré les lieux. Je peux loger un instrument à l'endroit où se trouve un grand lutrin, près de la table de communion… tu vois… à proximité du chœur.

— Je ne me souviens pas. Tu sais, je n'ai visité qu'une fois cette église, et ce n'était pas hier.

— Vrai ! Mais, bon… j'ai étudié les lieux, tracé des plans sommaires… c'est possible !

— Et les fournitures… tu les as ?

— Pas encore ! J'ai bien quelques matériaux et tuyaux, ceux dont je me servais pour passer les messages au maquis, autant dire rien ! Bois pour les sommiers, métal pour les tuyaux, cuirs et basanes pour le soufflet… tout est à fabriquer et commander. Pas facile avec les restrictions en ce moment, mais je peux voir avec Pierre Jacquot, tu sais le successeur d'Ernest-Théodore mort l'an dernier. Depuis son retour de déportation en Allemagne, très fatigué, Pierre n'occupe plus qu'une place de faveur dans la manufacture familiale ; il ne prend plus aucune décision. Mais il pourra jouer l'intercesseur auprès de monsieur Lavergne, le patron. J'ai confiance !

Nicolas savourait son bonheur de l'entendre toujours aussi déterminée qu'à l'époque de leur première rencontre ; il mordit à belles dents dans sa part de tarte, prit le temps de la déguster, conclut :

— J'ai mon idée !

Elle écarquilla les yeux.

— Je peux savoir ?

Pour toute réponse, il lui prit la main une nouvelle fois, y déposa un nouveau baiser sucré…

— Je t'aime !

25

Juin 1947

Partout on se réjouissait de la renaissance du Tour de France ! De Paris à Paris en passant par Lyon, Nice, Carcassonne, Pau, Bordeaux et Saint-Brieuc, rasant frontières et côtes, traversant montagnes, la course mythique portait encore bien son nom ; elle lancerait dans la compétition des champions cyclistes déjà fameux, comme le Provençal René Vietto et des débutants comme le diable ardennais du cyclo-cross Jean Robic. En passant par la Lorraine surtout, de Luxembourg à Strasbourg, visitant des villes, villages en ruine, traumatisés encore par les tragédies toujours vives de l'Occupation et les combats de la Libération.

Les grèves à répétition, des ouvriers de Renault à Boulogne-Billancourt d'abord, puis des services publics, employés de banque, mineurs du Pas-de-Calais, et du personnel des usines Citroën, avaient sabré un moral déjà mis à mal par les restrictions vécues comme une suite sans fin de la guerre. Ne venait-on pas de réduire la ration quotidienne de pain de trois cents à deux cent cinquante grammes à cause des gelées de printemps qui avaient grillé sur pied un blé prometteur, et de confirmer celles de vingt-cinq grammes de viande, dix-sept grammes de sucre, huit grammes de matière grasse et six grammes de fromage ? Quant aux vêtements et chaussures… on était contraints de ressortir des armoires les frusques d'avant-guerre et des placards les godasses qui seraient ressemelées avec des bouts de pneus usagés. Les tickets de rationnement rappelaient avec une insistance provocatrice que, si la guerre était terminée, on n'en avait pas fini avec ses conséquences !

Et, comme si le ciel avait décidé de punir les hommes pour leur violence des dernières années, une chaleur torride s'était installée sur le pays, qui calcinait les fouillards de patates dans les potagers, les haricots sur leurs rames, asséchait Gitte et Rovion, qui baladaient dans leurs maigres coulants les ventres gonflés de chevesnes morts, et privaient les lapins des clapiers de leur ration vitale d'herbe. Des pochetrons accoudés au zinc bramaient dans les bistros : « Tant qu'y aura du pinard, on tiendra ! » et aussi : « Si ça continue comme ça, les vaches donneront bientôt du lait en poudre ! » Leurs rires étouffaient leur angoisse.

À Bouzemont, à Rambervillers, à Nancy comme ailleurs, on s'organisait pour vivre au moins mal le présent en s'efforçant de regarder l'avenir d'un œil confiant.

Jusqu'aux experts de la météo qui au constat de la fonte des glaciers alpins ajoutaient le risque d'appauvrissement des nappes phréatiques pour prédire un enfer !

Oui, invitant à redécouvrir les merveilles du pays, ranimant l'esprit de saine compétition et réinventant celui de fête, le Tour de France ferait du bien !

La veille, en réponse à la sienne, Ange avait reçu une lettre de Pierre Jacquot, son ancien patron associé de René Lavergne.

Rambervillers, 21 juin 1947

Chère Madame,

J'oserais, je vous appellerais encore « Ange », comme autrefois quand je participais aux décisions du patron, mon père, ou quand ensemble nous rabotions une pièce de chêne ou polissions des tuyaux de zinc dans nos ateliers. « Ange », un si beau prénom que vous portez si bien ! Mais les temps ont changé ! Je ne suis plus le complice de travail que vous avez connu, même si vous êtes toujours pour moi la compagne de passion artisanale et – j'ose le mot – artistique que j'ai appréciée. La déportation a fait de moi un être affaibli qui ne récupérera sans doute jamais ses qualités d'avant – si tant est que j'en aie eu ! –, et la vie a fait de vous, j'en suis certain, une femme épanouie désormais heureuse de profiter d'une liberté chèrement et justement acquise.

Toutefois, malgré la fatigue qui me traîne toujours et la douleur qui m'accable souvent, je suis encore chaque jour dans nos bureaux. Nonobstant les nouvelles tendances du marché de l'orgue – Dieu que ce mot « marché » me fait horreur ! – je m'efforce d'y entretenir la flamme que mon père y avait allumée avec la fougue que vous lui avez connue. Et je vais faire tout mon possible pour répondre à votre demande.

Votre projet de construire un orgue dans la belle église de Bouzemont me plaît comme il a plu à René Lavergne, qui a aussitôt proposé de vendre à cette paroisse un orgue de série « Unit » dont il est le promoteur, d'un modèle proche de l'Unit-Major que nous avons installé dans l'église provisoire de la rue Carnot à Gérardmer après l'incendie du 22 juin 1940. J'ai insisté pour que, selon votre désir, nous vous fournissions plutôt les moyens d'y installer un instrument unique, fruit de votre conception et de votre observation des lieux, adapté au plus juste à l'espace dont vous disposez et à l'acoustique paraît-il remarquable de ce sanctuaire. Il a fini par accéder à notre demande, et fournira à des conditions préférentielles tout ce qui sera nécessaire à la concrétisation de votre projet.

Je me permets toutefois de vous recommander la patience car, en ce moment, nous manquons de tout : bois pour les sommiers et buffet, étain, plomb, zinc pour les mécaniques et tuyaux, câbles électriques, peintures et gomme arabique, peaux pour les soufflets des commandes pneumatiques… tout va aux chantiers de reconstruction. Quand on voit l'état de ruine quasi totale de villes comme Saint-Dié, Gérardmer, Épinal, Charmes, pour ne parler que de celles qui nous sont proches et chères, on peut le comprendre. L'urgence est là, et bien là.

Vous pouvez donc compter sur moi, chère Ange (j'ai osé !). Un jour prochain l'orgue dont vous avez déjà établi les plans chantera dans l'église de votre village. Quand ? Impossible de vous le dire pour les raisons évoquées plus haut, mais... bientôt... le plus tôt possible ! Et j'espère que je serai en assez bonne forme pour être parmi les premiers heureux invités à venir entendre sa voix et... vous embrasser.

Ayez confiance, et prenez grand soin de vous.

Soyez assurée de mon engagement à votre côté, et de ma fidèle amitié.

Pierre Jacquot

Ange avait bondi de joie !

Un mois qu'elle avait adressé son courrier à la manufacture d'orgues ! Le silence de son ancien employeur l'avait passablement inquiétée. Elle commençait même à désespérer de recevoir une réponse. Enfin, elle était là, cette lettre, pas totalement conforme à ses espoirs à cause de l'invitation à la patience, mais en forme d'accord sur le principe, ce qui lui convenait déjà bien. Elle avait remarqué les tournures : « Il a fini par accéder à notre demande... la concrétisation de votre projet... », et s'en réjouissait. Elle voulait que cet instrument soit vraiment le sien, son cadeau à ce pays qui l'avait si bien accueillie, qui avait donné naissance à l'homme immense par qui tout lui était arrivé : Dom Joseph-Marie Pothier, fils de Joseph Pothier, instituteur à Bouzemont, et de Thérèse Viriot, fileuse. Que l'église dans lequel ce génie de la musique liturgique avait reçu l'eau et le sel du baptême le 8 décembre 1835 soit muette lui était insupportable. « Notre demande… votre projet… » Elle reconnaissait bien dans ce choix des mots la bienveillance de Pierre Jacquot héritée de son père, l'une des qualités premières de cette famille de facteurs d'orgues. Ce projet était le sien, bien sûr, mais elle le mènerait à son terme avec le soutien de Pierre et, évidemment, de Nicolas.

Lecture achevée, enfin soulagée, elle s'était installée sur le banc de son jardin, avait contemplé un moment l'infini panorama de la plaine inondée de soleil, écrasée par la chaleur, fatiguée de ce printemps assassiné par un ciel devenu fou. Loin devant, la crête du Métel tremblait de chaud sur le Cul de la Géline, avec déjà des touches d'ocre dignes des prémices d'automne. Puis, curieuse de voir comment cerisiers, mirabelliers et quetschiers réagissaient à la fournaise ambiante, elle était allée en balade dans le coteau de la Ronde. Déjà bien formés, les fruits encore verts commençaient à mollir, se rider, sécher sur l'arbre avant d'être mûrs. Même les ronciers souffraient, eux qui, pourtant, savaient afficher en temps normal une robustesse à toute épreuve ! Les confitures seraient rares cette année !

Les confitures… Jean Marais ! Retour en fin d'après-midi sur son balcon de théâtre antique, elle avait revu le champ de bataille, les blindés, les mouvements de troupes, entendu une nouvelle fois, dans sa tête, le vacarme des explosions, les coups frappés à sa porte, et le sourire lumineux de l'athlète blond en tenue de combat, son… jumeau normand… les léopards !

Elle avait secoué ses souvenirs, était revenue au présent.

Trois mois !

Que pouvait bien faire Nicolas en ce moment même, à Nancy ?

Après un court séjour chez elle, il avait regagné la ville. « J'ai à résoudre nombre de problèmes là-bas, des officiers ministériels à rencontrer, des décisions à prendre… lui avait-il dit. La mort des parents, si elle est porteuse de douleur pour l'enfant, est aussi génératrice d'embrouillaminis administratifs à démêler, surtout quand la famille disposait de quelques biens ! »

Les Gerboncourt père et mère avaient rendu leur âme à Dieu le plus discrètement du monde à Nancy, dans la maison des sœurs de Saint-Charles. Nicolas ne l'avait appris qu'à son retour d'Allemagne, après la prise du repaire bavarois de Hitler à Berchtesgaden avec la 2e DB. Le baron Yacinthe s'était éteint comme une chandelle épuisée en janvier 1944, à l'âge de quatre-vingt-quatorze ans, sans douleurs, sans regrets sauf celui de n'avoir pas revu son fils, ce médecin officier dont il était si fier qu'il en parlait chaque jour. La baronne l'avait suivi, six mois plus tard. Elle avait appris le débarquement de Normandie sans aucune réaction. « Nous serons bientôt libérés ! » avaient hurlé les sœurs à son oreille devenue résistante aux sons. « Que voulez-vous que ça me fasse, maintenant qu'il n'est plus là ! » avait-elle répondu sèchement. Elle avait confirmé son indifférence au devenir de l'humanité d'un coup de menton vers la photographie signée de Jean Scherbeck, disciple du peintre Émile Friant, qui les avait saisis dans leur salon, devant la grande cheminée au manteau orné jusqu'au plafond de motifs floraux, sous les portraits d'ancêtres blasonnés. Puis elle s'était laissée glisser vers les abîmes où l'attendait son compagnon de vie. La bonne Jeanne avait pris leur place chez sœur Manne. Ils avaient payé d'avance pour elle une éternité de frais de pension. Comme ses anciens maîtres, elle accompagnait les enfants dans leur éducation, et les vieillards dans leur lente descente vers la terre. Elle donnait aussi un coup de main savant et apprécié en cuisine. Au dire des sœurs, les Gerboncourt n'avaient à aucun moment évoqué d'autres proches que leur fils. Nicolas en avait été chagriné pour Ange. Il s'en était tu. Seule la bonne Jeanne s'inquiétait d'elle, questionnait Nicolas à propos de « la belle Ange » à chacune de ses visites. Il passait souvent voir cette femme considérée depuis toujours comme sa seconde mère pour s'assurer de sa santé et qu'elle ne manquait de rien.

Trois mois !

Trois mois qu'il n'était pas revenu à Bouzemont ! Exception pour un passage éclair, pour la fête de Pâques. Arrivé le samedi soir, reparti le lendemain même. Ce dimanche-là, à l'aube, ils avaient entendu ensemble les cris d'enfants en chasse d'œufs peints dans les jardins et vergers, et le joyeux carillon des cloches qui annonçait au pays la résurrection de Jésus, repris en écho par les clochers de Lamerey, Damas, Dompaire, Derbamont. Puis, au milieu des paysans curieux de leur présence, ils avaient assisté à la messe, avant de déguster un pâté lorrain qu'elle réussissait depuis longtemps aussi bien qu'une enfant du pays. Il avait repris la route pour Nancy en fin d'après-midi. « J'ai des rendez-vous importants, dès demain et toute la semaine à venir. Mais nous y verrons bientôt plus clair, et je serai bientôt plus souvent avec toi… je te le promets ! »

Ce matin, ragaillardie par la lettre de Pierre Jacquot, Ange décida de revoir le plan de son orgue destiné à l'église du village. Puisque les nouvelles étaient bonnes quant au soutien de la manufacture Jacquot-Lavergne, pourquoi ne pas voir plus grand, tout en se limitant bien sûr à l'espace disponible ? Ajouter deux jeux paraissait possible, et un pédalier en chêne, à la française, de quatorze notes, en vue d'augmenter la richesse harmonique. Une telle modification de son plan premier permettrait de construire un instrument comparable à celui initialement pensé en 1841 par Antoine Grossir pour

Igney, jamais terminé pour cause de mort prématurée de cet artisan génial. Elle avait un bon souvenir de cet orgue pour l'avoir relevé avec son complice Fanfi pendant la Grande Guerre. Elle avait retrouvé ses notes et croquis de l'époque. Bien sûr, plus de deux cents tuyaux supplémentaires seraient à prévoir, mais qui ne tente rien n'a rien ! Entourée de gens de bonne volonté, elle sentait cette évolution possible.

Elle étala sur sa table les plans : implantation générale, buffet et soufflerie électrique, coupe latérale avec mécanique des notes et jeux… tourna le bouton bakélite de son poste de TSF. Nouvelles, musique et Tour de France accompagneraient sa réflexion. Maurice Thorez venait d'être élu secrétaire général du Parti communiste français… allait-il aider à finir les grèves en cours ? Au début du mois, l'annonce du plan Marshall laissait espérer la fin du rationnement et la reconstruction de l'Europe… mais, à quel prix ? « À bicyclette » Bourvil accompagnerait à sa manière Jean Robic sur la route de Strasbourg… jusqu'à la victoire d'étape ? La journée et l'avenir paraissaient prometteurs de paix et plus… légers.

Au travail !

Ange en était à ses calculs de mécanique et de pression du vent dans le réservoir à lanterne quand elle sursauta.

Une main venait de se poser sur son épaule.

Elle fit volte-face, compas en main, pointe en avant, prête à la riposte…

— Nicolas !

Elle crut à un mirage ! Le soleil chauffait tellement depuis si longtemps ! Mais… regard noisette, mèche de cheveux indociles, chevalière de gueules au lion rampant d'or… il était bien là !

— Nicolas !

Elle lui sauta au cou.

Ils échangèrent un long baiser puis, naturellement, comme s'il l'avait quittée la veille seulement, il lui prit la main sans un mot, la mena dans le couloir, la guida vers la rue. Elle le suivait, dans son sillage de drap frais et de cuir de Russie, l'aurait suivi ainsi jusqu'en enfer ! Sous les léopards, le soleil lui fit de l'œil. Il en profita pour effleurer son front d'un baiser de papillon…

— Regarde !

— Elle est belle !

Elle venait de découvrir, garée contre le cimetière, sa nouvelle voiture de noir vernie, calandre à chevrons d'argent. Mains dans les poches, cou tordu par la curiosité, des gamins ébahis l'examinaient déjà du dehors et du dedans par les vitres à demi baissées.

— Traction avant Citroën. J'ai dû l'attendre longtemps… elle est tellement demandée. Mais… là n'est pas le plus important. Viens !

Le soleil encadrait la tour de l'église, lui faisait une auréole dorée, projetait son ombre massive sur la route pavée ici et là de bouses fraîches. Les vaches étaient sorties tôt pour un pâturage de misère sur une prairie grillée.

— Viens !

Entre la Traction et un ensemble faucheuse et râteau mécaniques en attente de ciel plus clément pour un espoir de fenaison, un camion bâché encore équipé de son gazogène…

Joues creusées par l'aspiration, en bras de chemise, son conducteur au volant tirait sur une cigarette de tabac gris.

Nicolas mena sa compagne vers l'arrière du camion. Clope au bec, le chauffeur avait mis pied à terre. Sur un signe de tête de son loueur, il entreprit de délacer la bâche, lentement, en soufflant des nuages bleutés. De temps en temps, il toussotait, se raclait la gorge en grimaçant, reprenait son ouvrage. Les entrelacs de cordelette bien serrés lui donnaient du fil à retordre. Enfin libérée jusqu'à l'arceau, la bâche s'entrouvrit. Nicolas fit un pas, la saisit, l'ouvrit au large, s'écarta.

Ange porta les mains jointes à son visage, croisa les doigts comme pour remercier Dieu du plus extraordinaire bienfait, éclata en sanglots.

Dans la caisse du camion venaient de lui apparaître des sommiers, caisses de mécanique, éléments de buffet de châtaignier et ornements dorés à la feuille, tuyaux de bois et d'étain soigneusement calés par du papier journal, pupitre et banc de chêne teinté au brou de noix…

— Mais…

Ses sanglots redoublèrent.

Il s'approcha d'elle, lui prit les épaules, l'étreignit, partagea son émotion.

Le chauffeur s'était écarté ; il découvrait entre deux façades l'infini panorama de la plaine déjà écrasé de soleil.

— Mais, c'est…

Ange manquait de souffle. Chaque mot effleuré devenait nouveau sanglot.

— Oui, c'est notre orgue de salon !

Elle leva les yeux vers lui, le supplia du regard d'en dire davantage.

— J'ai vendu l'hôtel Gerboncourt de la place d'Alliance. Meubles et immeuble. Nancy, pour moi, c'est fini. Je vivrai désormais là où tu vis, avec toi, toujours !

Ange se dégagea, avança vers le camion, contempla longuement son contenu, en silence.

Le chauffeur était revenu à eux, avait abaissé la ridelle.

Un rayon de soleil tombait sur les dorures du buffet, jouait avec l'ivoire des touches, accentuait la transparence de la cire d'abeille sur les veines de châtaignier.

— Moi aussi, j'ai pris des mesures, sans mètre… pas besoin… à l'armée, même un médecin apprend à évaluer distances et dimensions… élémentaire pour la stratégie ! Je sais que notre orgue trouvera exactement sa place dans le chœur de l'église, derrière le grand lutrin à main gauche… tu vois ?

Bien sûr qu'elle voyait ! Derrière le grand lutrin à lyre de chêne foncé, devant l'autel latéral à retable gothique, là où elle avait prévu d'offrir à cette petite église la voix céleste de Boscherville, le souffle de Boscherville.

— Je commence à décharger ? demanda le conducteur d'une voix rouillée par la nicotine, qui éprouvait le besoin de se rendre utile.

— Nous déchargeons ! le corrigea Nicolas.

— Je peux faire tout seul ! insista l'homme en tirant d'une poche de vareuse sa blague à tabac de caoutchouc.

— Je fais avec vous !

— Moi aussi ! Je vais me changer et j'arrive ! compléta une Ange remontée à bloc. Attendez-m…

— C'est pas du travail de femme, ça ! l'interrompit le gaillard qui, adossé au réservoir du gazogène, roulait une nouvelle cigarette.

— Homme, femme, le travail est le même pour tout le monde, l'ami ! Et puis… j'en ai vu d'autres… pouvez me croire !

Elle avait déjà traversé la rue.

— J'arrive !

L'un perché dans la caisse, l'autre au cul du camion en allers-retours vers le porche blotti entre les contreforts massifs de la tour, Ange dans l'église qui entreposait soigneusement toutes les pièces dans le coin des fonts baptismaux, ils avaient passé l'après-midi à décharger soigneusement le camion sous le regard du maire et du curé qui, impressionnés par la délicatesse de la tâche, avaient proposé un prudent coup de main.

Fourbus, à table dans la cuisine qui fleurait bon l'omelette au lard, ils avaient trinqué tous les trois à la nouvelle destinée de l'orgue d'Alliance devenu celui de Saint-Georges. Bien entamée, une bouteille de vin du Montfort d'avant-guerre exhalait ses arômes boisés. Après la dernière bouchée de fromage de munster, le camionneur avait quitté la table, décliné l'offre de fraises à la crème préparées à la hâte, roulé une cigarette de gris, repris son volant... destination Nancy via Dompaire et Mirecourt.

Ange et Nicolas... seuls !

— J'ai réussi à vendre la propriété de Nancy, pas encore celle de Chaouilley. Le moment n'est pas favorable à cause des conséquences de la guerre, tu l'imagines aisément. Je n'ai pas tiré de la place d'Alliance ce que j'en espérais, mais c'est fait, et j'en suis fort aise.

Fatiguée mais heureuse, Ange l'écoutait en servant les fraises à la crème.

— Tu ne regrettes pas cette décision ?

— Pas le moins du monde !

— Tout de même, le berceau de ta famille...

— Au berceau de ma famille j'ai préféré le berceau de mon bonheur, ici, avec toi.

Il prit le temps de savourer une première cuillerée de fraises, reprit :

— Je ne renie rien, je ne renonce à rien, j'assume tout de l'histoire des Gerboncourt, certes, mais aussi et surtout de notre présent. La vie est là où l'on se trouve, dans le partage du quotidien et dans les projets communs, pas dans les souvenirs, encore moins dans la nostalgie. Et puis…

Il leva son verre, le fit tinter contre celui d'Ange, dégusta une gorgée de vin.

— Mmmm… avec les fraises !

Il ferma les yeux un court instant.

— Et puis, j'ai pris d'autres décisions, encore.

Nouvelle cuillerée de fraises.

— Seul, sans enfants ni héritiers directs – j'ai bien de lointains cousins tout juste entrevus voilà fort longtemps, qui n'attendent rien de moi ! –, j'ai voulu mettre fin à l'aventure dynastique des Gerboncourt en accord avec l'esprit de mes parents. Père et mère ont fini leur vie dans une maison de Fraternité qui a su prendre soin d'eux, mais en prenant soin eux-mêmes des autres pensionnaires, enfants et vieillards. Alors j'ai donné à cette maison le fruit de la vente de la place d'Alliance, meubles et immeuble, sauf les portraits d'ancêtres, bien sûr, qui sont dans la Traction, devant ta porte. Ma retraite de médecin militaire suffira.

Il avait hésité à dire « nous suffira », joua un moment avec les reflets de son verre dans la lumière du couchant.

À l'horizon d'occident, la crête du Métel s'était embrasée.

— Le temps que tu reconstruises notre orgue ici, je resterai à Chaouilley. Tu vois, finalement, c'est bien que je n'aie pas réussi à vendre cette campagne. Le temps que tu reconstruises notre orgue, et...

Il avait posé son couvert, cherché la main d'Ange sur la table, l'avait trouvée...

— ... et d'organiser notre mariage !

Il avait serré très fort cette main qui s'abandonnait à la sienne.

— Si tu le veux, bien sûr ! Seulement si tu le veux !

— À notre... âge ? balbutia Ange.

— À notre âge !

Dans le jardin, deux merles se vocalisaient des histoires, tandis que, au loin, s'éteignait l'incendie du Métel.

Le lendemain, au café-confitures... la TSF leur apprit que Jean Robic avait gagné la veille l'étape du Tour, à Strasbourg.

— Je t'aime...

26

Mars 1948

Vendredi matin, veille de printemps, fête de Saint-Joseph.

Pour être à l'heure dans le village perché de Bouzemont, partis de Rambervillers et Nancy ils avaient pris la route au lever du jour de Rouen et de Paris, passé de longues heures depuis la veille dans le train sous un nuage de vapeur et fumées chargé d'escarbilles.

Enfin arrivés !

Petite assemblée, de proches, très proches, amis et fidèles de toujours, qui pour rien au monde n'auraient manqué un tel rendez-vous !

Dans son habit du dimanche, le maire avait passé son écharpe tricolore, son adjoint ouvert le registre d'état civil à une page blanche, le secrétaire de mairie et maître d'école empli l'encrier, nettoyé la plume, rédigé à la calligraphe d'autrefois l'acte que bientôt époux et témoins auraient à signer.

La mairie respirait le brou de noix, les vieux

papiers et le musc puissant des vaches. Couverte de son bonnet phrygien coquelicot, Marianne posait sur un corbeau faux bois une plantureuse poitrine aux couleurs nationales. Sur le tapis vert des conseils municipaux, un vase de grès flammé aux couleurs irisées présentait un bouquet de jonquilles et narcisses de jardin tout juste éclos.

Vase de grès flammé… silhouette de femme aux ailes éployées… Fortuné… la chambre de Rambervillers… Ange chassa l'image des éclats de lumière sur le plancher et le souvenir. En grand uniforme d'officier de santé – « Dernière fois que je le porte ! » avait-il murmuré en bouclant le gilet de velours grenat –, Nicolas avait remarqué son trouble, lui avait pris la main.

La cérémonie officielle avait duré le temps des présentations administratives, lecture des articles du Code civil, recueil des consentements…

— Monsieur Nicolas de Gerboncourt, consentez-vous à prendre pour épouse madame veuve…

Le maire avait buté sur la prononciation du nom italien finalement escamoté…

— … née Ange Levral, ici présente ?

— Oui !

Réponse claire et forte, d'une voix portée par un élan qui avait surpris la petite assemblée.

— Madame veuve Civ…, née Ange Levral, consentez-vous à prendre pour époux monsieur Nicolas de Gerboncourt ici présent ?

— Oui.

— Au nom de la loi, je vous déclare unis par les liens du mariage.

Le temps aussi des signatures du registre par les nouveaux époux et leurs témoins, des félicitations du maire assorties, tandis qu'il remettait le livret de famille, d'un mot touchant à la mariée à propos de son engagement courageux au service de la Résistance, d'un salut républicain au médecin soldat qui avait accompagné la 2ᵉ DB « sur le chemin de la gloire » !

On avait applaudi, gagné la rue sous le regard de curieux alignés contre le mur du cimetière, de quelques autres collés aux carreaux derrière les brise-bise.

Le curé avait lancé les cloches, les enfants de chœur allumé le cierge pascal, garni l'encensoir et le vase d'eau bénite, placé les prie-Dieu au beau milieu de l'allée centrale, face au maître-autel.

Les vitraux ruisselaient d'une douce lumière de printemps.

L'église embaumait la résine de Palestine, le cuir fraîchement graissé et la naphtaline des grands jours.

Pleine !

Nef et bas-côtés…

Pleine comme un œuf.

À croire que toute la population valide s'était donné rendez-vous dans ce sanctuaire millénaire !

Le minuscule cortège se forma sur le parvis. Pour l'entrée, les nouveaux époux avaient tenu à respecter la tradition : elle en tête, qui aurait dû être menée à l'autel par son père. C'est un Fanfi claudiquant, témoin de la mariée, revigoré par l'événement, fier d'une confiance si touchante, qui se cramponnait à son bras. La Toinette, sa femme, qui craignait une de ses faiblesses désormais fréquentes, voire une chute, le collait aux talons. Lui au dernier rang, qui aurait dû être mené au prie-Dieu par sa mère. Il avait choisi pour témoin et mère de substitution la bonne Jeanne, qui en avait été bouleversée au point de ne pouvoir même le remercier d'un tel honneur. Muette d'émotion !

Entre les deux, profondément troublé de retrouver l'adolescente devenue femme qu'il n'avait pas vue depuis des années, restée dans son cœur comme la fille toujours espérée mais refusée par le ciel, le comte Alibert de La Maizerie, au côté de Toinette, sa « cavalière » de circonstance, puis Pierre Jacquot et son épouse, René Lavergne, flanqué de Madame.

Tout juste avaient-ils franchi le portail, fait trois pas dans l'allée centrale que, tout à coup, l'orgue donna sa pleine voix de bourdon, ample, profonde, vibrante ! Jean-Sébastien Bach… *Passacaille et fugue* ! Ange frémit. L'espace d'un éclair, elle se revit avec père et mère sous les voûtes célestes de Saint-Georges de Boscherville, retour de Saint-Wandrille, cinquante ans plus tôt. Elle ferma les yeux, se laissa guider par le Fanfi, toujours surveillé par une Toinette que transfiguraient les harmonies veloutées de l'orgue. Dépassé le premier banc, parvenue à hauteur du prie-Dieu, face au curé prêt à célébrer et aux enfants de chœur en soutanelle incarnat, bras croisés sur leur surplis de dentelle, l'émotion la submergea. Venait de lui apparaître derrière les stalles au lutrin lyre, au clavier, front au ciel, lunettes noires… l'organiste aveugle, le maître rencontré pour la première fois à Saint-Léon de Nancy, le compositeur inspiré devenu oblat de l'abbaye de Solesmes par amour du chant grégorien, par reconnaissance pour le travail de Dom Joseph Pothier… le titulaire depuis cinq ans du prestigieux Grand Orgue de Saint-François-Xavier, à Paris… le maître Gaston Litaize… au clavier de son petit orgue Gerboncourt… pour elle… pour eux !

Quand, en cachette de son Ange, Nicolas lui avait adressé un courrier d'invitation à partager leur bonheur du jour, le musicien vosgien lui avait adressé ses « remerciements les plus vifs », avait répondu qu'il serait des leurs, « heureux de retrouver mes Vosges natales, et d'inaugurer un orgue symbole d'amour partagé dans un humble sanctuaire témoin de notre histoire ! ». L'une des dernières adressées place d'Alliance à Nancy, sa lettre comportait un post-scriptum : *Je vous suggère de ne rien dire de ma venue à votre future épouse. Je souhaite que sa surprise de me découvrir au clavier puisse être l'un de mes modestes cadeaux de mariage.*

Jean-Sébastien Bach montait sous les voûtes fissurées par un millénaire d'offices et les réactions du sol aux obus et bombes récents, entrait en résonance avec ses propres accords, s'élevait, couvrait l'assemblée d'un voile diaphane alimenté par l'encensoir qui étouffait les sons humains, toux et raclements de semelle sur les pavés, soupirs et murmures, ouvrait les poitrines et éveillait l'esprit. Première fois que cet orgue chantait dans ce pauvre sanctuaire de campagne lorraine, que les fidèles entendaient chez eux de telles harmonies, que le souffle d'Ange s'abandonnait ainsi à la lumière dorée des vitraux !

Curé et enfants de chœur assis dans l'abside, assemblée muette et immobile… Nicolas s'était agenouillé sur le prie-Dieu au côté de sa femme aux yeux clos. Lui aussi avait fermé les yeux.

Au clavier, les doigts du maître aveugle donnaient naissance, dans le plus secret de chacun, aux images les plus intimes du plus précieux des partages.

Dès les premières mesures de Bach, chacun avait deviné que l'orgue d'Ange serait le personnage essentiel de cette célébration, bien avant les officiants, les élus municipaux – maire en tête, ils avaient accompagné le couple à l'église –, avant les époux même, qui, anneaux échangés dans le bain symphonique de la *Toccata* du Nancéien Eugène Gigout, s'étaient pris par la main, offert le traditionnel baiser sous la lance d'un saint Georges chevauchant, casqué et cuirassé, pointée sur tous les dragons de la terre. Le saint Georges de Boscherville… personnage essentiel de cette célébration après Dom Joseph Pothier que le maître Gaston Litaize avait tenu à saluer d'une improvisation éblouissante et inspirée.

Le soleil du printemps nouveau vernissait les linaire violine et lamier mauve du vieux mur quand l'orgue libéra les premières volées de la *Marche nuptiale* de Louis Vierne, musicien complice de toujours du maître organiste.

Des applaudissements à la volée accueillirent Ange et Nicolas sur le parvis, les accompagnèrent dans l'étroite allée vers la rue, jusqu'au portail du cimetière où, au plein soleil, les attendaient un photographe et son appareil sur pied couvert d'un drap noir. L'homme de l'art avait jugé que, derrière les mariés, la perspective du vieux mur aux cascades violines et mauves encadrant le porche de l'église serait le décor parfait. Couple seul d'abord, puis avec ses témoins et proches, dont le maître encore au clavier, puis au milieu de la population toujours présente, si heureuse de partager cette fête de l'amour, première au village depuis la fin de la guerre.

Haut dans le ciel, deux buses dessinaient de grands cercles en poussant des cris rauques.

Et, lancées par les enfants de chœur pendus à leurs cordes, les cloches s'emballèrent.

Alors surgit le facteur, qui lança son vélo contre le mur, se jeta vers le nouveau couple, un papier bleu à la main.

Le photographe suspendit son action.

Ange déplia le télégramme, lut…

Félicitations et vœux ! Avec vous de tout cœur. Vous embrasse très fort.

Signé : *Jean Marais.*

Empêché par le tournage du film de Jean Delannoy, *Le Secret de Mayerling*, en archiduc Rodolphe de Habsbourg-Lorraine au côté de l'émouvante Dominique Blanchar en Marie Vetsera, l'acteur avait regretté quelques jours plus tôt de devoir décliner l'invitation.

Jean Marais… les léopards… Célimène… les confitures de cerises…

« Vous embrasse très fort ! »

Fidélité !

27

Le lendemain du mariage, au clavier de « l'orgue Gerboncourt » – ainsi l'appellerait-on désormais –, le maître Gaston Litaize donna un grand concert dans Saint-Georges de Bouzemont. On se pressa en foule sur les antiques bancs aux noms de paroissiens d'un autre temps taillés dans le chêne.

L'église fleurait bon les parfums de la veille, santal, myrrhe, benjoin et cire des cierges, mariés aux senteurs d'une campagne ouverte aux douceurs du printemps lorrain.

Jean-Sébastien Bach fut de la fête, et les compositeurs lorrains Vierne, Gigout, en alternance avec les œuvres personnelles du titulaire des grandes orgues de Saint-François-Xavier appréciées des mélomanes parisiens, et une éblouissante improvisation inspirée du chant grégorien tel que pratiqué à Solesmes, en hommage au génial enfant du pays né un siècle plus tôt dans la maison voisine.

Moment d'élévation et d'intense émotion.

Au premier rang, à main droite, le couple Gerboncourt et le comte Alibert de La Maizerie, au plus proche du maître organiste. À main gauche, le maire et son conseil municipal au grand complet. Derrière eux, paysans et artisans en mélange, du village et d'ailleurs, montés de Dompaire, Damas, Lamerey, venus d'Épinal, de Nancy même ! Jamais on n'avait vécu une telle communion sur la colline veillée depuis la nuit des temps par la butte de Virine.

Puis, d'un seul et même élan, encore portée par les souffles et harmonies de l'orgue, la foule traversa la rue, s'assembla devant l'humble maison devenue lieu historique, sa plaque de marbre bénie par monseigneur Marmottin en 1936 :

Ici est né le 5 décembre 1835
DOM JOSEPH POTHIER
Restaurateur du chant grégorien

Ensemble, au coude à coude, maire, curé, Alibert de La Maizerie, maître Gaston Litaize, Ange et Nicolas de Gerboncourt saluèrent le lieu de quelques mots bien sentis, la foule d'un silence respectueux…

Haut dans le ciel, les deux buses de la veille dessinaient leurs grands cercles en poussant des cris rauques.

Et en escadrille serrée des pigeons frôlaient les

puissants contreforts de l'église, fondaient vers les fonds de la Gitte, remontaient à tire-d'aile, planaient en rase-tuiles sur les toits du village, avant de filer sur la précoce mousse argentée des mirabelliers d'orient.

Le lendemain matin, la Traction Citroën prit le large.

Au volant, Nicolas en costume de tweed, façon grand voyageur. À son côté, Ange, emmitouflée dans son manteau d'avant-guerre acheté à la Femme élégante, drap de laine prune légèrement cintré, à large col qu'elle avait boutonné sous le menton ; à l'arrière, la bonne Jeanne et le comte de La Maizerie.

Direction la Normandie.

À Nancy, première étape, ensemble, au cimetière de Préville immortalisé par *La Toussaint* de Friant, ce tableau qui avait tant bouleversé Ange dès son arrivée dans la capitale des ducs de Lorraine, pour un instant de recueillement devant la sépulture des Gerboncourt ; deuxième étape chez sœur Manne à Nancy, avenue de Strasbourg, dans la maison de Saint-Charles pour y déposer la bonne Jeanne et son maigre bagage. Au revoir déchirant ; la pauvre femme pleura toutes les larmes de son corps, comme si elle avait embrassé son cher Nicolas et sa chère Ange pour la dernière fois, comme si, entrant dans cette maison où elle allait prolonger son service aux autres, elle était entrée dans son tombeau, tellement bouleversée qu'elle se jeta dans le corridor sans se retourner !

Ciel clément, ils avaient apporté un panier de victuailles, prévu un pique-nique quelque part en Île-de-France.

C'est dans la forêt de Compiègne, près de la clairière de l'Armistice, qu'ils l'ouvrirent, dégustèrent sur le pouce jambon et fromage arrosés de quelques gorgées de rouge du Montfort et d'eau de Girefontaine, croquèrent des pommes ridées, fruits de l'automne passé.

La Traction franchit le portail du domaine de La Maizerie alors que, englouti par les bois du Colombier et de Sainte-Vaubourg, le soleil embrasait encore le ciel du couchant.

Le cœur d'Ange s'était serré. Moulée dans son manteau boutonné jusqu'au menton, calée à l'arrière contre la portière gauche pour échapper aux regards de Nicolas dans le rétroviseur, elle n'en fit rien voir. Semblant de dormir ! Pourtant, tout son être était entré en ébullition dès les premiers tours de roues de la voiture en pays roumois. Elle exultait de bonheur en même temps qu'une plaie jamais refermée lui infligeait sa douleur. Avait-elle été bien inspirée de proposer ce retour au berceau familial au prétexte de ramener le comte en son domaine ?

Le parc avait vieilli.

Devenus dortoir à corneilles, couverts de lierre et de bouquets de gui, mais avec un courage de plants adolescents, ses arbres forçaient leurs jeunes pousses vers un crépuscule d'histoire finissante.

Jadis dessinées, tirées au cordeau, entretenues avec une rigueur de géomètre par son père appuyé d'une escouade de jardiniers, ses allées paraissaient rongées par les mousses et les audaces d'un gazon rendu à l'état sauvage. Des flaques y reflétaient les dernières lueurs du jour.

Elle ferma les yeux.

Les rouvrit au moment où la voiture virait sur l'esplanade du château.

Derrière la haie de lilas en fleur, les communs, maison des parents, chèvrefeuille à l'assaut du toit, volets de la belle pièce clos pour toujours sur les plus beaux souvenirs de broderie…

Et là-bas, le massif de buis, très grand désormais, très épais, très sombre… le Schnitzel… sa brûlure entre les cuisses… Fortuné…

Elle eut grand-peine à s'extraire de la Traction, dut accepter le bras du comte pour gravir l'escalier du perron tandis que Nicolas sortait les bagages du coffre, prétexta pour expliquer sa faiblesse passagère les fatigues du voyage et les récentes émotions.

Le comte avait téléphoné à son personnel en chemin, depuis un bureau de poste. Un dîner frugal les attendait, de bonne gastronomie normande et de cidre bouché, qu'ils partagèrent à la grande table de la cuisine, entre les cuivres pendus à l'araignée de chêne, les faïences d'Aumale décors au coq, à la pensée et à l'œillet alignées sur la crédence et l'antique fourneau de fonte et laiton où ronflait un bon feu.

Il les logea dans la plus belle chambre du château, tapissée d'immenses scènes de vie rurale aux couleurs passées, au sol couvert de vénérables moquettes et tapis, aux fenêtres tendues de voiles de cotonnade encadrés de velours cramoisi. Un grand lit à baldaquin les y attendait. Ils s'y couchèrent, s'y aimèrent, y dormirent.

Le lendemain matin, au lever du soleil, ils firent le tour du parc sous la conduite du maître des lieux.

Ange avait demandé à visiter une fois encore – la dernière ! – la maison de son enfance. « Tu veux vraiment ? » l'avait interrogée Nicolas. « Oui, je veux ! » lui avait-elle répondu fermement. Il n'avait pas insisté, avait suivi le mouvement.

Devant la maison aux volets clos, tandis que le comte se débattait avec un trousseau de clés qui refusait de lui livrer ses secrets…

— Je te laisse y aller seule. À moins que tu ne veuilles…

Elle lui prit la main.

— Je voudrais que tu entres avec moi. Connaissant cette maison, tu me connaîtras mieux désormais… très bien, même !

Elle prit un air mystérieux et tendre à la fois.

— Nul ne guérit jamais de son enfance ! Tu vas y découvrir mes faiblesses, sans doute, mes forces aussi, ce qui a fait de moi ce que je suis, la femme qui partage maintenant ton quotidien, pour…

Elle sourit, serra très fort sa main.

— … pour le meilleur et pour le pire !

Elle éclata de rire, de son rire de petite fille revenu à elle comme par miracle.

Alibert de La Maizerie avait enfin trouvé la bonne clé. Il poussa la porte, s'effaça.

— Nul n'est entré ici depuis longtemps. Attention aux toiles d'araignées, et aux…

Il rit à son tour.

— … aux fantômes !

Il secoua les clés, qui tintèrent comme une sonnaille.

— Voulez-vous que je vous ouvre les fenêtres ?

— Nous le ferons si nécessaire ! lui répondit une Ange pressée d'entrer. Merci !

— Je reste dans les parages. Appelez-moi à votre sortie, afin que je referme la porte.

Il tourna les talons.

Ils pénétrèrent dans le logis.

Dès le seuil, Ange reconnut les odeurs de la maison familiale, comme si les murs, poutres et solives les transpiraient depuis toujours, de tabac paternel, de pommes cuites au four, de thym-souci-bourrache-mélisse et laurier que la mère semait dans les armoires en petits sacs de batiste, de cendres froides et de suie, de passé embrumé dans des moisissures, et de renfermé.

Dans la cuisine, elle retrouva la cheminée de briques rouges et ses chenets, la caisse à bois siège du père dans ses moments de doute parfois, de colère rarement, les poules du cache-torchons brodées au point de tige, la suspension descendue pour éclairer quelque lecture de journal, la pendule arrêtée et la cafetière que malmenait la mère pour activer la percolation. Elle reconnaissait tout dans la pénombre. Nicolas n'y voyait rien.

Personne n'avait touché aux meubles, aux objets, depuis sa visite après la mort d'Émelie, comme si la vie s'était suspendue en attente d'une renaissance.

Dans sa chambre, Ange distingua son lit couvert du gros plumon rouge… pas davantage, ne s'attarda pas. Quant à la chambre de ses parents, elle n'en poussa pas la porte.

Elle allait dans cette maison à petits pas, sur la pointe des pieds, comme pour ne pas déranger les souvenirs, les « fantômes », avait dit le comte.

La visite s'acheva par la belle pièce dont elle ouvrit fenêtre et volets, au large. Nicolas l'y avait suivie, comme partout ailleurs. Figée dans le temps comme dans ses souvenirs. N'y manquaient que le tambour de sa mère et son bouquet inachevé, qu'elle avait emportés, placés maintenant dans la belle pièce de Bouzemont, face à l'infini de la plaine. Les chaises étaient toujours là, face à face, comme autrefois quand mère et fille piquaient ensemble l'aiguille dans le lin.

— Tu vois, dit-elle d'une voix blanche en se

tournant vers Nicolas, c'est là que je travaillais avec maman, que je brodais mon avenir de fille en m'efforçant d'oublier mes espoirs de femme… là que, après le voyage de Saint-Wandrille, j'ai nourri en secret ma décision de partir vers la facture d'orgues.

Elle se tut.

Il avait passé le bras sur ses épaules.

Elle s'était dégagée tendrement, comme pour exprimer le désir d'être là, en sa compagnie certes, mais seule tout de même avec ses images et émotions d'autrefois.

Le comte Alibert les attendait.

— Je ferai fermer en fin de journée. Il fait beau. Un peu d'air et de lumière fera du bien à cette maison.

Il se leva.

— Et maintenant, que souhaitez-vous faire ? Je suis à votre disposition.

— Aller à Saint-Martin-de-Boscherville. J'ai besoin de revoir l'abbatiale, d'entendre son orgue… si possible !

Une heure plus tard, Nicolas pilotait la Traction sur les routes du pays roumois, Ange à son côté, le comte à l'arrière, qui avait plaisanté : « Comme un bourgeois conduit par son chauffeur ! Il ne vous manque que la casquette, mon cher Nicolas ! »

Ils avaient ri de bon cœur.

L'apparition des tours de Saint-Georges sur un fond de ciel pervenche illumina le visage d'Ange.

Personne dans la nef.

Vides, les bancs clos où, jeune fille encore, elle avait nourri son émotion et pris sa décision de vie.

Elle abandonna les hommes dans l'allée centrale, se dirigea vers l'accès à la tribune, gravit l'escalier, s'installa au clavier, tourna l'interrupteur de la soufflerie, tira les jeux, posa ses doigts sur l'ivoire des touches.

Alors, sous les voûtes millénaires de l'un des plus beaux sanctuaires de France célébré par Victor Hugo, montèrent les harmonies simples d'une humble ouvrière du beau.

Quand elle rejoignit mari et ami dans la nef, elle les trouva côte à côte dans les bancs clos, là même où ses parents se trouvaient un demi-siècle plus tôt, les yeux argentés d'une même émotion.

— Allons… nous pouvons rentrer, maintenant !

Sur le chemin du retour, elle fit arrêter la voiture en lisière d'une forêt, s'engagea dans un chemin.

Il faisait bon et beau.

Une brise agréable parfumée de genêts et d'océan courait sur la campagne étoilée de primevères.

Pour meubler l'attente, mains dans les poches, Nicolas fit quelques pas vifs sur le bas-côté, inspira profondément, se remua les sangs comme pendant l'exercice, autrefois, chez les santards.

Ange reparut quelques minutes plus tard, un

bouquet à la main. Elle reprit sa place en silence à côté du conducteur.

Durant son absence, intrigués, les hommes n'avaient pas échangé un mot.

La voiture reprit la route, traversa le Neubourg, s'engagea dans la longue allée de La Maizerie, sous la voûte de grands arbres dont les houppiers formaient un vitrail éclatant.

Devant le château, au pied du grand escalier, le comte proposa une collation. Ange accepta.

— Mais pas tout de suite, s'il vous plaît !

— Comme vous…

— Je voudrais d'abord aller au cimetière, saluer mes parents !

— Voulez-vous que je vous accompagne, ou bien désirez-vous y aller tous les deux ?

— Votre compagnie les toucherait, j'en suis certaine, je vous remercie. Mais vous reposer me semble plus raisonnable… après le voyage en Lorraine, et l'expédition de ce matin… qu'en pensez-vous ?

Il avait compris.

— Je vous laisse aller. Vous connaissez le chemin.

Il avait atteint le perron, se retourna.

— Quand vous rentrerez, nous partagerons un très bon souper. Je m'en occupe. Prenez votre temps, et…

Il avait déjà fait un pas vers le vestibule, fit volte-face, leur lança d'une voix mouillée :

— … soyez heureux !

Main dans la main, Ange et Nicolas s'engagèrent dans l'étroite allée bordée de lauriers qui menait au cimetière de famille.

À leur approche, un geai en veille lança son coup de trompette.

Des pies lui répondirent d'un caquet effronté.

Des moineaux, mésanges et rouges-gorges affolés se réfugièrent en volée dans les buissons de polygonums partis à l'assaut d'un mur de charmille.

Au moment de franchir le portail, Ange marqua l'arrêt.

Que voyait-elle ? Qu'entendait-elle ? À quoi pensait-elle, là, à ce moment, devant cet enclos où dormaient pour l'éternité les défunts de La Maizerie ? Tous reposaient sous des croix de pierre aux épitaphes anciennes rongées par la mousse, certaines de guingois, sous des tapis de lierre et de pulmonaires semées là par les oiseaux de la forêt proche. Pensait-elle au paradis d'une terre nettoyée des humains, ou à une sagesse accessible à eux et capable d'éviter l'enfer sur notre planète, sagesse proposée par l'expression du beau sous toutes ses formes, y compris la musique… l'orgue ?

Nicolas reconnut le murmure de sa femme :

— « Demain, dès l'aube… »

Ange s'avança dans l'allée, pas à pas.

— « … les yeux fixés sur mes pensées,

Sans rien voir au-dehors, sans entendre aucun bruit… »

Il suivait son guide, sa voix qu'il aimait mêlée aux chants d'oiseaux enfin rassurés, murmurait avec elle l'éternel poème de Victor Hugo terrassé par la mort de sa fille Léopoldine.

— « Je ne regarderai ni l'or du soir qui tombe… »

Elle s'arrêta.

À ses pieds, la sépulture de ses parents, simple rectangle de terre couvert de lierre émeraude et de pulmonaires violines, deux croix de bois appuyées l'une à l'autre, *Garin LEVRAL*, *Émelie LEVRAL.* Sans dates.

Le temps n'existe pas.

Ange s'agenouilla, main de Nicolas à l'épaule. Offrit ses larmes à la terre du pays roumois, à ses parents, à l'amour. Posa sur les lierres et pulmonaires les fleurs glanées en forêt de Boscherville.

— « Et quand j'arriverai, je mettrai sur ta tombe
Un bouquet de houx vert et de bruyère en fleur… »

Igney, en Lorraine,
5 avril 2022

Annexes

Joseph Pothier, révérendissime abbé de Saint-Wandrille de Fontenelle

Né en 1835 dans le village vosgien de Bouzemont, d'un père maître d'école et d'une mère fileuse, ordonné prêtre en 1858, cet important liturgiste français fut moine bénédictin de l'abbaye de Solesmes, sous-prieur de Saint-Pierre de Solesmes, prieur de l'abbaye Saint-Martin de Ligugé. Devenu le Révérendissime Dom Joseph Pothier en 1898 après son installation sur le siège abbatial de l'abbaye de Saint-Wandrille de Fontenelle qu'il releva des ruines provoquées par la Révolution, il consacra sa vie à la renaissance et à la restauration du chant grégorien. Auteur de nombreuses études et travaux de musicologie, il fut nommé en 1904 par le pape Pie X – issu lui aussi de famille très modeste : mère couturière, père facteur – président de la Commission pontificale pour l'édition vaticane des livres liturgiques grégoriens.

Fondateur de l'abbaye bénédictine de Saint-Benoît-du-Lac (Québec), qui compte aujourd'hui une cinquantaine de moines, il contribua au rayonnement de l'« Esprit de Solesmes » dans le monde.

Mort le 8 décembre 1923 en Belgique, il fut inhumé en l'abbaye Saint-Maurice de Clervaux (Luxembourg) avant d'être ramené dans sa chère abbaye normande de Saint-Wandrille de Fontenelle en 1962.

Son *Liber Gradualis*, « bible » du chant grégorien, fait toujours autorité.

Manufacture d'orgues Jaquot-Jeanpierre

Aussi prestigieuse que la lutherie de Mirecourt, ville dont nombre de maîtres artisans de renom étaient originaires, la facture d'orgues est de haute tradition en Lorraine, dans les Vosges en particulier, où elle est attestée dès le quinzième siècle.

De nombreux artisans se sont voués à cet art hérité de la plus haute antiquité, surtout après les convulsions nées des coalitions de monarchies européennes contre la France révolutionnaire entre 1792 et 1815.

Née de la Restauration, l'effervescence paroissiale nouvelle aboutit à la construction de près de deux cents instruments dans ce seul département des Vosges.

Parmi ces artisans :

L'humaniste Charles Benoit, les fameux frères Claude, les Didier (père Charles, fils Henri, petit-fils François), l'enfant du maréchal-ferrant Antoine

GROSSIR et son fils Jacques-Félix, mort d'une morsure de chien enragé en pleine éclosion de son talent à l'âge de vingt-trois ans, la dynastie des JEANPIERRE : Jean-Nicolas, né en 1746, Jean-Baptiste, né en 1784, Jean-Nicolas, né en 1811, considéré comme le meilleur facteur d'orgues lorrain du dix-neuvième siècle, Nicolas-Antoine LÉTÉ, fils de marchand de serinettes et violons, qui couvrit l'est de la France d'instruments remarquables, les ROLIN, Charles et Jean-Baptiste, cité comme « patron particulièrement méritant » à Mirecourt en 1855.

Et la famille JACQUOT (à l'origine JAQUOT), dont l'aîné, Nicolas-Théodore, formé à Rambervillers chez JEANPIERRE, passa par l'atelier Merklin à Paris pour revenir dans les Vosges, y épouser Marie-Joséphine JEANPIERRE, puis s'associer avec son beau-père et fonder avec lui la célèbre Manufacture de Rambervillers JAQUOT-JEANPIERRE & Fils, qui survécut à la mort de son fondateur en 1918 sous la raison sociale Th. Jaquot Fils, successeur. Rejoint à la tête de l'entreprise par son fils Pierre en 1928, ce facteur d'orgues hors normes choisit la traction électrique et recruta un spécialiste de cette technique, René LAVERGNE, qui prit rapidement de l'ascendant dans la manufacture au point d'en devenir bientôt le patron, de l'orienter vers la production en série d'instruments préfabriqués, la série des Unit, et de la rebaptiser avant la Seconde Guerre mondiale Société vosgienne d'ébénisterie d'art. Son père mort en février 1945 après être rentré de captivité en Allemagne dans un état de santé très précaire, Pierre JACQUOT, qui ne partageait pas les orientations de LAVERGNE, assista au déclin de l'activité consécutif aux priorités immobilières et alimentaires de la reconstruction du pays. Il mourut à Rambervillers, le 7 novembre 1981.

Créée en 1750, plus ancienne entreprise de France dans ce domaine, devenue la Manufacture d'Orgues de Rambervillers, cette aventure artisanale et artistique connaît aujourd'hui un nouvel élan et se voit confier de prestigieux chantiers de création et restauration d'instruments.

De quoi faire chanter longtemps encore dans les Vosges et le monde le souffle… d'Ange !

Abbaye de Saint-Wandrille de Fontenelle

Monument prestigieux de la basse vallée de la Seine, cette abbaye née au septième siècle – l'une des plus anciennes abbayes bénédictines de Normandie – porte le nom de son fondateur, un certain moine Wandrille apparenté aux Carolingiens – selon la légende, il aurait même été ministre du roi Dagobert ! Après plusieurs abandons et destructions dus notamment aux exactions des Vikings, partiellement reconstruite, elle fut vidée de ses religieux puis, après une affectation à la congrégation de Saint-Maur, qui en avait fait un haut lieu de réflexion philosophique et théologique, vendue comme bien national sous la Révolution.

Devenue fabrique d'épingles en laiton, puis de salpêtre et de poudre à canon, puis manufacture de tabac, elle fut profanée, son église démantelée, vendue pierre par pierre, et fut transformée pendant plus de quarante ans en carrière exploitée par des entrepreneurs de maçonnerie. Ses restes aménagés en moulin puis en usine de tissage peu rentable furent ensuite acquis par un aristocrate anglais, le marquis de Stacpoole, désireux d'en faire sa résidence d'été. Gagné par la spiritualité des lieux et terrassé par son veuvage, l'homme entra dans les ordres et revendit son bien à l'Église.

L'arrivée de Dom Joseph Pothier en 1894, nommé abbé en 1898, la releva de ses ruines, lui rendit sa vocation de saint lieu et en fit l'un des centres majeurs d'étude et de pratique du chant grégorien avec l'abbaye de Solesmes.

Abandonnée une nouvelle fois après la loi Waldeck-Rousseau de 1901 qui chassait les congrégations religieuses du territoire national, ses moines exilés en Belgique, elle échut à l'écrivain Maurice Maeterlinck. Ce prix Nobel de littérature l'occupa avec son égérie, l'actrice Georgette Leblanc, laquelle la transforma en décor de tragédie, y faisant donner des représentations de *Macbeth* et *Pelléas et Mélisande*.

De 1907 à 1931 – elle avait été revendue en 1918 au constructeur d'avions Jean Latham, voisin de Caudebec –, l'abbaye Saint-Wandrille de Fontenelle sembla attendre son heure de renaissance.

Cette heure sonna le 26 janvier 1931.

Aujourd'hui, les ultimes blessures infligées par les bombardements d'août 1944 guéries, elle abrite une communauté de moines bénédictins voués à la prière, au travail liturgique, à l'accueil de retraitants et visiteurs et – après formation en partenariat avec le musée national de la Brasserie de Saint-Nicolas-de-Port (Lorraine), renouant avec sa tradition artisanale multiséculaire ! – à la production de bière de haute fermentation à base de houblon et de céréales exclusivement français, seule bière de France effectivement brassée par les moines en leur… abbaye !

Abbaye Saint-Georges de Saint-Martin-de-Boscherville

Fondée par la famille de Tancarville au douzième siècle sur les vestiges d'un temple gallo-romain, véritable joyau de l'art roman implanté dans une ample boucle de la Seine à l'occident de Rouen, cette abbaye a connu nombre de vicissitudes au cours de son histoire.

Aujourd'hui propriété publique administrée et gérée par le Département de Seine-Maritime, elle s'offre au regard des visiteurs – comme autrefois à celui de Victor Hugo, qui en célèbre la beauté dans son roman *Notre-Dame de Paris* – et révèle ses secrets de mariage réussi roman-gothique dans un rayonnement exceptionnel de lumière. L'architecture de l'ancien logis mauriste de ce domaine abbatial et les décors exceptionnels de la salle capitulaire millénaire témoignent de la foi des fondateurs, du talent des concepteurs, de la maîtrise des bâtisseurs, du désir farouche de protection et mise en valeur de ce monument par la collectivité locale désormais propriétaire. Récréés selon des plans originels vieux de trois siècles, véritable conservatoire du génie horticole et botanique, les jardins offrent une perspective grandiose sur le pays et notre passé.

Construit en 1627 par le facteur écossais Guillaume Lesselier (William Lessely), agrandi en 1733, restauré en 1993 par Bernard Aubertin, facteur d'orgues lorrain installé à Courtefontaine (Jura), l'orgue de l'abbatiale Saint-Georges de Saint-Martin-de-Boscherville dispose d'une console de trois claviers et d'un pédalier « à la française ».

C'est la voix exceptionnelle de ce bel instrument typique de l'art français antérieur à l'ère musicale Jean-Sébastien Bach qui, par la destinée de l'héroïne de fiction Ange Levral, a donné naissance à mon roman… *Le Souffle d'Ange*.

L'orgue est un orchestre entier,
auquel une main habile peut tout demander,
il peut tout exprimer.
Balzac, *La Duchesse de Langeais*, 1834

Bibliographie

Bédos de Celles François Lamathe, dit Dom Bédos de Celles, *L'Art du facteur d'orgues*, Académie royale des Sciences, Paris, 1766/1778

David Lucien, dit Dom Lucien David, *Dom Joseph Pothier, Abbé de Saint-Wandrille, et la restauration du chant grégorien*, Éditions de Fontenelle, Caudebec-en-Caux, 1986

Durand Sébastien, *Gaston Litaize, un Vosgien aux doigts de lumière*, préface d'Olivier Latry, Éditions Serpenoise, Metz, 1996

Hamel Marie-Pierre et Guédon Joseph, *Nouveau Manuel complet du facteur d'orgues*, Encyclopédie Roret, L. Mulo éditeur, 1903

Huot Cécile, *L'Orgue et ses merveilles*, préface de Clément Trudel, Éditions Guérin, Montréal, 1999

Perrier Marthe, *Le Roumois, « Pays de Rouen »*, Éditions Bertout, coll. « La mémoire normande », 1994

MONUMENTS HISTORIQUES DE FRANCE, Base Palissy, *Inventaire des orgues de Normandie*

ASSECARM (Association d'étude pour la coordination des activités régionales musicales), *Inventaire national des orgues-Orgues de Lorraine-Vosges,* Éditions Serpenoise, Metz, 1991

Librement inspiré du remarquable site historique et de l'esprit du fameux Champ-de-Bataille, cœur de campagne du Neubourg (Eure), le domaine de La Maizerie est né de l'imagination de l'auteur.

Remerciements

Pour leur accompagnement documentaire et amical, à :

Victor Mangeol, facteur d'orgues à Neufchâteau (Vosges), qui m'a ouvert à son art et offert de précieux éclairages techniques,

Christian Lutz, technicien-conseil auprès du ministère de la Culture, qui m'a invité à partager sa passion et accompagne aujourd'hui, dans mon village vosgien d'Igney, le projet de restauration de l'orgue Antoine Grossir de 1841,

Marie-Claude et Jean-Louis Ferry, passionnés d'histoire et ardents défenseurs du patrimoine,

Isabelle Mazingand, infirmière amoureuse du passé engagée au présent pour l'avenir, généalogiste,

Yann Michel, propriétaire de l'ancienne Manufacture d'orgues Jaquot-Jeanpierre à Rambervillers (Vosges), artisan de la relance actuelle de cette entreprise historique dont le personnel détient tous les savoir-faire ancestraux,

Bernard Houot, ancien conservateur des Antiquités et Objets d'art du département des Vosges,

Laure Thouvenin de Villaret, maire de Bouzemont (Vosges).

Et à :

Marie-Laure Sucré, directrice des Jardins de l'abbaye Saint-Georges à Saint-Martin-de-Boscherville (Seine-Maritime), et sa collaboratrice Mélissa Frété, pour leur accueil chaleureux et l'autorisation d'accès tardif à la fameuse et admirable salle capitulaire de cette abbaye. Visite inoubliable.

Merci, du fond du cœur !

DU MÊME AUTEUR (*suite*)

Je sais que tu m'attends, Genèse Édition, 2014
L'Étendard et la Rose, Presses de la Cité, coll. « Terres de France », Paris 2015, Grand Livre du Mois
Boulevard des Pyrénées, Genèse Édition, 2015
Frédéric, le roman de Chopin, MA Éditions, Paris 2016
Sous le regard du loup, Presses de la Cité, coll. « Terres de France », Paris 2016, Grand Livre du Mois
Un parfum de fleur d'oranger, prix des Conseils départementaux de Lorraine 2018, Presses de la Cité, coll. « Terres de France », Paris 2017, Grand Livre du Mois, France Loisirs
L'Or du ciel, A&H éditions, 2018
Les Roses du Montfort, Presses de la Cité, coll. « Terres de France », Paris 2018, Grand Livre du Mois
La Fiancée anglaise, Presses de la Cité, coll. « Terres de France », Paris 2019
Les Silences de Julien, Presses de la Cité, coll. « Terres de France », Paris 2021

TÉLÉVISION

Nombreux documentaires, portraits et dramatiques, dont :

Les Verres du tsar, réalisation Henri Calef, avec Axelle Abbadie, FR3 1982
Les Chardons de la colline, réalisation Édouard Logereau, avec Bernadette Le Saché, Louis Arbessier, Jean-Claude Arnaud, Claude Brosset, Jacques Campain, FR3 1983

Composition et mise en pages
Nord Compo à Villeneuve-d'Ascq

CET OUVRAGE
A ÉTÉ ACHEVÉ D'IMPRIMER
SUR ROTO-PAGE
PAR L'IMPRIMERIE FLOCH
À MAYENNE EN AOÛT 2022

N° d'impression : 10066
Imprimé en France

MIXTE
Papier issu de sources responsables
FSC® C003309

L'éditeur de cet ouvrage s'engage dans une démarche de certification FSC® qui contribue à la préservation des forêts pour les générations futures.

Pour en savoir plus :
www.editis.com/engagement-rse/